DORIS KÖHL

Schmetterlingsschwester
Ein Kretakrimi

Für Tarik

DORIS KÖHL

Schmetterlingsschwester

Ein Kretakrimi

Chania

Rethymnon

Argyroupoli

Plakias

Agios Pavlos   Agia G

Timbaki   Vori   Mires

Kalamaki   Kamilari

Pitsidia   Sivas   *Messara-Ebene*

Matala

Miamou

Lentas

M

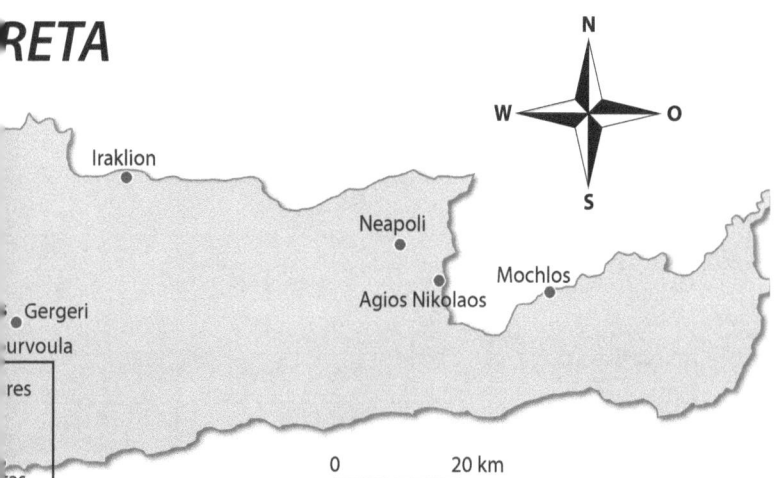

© 2019 Doris Köhl

Umschlag/Satz: Corinna Theis-Hammad
Lektorat, Korrektorat: Dr. Petra Fochler

Schmetterlingskette (Umschlag und Seite 2):
© Tarzhanova – Fotolia.com

Verlag & Druck: tredition GmbH, Hamburg

ISBN
Paperback: ISBN 978-3-7482-5125-5
Hardcover: ISBN 978-3-7482-5126-2
e-Book: ISBN 978-3-7482-5127-9

PROLOG

Die Luft war stickig und verraucht in der Heidelberger Diskothek «Limelight», wie jeden Samstag war der Schuppen rappelvoll. Chrissie bahnte sich ihren Weg zur Tanzfläche. Der DJ hatte gerade ihr aktuelles Lieblingslied aufgelegt, «Baby Jane» von Rod Stewart. Chrissies Lieblingslieder wechselten ebenso oft wie die Jungs, für die sie schwärmte. Die 16-jährige Christiane Habold, die jeder nur Chrissie nannte, liebte das «Limelight». Sie tanzte leidenschaftlich gern und genauso mochte sie es, auf einem der begehrten Plätze auf den Bassboxen zu sitzen und die wogende Menge auf der Tanzfläche zu beobachten, all die wirbelnden Arme und fliegenden Haare. Außerdem hatte man von hier den direkten Blick zur Eingangstür.Chrissies Eltern waren wenig begeistert davon, dass sich ihre Töchter ausgerechnet diese düstere Spelunke als neues Lieblingslokal ausgesucht hatten. Aber was sollten sie schon tun? Das «Limelight» war gerade «in», und sie wussten, dass Verbote diese Disco nur noch attraktiver machen würden.

An diesem Abend war Chrissie allein unterwegs. Eigentlich wollte sie mit ihrer Zwillingsschwester Bine ausgehen, doch die beiden hatten sich gestritten und Bine war schmollend in ihrem Zimmer verschwunden. Chrissie hatte den Grund für den unsinnigen Streit schon wieder vergessen, und er war ihr auch nicht wichtig. Sie war nicht nachtragend.

Jetzt vermisste sie ihre Schwester. Auch wenn sie vom Temperament her sehr verschieden waren, standen sich Chrissie und Bine so nahe, wie man es eineiigen Zwillingen im Allgemeinen nachsagte.

Und Chrissie hätte ihrer Schwester wahnsinnig gerne diesen umwerfend attraktiven Typen gezeigt, den sie letzte Woche hier gesichtet hatte – sollte er auch an diesem Abend auftauchen. Sie war am vorigen Samstag mit ihrer Freundin Lisa im «Limelight» gewesen. Bine hatte einen ihrer berüchtigten Migräneanfälle gehabt, die sie seit Jahren in regelmäßigen Abständen heimsuchten. Davon war Chrissie zum Glück verschont geblieben. Die beiden Freundinnen hatten auf der Bassbox gesessen und die Jungs kommentiert, die den Laden betraten, als plötzlich dieser Traumtyp in der Lederjacke zur Tür hereinkam. Er hatte schwarze Locken, tiefbraune Augen, einen lässigen Gang und einen extrem durchtrainierten Körper. Das musste ein Sportler sein! Chrissie und Lisa hatten sich angeschaut und das Gleiche gedacht. Volltreffer! Aber wahrscheinlich war so einer unerreichbar ... Er schien auch ein paar Jahre älter zu sein als die Mädchen, vermutlich um die 20. Weder Chrissie noch Lisa hatten sich getraut, sich dem Jungen zu nähern, sie hatten ihm nur schmachtende Blicke zugeworfen, die er nicht zu bemerken schien.

Chrissie hatte Glück, sie ergatterte wieder einen Platz auf der Bassbox. Sie ließ ihren Blick durch den Raum schweifen und nippte an ihrer Limo. Immer wieder fixierte sie den Eingang, als könnte allein ihr Wille den tollen Typen in die Tür zaubern. In Gedanken nannte sie ihn Aragorn. Sie, Bine und Lisa hatten mehr oder weniger parallel J.R.R. Tolkiens «Der Herr der Ringe» gelesen und sich alle drei in den fiktiven Charakter des «Waldläufers» Aragorn verliebt.

Eine Stunde später war immer noch keine Spur von «Aragorn» zu sehen. Enttäuscht und dieses erfolglosen Abends im «Limelight» überdrüssig entschied sich Chrissie, nach Hause zu fahren. Jetzt bestand noch die Chance, die letzte Straßenbahn nach Leimen zu erwischen, wo sie mit ihrer Familie in einem Einfamilienhaus wohnte. Schließlich hatte ihr Vater ihr Geld für ein Taxi zugesteckt – Hauptsache, seine Kleine kam sicher nach Hause.

Chrissie trank ihre Limo aus, es war inzwischen die dritte, als das geschah, worauf zu hoffen sie schon aufgegeben hatte: «Aragorn» betrat die Disco! Eine Art Stromstoß durchfuhr das Mädchen, und alle Pläne, an diesem Abend früh nach Hause zu fahren, waren schlagartig vergessen. Heute würde sie ihn auf sich aufmerksam machen. Keine Schüchternheiten diesmal, nichts wie ran! Ein wenig bedauerte Chrissie, dass sie Alkohol so verabscheute. Jetzt hätte sie sich gerne Mut angetrunken. Nun, es musste ohne gehen. Chrissie glitt von der Bassbox und drängte sich durch die Menge in Richtung Bar, wo der tolle Typ mit den schwarzen Locken gerade auf einem wackeligen Hocker Platz genommen hatte.

Chrissie stellte sich an die Bar und lächelte ihren Schwarm an. Der hatte sich eine Bacardi-Cola bestellt. Er bemerkte das Teenie-Mädchen neben sich, das ihn unentwegt anstarrte. Die war ja niedlich! Ein bisschen jung vielleicht, aber wen kümmerte das? Die zierliche Chrissie mit den blonden schulterlangen Haaren, den dunkelblauen Augen und der leichten Stupsnase gefiel ihm.

«Hi», sagte er und lächelte Chrissie an. «Ich bin Tom. Und wer bist du?»

Chrissie wurde puterrot, das Herz schlug ihr bis zum Hals.

«Christiane, ähm, Chrissie – also, ich bin Chrissie.»

«Magst du was trinken?»

Beim Gedanken an eine weitere klebrig-süße Limonade drehte sich ihr der Magen um, aber ihr fiel auch kein anderes Getränk ein.

«Hm, einfach ein Wasser vielleicht?»

«Ach was, Wasser!»

Tom lachte. Er hatte eine schöne Stimme, dunkel und sinnlich. Wieder durchfuhr Chrissie ein Stromstoß. Tom orderte eine weitere Bacardi-Cola.

«Für meine Freundin.»

Er zwinkerte Chrissie zu. Sie hatte schon angesetzt zu sagen: «Ich trinke keinen Al...», besann sich dann aber und verschluckte den Rest des Satzes. «Aragorn» sollte sie doch nicht für ein kleines Mädchen halten! «Bacardi-Cola ist mein Lieblingsgetränk!», entfuhr es ihr stattdessen. Tom, der damit beschäftigt war, die Getränke zu bezahlen, hatte weder das eine noch das andere gehört. Er rutschte von seinem Hocker und bot Chrissie seinen Sitz an. Als das Mädchen Platz genommen hatte, legte er den Arm um sie. Er strich ihr sanft übers Haar.

«Weißt du überhaupt, wie süß du bist, kleine Chrissie?»

Chrissie konnte es nicht glauben. Das war ja wie im Traum. Oder im Film. Einem der schmalztriefenden Hollywood-Streifen, die sich ihre Mutter so gerne ansah. Meinte der das wirklich so, wie er es sagte? Chrissie sah Tom fragend an. Er blickte ihr tief in die Augen.

«Ich mag dich!», raunte er. «Lass uns von hier verschwinden, der Laden ist heute irgendwie lahm.»

Als Chrissie und Tom das «Limelight» verließen, hallten ihnen die Klänge von Culture Club nach. «Do you really

want to hurt me, do you really want to make me cry ...»
Mit Boy Georges Stimme im Ohr lehnte sich Chrissie an
Tom, der sie verschwörerisch ansah. Der Abend hatte gerade erst begonnen.

Eine Stunde später hatten sich Chrissie und Tom auf dem
Rasen der Neckarwiese ausgestreckt. Chrissie schmiegte
sich fest an Tom, beide lagen mit dem Kopf und Oberkörper
auf Toms alter Lederjacke. Er hatte in einer Tankstelle noch
eine Flasche Bacardi und ein paar Dosen Cola besorgt, und
beide hatten inzwischen einen beachtlichen Alkoholpegel.
Die Welt um Chrissie drehte sich, und sie fühlte sich wie
in einer schillernden Seifenblase, doch erstaunlicherweise
blieb die Übelkeit ihres letzten Alkoholexzesses aus. Sie war
selig, am liebsten würde sie für immer hier liegen bleiben,
an ihren Traummann gekuschelt, und in den Nachthimmel schauen.

Chrissie war noch Jungfrau. Sie fragte sich, ob Tom wohl
ihr erster Mann werden würde und ob sie sich schon dafür
bereit fühlte. Ob er wohl in dieser Nacht noch versuchte, sie
zu verführen? Sie dachte kurz an Bine, die sich geschworen
hatte, niemals gleich beim ersten Treffen mit einem Jungen
zu schlafen. Beim Gedanken an ihre Schwester registrierte
Chrissie eine kleine Warnlampe in ihrem Kopf. Was die
vernünftige Bine wohl von dem halten würde, was sie da
gerade tat? Sie ignorierte die warnende Stimme in ihrem
Inneren. Das hier war etwas Besonderes, und der Augenblick gehörte nur ihr und Tom. Und der war nicht einfach
irgendein Junge, er war ein richtiger Mann, und zwar der
umwerfendste, dem sie je begegnet war.

Nach einer Weile richtete Tom sich auf. Er griff in die
Seitentasche seiner Jacke und zog eine abgewetzte Plastiktüte mit bunten Pillen heraus. Er öffnete die Tüte, nahm

eine grellorange Tablette heraus und steckte sie sich in den Mund. Dann reichte er die Tüte weiter zu Chrissie.

«Komm, lass uns noch ein bisschen Spaß haben!»

«Was ist das?»

«Na, wonach sieht es denn aus?»

Tom grinste Chrissie verschmitzt an. Sie erschrak. Drogen? Nein, nicht mit ihr! So etwas machte sie nicht! «Pst». Tom beugte sich zu Chrissie herunter, küsste sie sanft auf den Mund und flüsterte: «Du machst mich verrückt, kleine Chrissie!» Dann schob er ihr eine grasgrüne Pille in den Mund. Chrissie schluckte sie hinunter und spülte mit einem Schluck Cola nach. Nun hatte sie schon diese Unmengen an Alkohol in sich hineingeschüttet, da kam es darauf auch nicht mehr an. So schlimm konnte das doch nicht sein. Andere nahmen ständig so ein Zeug, sie tat es ja nur dieses eine Mal, und diese Nacht war eben ... ein Abenteuer! Tom zog Chrissie hoch. Sie klammerte sich an ihm fest, gerade stehen oder gehen konnte sie nicht mehr. «Oh, là là!», lachte er und küsste sie wieder. Chrissie verfiel in ein beinahe hysterisches Kichern, das plötzlich und unerwartet in ein heftiges Schluchzen umschlug. Was war denn jetzt los? Sie kannte sich nicht mehr aus. Irgendetwas in ihr realisierte durch alle bunten Seifenblasen hindurch, dass die Sache begann, aus dem Ruder zu laufen. Tränen liefen über ihr Gesicht.

«Ich will nach Hause.»

Chrissies Stimme klang dünn und brüchig. Sie sehnte sich nach ihrem Bett, nach Mama und Papa, nach ihrer Schwester.

Tom und Chrissie torkelten durch die Heidelberger Altstadt. Am Bismarckplatz stand ein Taxi.

«Na gut, ich bring dich heim», sagte Tom.

Als der Taxifahrer Heinrich Reimann das sturzbetrunkene Pärchen in seinen Wagen ließ, hatte er kein gutes Gefühl.

«Wehe, ihr kotzt mir die Sitze voll!»

Die beiden setzten sich auf die Rückbank.

«Wo wollt ihr eigentlich hin?»

«Neckargemünd», rief Tom. Jetzt verstand Chrissie gar nichts mehr.

«Aber ich wohne doch in Leimen ...»

«Neckargemünd!», wiederholte Tom. Heinrich Reimann schüttelte den Kopf und fuhr los. Was war denn das für ein seltsames Gespann? Er fuhr los, wollte die beiden so schnell wie möglich in Neckargemünd absetzen und anschließend Feierabend machen. Immerhin sprang noch eine gute Summe für ihn heraus, die Nacht war nicht besonders gut gelaufen bisher. Gesetzt den Fall natürlich, die jungen Leute hatten überhaupt genug Geld dabei, um ihn zu bezahlen. Wieder schüttelte Heinrich Reimann den Kopf. Er wurde langsam zu alt für den Job. Die Knochen schmerzten, die Bandscheiben machten ihm Probleme, und auch sein Nervenkostüm war nach all den vielen Jahren nicht mehr das beste. Ein Jahr noch, höchstens, dann würde er das Taxifahren aufgeben.

Das Taxi fuhr zügig die Landstraße entlang in Richtung Neckargemünd. Chrissie hatte sich wieder an Tom gelehnt, sie war auf einmal schrecklich müde. Wohin sie fuhren, war ihr inzwischen völlig egal, Hauptsache, sie musste nicht mehr laufen. Plötzlich hob sich ihr Magen, und ein Meer von Bacardi-Cola drängte nach oben.

«Scheiße, mir ist schlecht!»

Der Taxifahrer bremste abrupt und hielt an einem Waldweg.

«Raus, aber schnell!»

Er hatte es gewusst. Hätte er diese Fahrt bloß verweigert!

Chrissie kippte beinahe aus dem Wagen und erbrach sich ins Gras. Das half. Jetzt ging es ihr ein wenig besser. Sie hielt sich am Dach des Taxis fest und machte keine Anstalten, wieder einzusteigen.

«Nächstes Mal könnt ihr sehen, wie ihr heimkommt. Immer dasselbe mit euch besoffenem Gesindel! Und überhaupt, das ist doch noch ein Kind! Unverantwortlich, so was. Sie müsste man anzeigen», herrschte er Tom an.

Toms Augen funkelten wütend. «Halt's Maul, Alter!» Er fuchtelte mit seiner Faust vor Heinrich Reimanns Gesicht herum.

«Ist ja gut», erwiderte der sichtlich eingeschüchterte Taxifahrer. Mit diesem ebenso durchtrainierten wie durchgeknallten Proleten legte er sich besser nicht an.

Er wandte sich jetzt an Chrissie. «Alles in Ordnung, Mädchen? Können wir weiterfahren?»

Noch bevor Chrissie sich zurück auf die Rückbank geschoben hatte, zog Tom ein Messer aus seiner Jacke. «Los, Kohle her!»

«Was?»

Chrissie riss die Augen auf. Sie fühlte sich endgültig im falschen Film. Wann hatte dieser tolle Abend eigentlich angefangen, sich in einen Albtraum zu verwandeln? Auch Heinrich Reimann konnte nicht glauben, was ihm da geschah. In all den Jahren war er nie Opfer eines Überfalls geworden. In Gedanken hatte er diese Möglichkeit unzählige Male durchgespielt, und natürlich war das im Kollegenkreis immer wieder Thema: Wie verhalte ich mich, wenn ich mit einer Waffe bedroht werde? Jetzt, wo die Theorie sich in bittere Praxis verwandelt hatte, fühlte sich Heinrich Reimann hilflos und ausgeliefert. Sein Kopf war leer. Doch ein Teil von ihm reagierte auch trotzig. Er würde diesem widerlichen Schönling seine gesamten Tageseinnahmen nicht ohne Widerstand überlassen.

«Nein!», rief er mit Nachdruck.

Tom stürzte sich mit dem Messer auf den Taxifahrer und stach auf ihn ein, immer wieder, wie im Rausch. Chrissie schrie auf und taumelte über den Waldweg in die Dunkelheit. Tom ließ von Heinrich Reimann ab und folgte ihr. Chrissie stieß in ihrer Panik Laute aus, die nicht mehr menschlich klangen.

Tom hatte das zierliche Mädchen schnell eingeholt. Er war jetzt direkt hinter ihr. Er registrierte einen großen Stein am Wegesrand, nahm ihn auf und schlug ihn kräftig auf Chrissies Hinterkopf. Das Mädchen brach zusammen und blieb reglos liegen.

Eine halbe Stunde später waren Polizei und Rettungswagen vor Ort. Einer Familie aus Neckargemünd, die sich auf dem Nachhauseweg von einer Hochzeit befand, war das Taxi mit den offenen Türen am Straßenrand aufgefallen. Sie hatten angehalten und nachgesehen und dabei den blutüberströmten Taxifahrer entdeckt. Von der nächsten Telefonzelle aus hatten sie einen Notruf abgesetzt. Für Heinrich Reimann kam jede Hilfe zu spät. Die Polizei fand die bewusstlose Schülerin Christiane Habold einige Meter entfernt im Wald.

Chrissie lag mehrere Tage im Koma, ihr Zustand war kritisch. Als sie schließlich wieder erwachte, konnte sie sich an nichts erinnern. Die Kopfverletzung, der Cocktail aus Alkohol und Drogen und der Schock hatten eine Amnesie ausgelöst. Ihre letzte verschwommene Erinnerung führte sie ins «Limelight», wo ihr der schöne Tom einen Drink spendiert hatte.

Im Zuge der späteren Untersuchung des Taxis fand die Spurensicherung Blutspuren einer weiteren Person auf dem Beifahrersitz. Die Mordkommission ermittelte, dass Christiane zusammen mit dem 20-jährigen Thomas Berger die Diskothek «Limelight» gegen null Uhr verlassen hatte. Die unbekannte Blutspur konnte Thomas Berger zugeordnet werden. Dieser war der Polizei nicht unbekannt. Er stand im Verdacht, an einem Überfall auf eine Tankstelle beteiligt gewesen zu sein, doch man konnte ihm nichts nachweisen. Sein älterer Bruder Markus war mehrfach in Drogendelikte verwickelt und hatte bereits wegen eines Einbruchs im Gefängnis gesessen.

Die Polizei stand vor einem Rätsel. War Thomas Berger Täter oder Opfer bei diesem Taximord? Oder war er gar beides? Auf jeden Fall war und blieb er spurlos verschwunden. Ob sich zurzeit des Überfalls noch weitere Personen im Auto befunden hatten, konnte nicht ermittelt werden. Fingerabdrücke und Faserspuren gab es reichlich, aber das war bei einem Taxi auch nicht anders zu erwarten. Es meldete sich kein Zeuge. Der mysteriöse Taximord bestimmte tagelang die Schlagzeilen der lokalen Presse. Der Fall wurde nie gelöst.

1

Jetzt konnte es nicht mehr weit sein. Vielleicht noch hundert Meter. Die Koordinaten auf Patricks Smartphone sprangen wild hin und her, und der Kompass drehte sich im Kreis.

«Der Empfang hier oben ist wirklich bescheiden.»

Jana folgte ihrem Freund über das unwegsame Gelände. Die Felsen und der struppige Bewuchs aus Thymian und Disteln nahmen kein Ende. Zum Glück war es nicht mehr so heiß wie im August, als sie auf der Insel angekommen waren, aber der schattenlose Aufstieg erwies sich immer noch als eine schweißtreibende Angelegenheit. Jana hatte Mühe, mit Patricks schnellem Schritt mitzuhalten. Sie wusste, wenn er einen Cache witterte, überkam ihn das Jagdfieber, und er war nicht zu bremsen.

Sie waren seit einem Dreivierteljahr ein Paar. Kennengelernt hatten sie sich an der Mainzer Universität, beide kurz vor ihrem Abschluss. Sie hatte Kunstgeschichte studiert, er Informatik. Jana stand in der Mensa in der Schlange hinter Patrick, beide hatten sich für Lasagne entschieden. Als die Bedienung die letzte Portion Lasagne auf Patricks Teller verfrachtet hatte und er Janas enttäuschten Blick sah, bestellte er kurzerhand noch ein anderes Gericht, überließ Jana seine Lasagne und lud sie dazu ein.

Ihr Patrick! Beim Gedanken an ihre erste Begegnung wurde Jana warm ums Herz. So war er, ihr Freund: ein herzensguter und hilfsbereiter Mensch. Und humorvoll. Und intelligent. Und ... heiß! Jana grinste in sich hinein und dachte voller Vorfreude an den herannahenden Abend. Mit seinen braunen Zottelhaaren, den strahlend grünen Augen und dem Dreitagebart hatte er ihr gleich gefallen.

Die Reise nach Kreta war seine Idee gewesen. Sie wollten sich beide nach erfolgreich abgeschlossenem Studium einen längeren Urlaub im Süden gönnen, und Patrick, der die kretische Südküste von früheren Ferien mit seinen Eltern kannte, hatte als Ziel den kleinen Ort Pitsidia vorgeschlagen. Er musste Jana nicht lang überreden. Sie war noch nie in Griechenland gewesen und liebte alles Mediterrane. Schwimmen, lesen, faulenzen am Strand, laue Abende mit leckerem Essen und Wein und ein paar schöne Ausflüge ins Hinterland.

Und natürlich Geocaching, ihr gemeinsames Hobby. Geocaching war eine Art elektronische Schatzsuche. Die Verstecke der in der Regel wasserdichten Cache-Behälter wurden anhand geografischer Koordinaten im Internet veröffentlicht und konnten anschließend mittels eines GPS-Empfängers oder einer speziellen App für das Smartphone von anderen Geocachern gesucht und gefunden werden. In einem Geocache befanden sich ein Logbuch, in das sich jeder Finder eintrug, und – je nach Größe der Dose – verschiedene kleine Tauschgegenstände. Der Fund konnte anschließend im Internet vermerkt und auch durch Fotos dokumentiert werden. Durch Geocaching hatten Patrick und Jana fantastische Plätze entdeckt, und die Mischung aus Ostereiersuche und Schnitzeljagd machte einfach Spaß.

Jana war mehr als froh, dass Patrick und sie sich wieder so gut verstanden. Die Sache mit Christoph hatte ihrer jungen Beziehung die erste Krise beschert. Nein, sie wollte jetzt nicht an Christoph denken. Das war vorbei! Das Leben war schön, und sie wollte es genießen. Im Hier und Jetzt. Und mit Patrick.

Patricks Stimme riss Jana aus ihren Gedanken.

«Schau mal, ich glaub, da ist ein Trampelpfad!»

«Hm, bist du sicher? Könnte auch von Ziegen stammen.»

«Das kommt aber von der Richtung her hin. Und alles andere ist noch unwahrscheinlicher.»

«Stimmt. Lass es uns versuchen.»

Jana drehte ihre langen Haare zu einem Knoten und steckte sie fest. Der Schweiß rann ihr übers Gesicht.

«Hoffentlich sind wir bald da. So langsam reicht's mir …»

Sie nahm einen kräftigen Schluck aus der Wasserflasche.

«Ich glaub, ich seh was da vorne! Das könnte die Höhle sein. Bei dem Hügel, hinter der krummen Pinie!»

Patrick hatte sich nicht getäuscht. Nach wenigen Metern erreichten sie ihr Ziel, und ein schwarzer Schlund tat sich vor ihnen auf.

«Wow, die ist toll! Viel größer als ich dachte. Da brauchen wir die Taschenlampen.»

«Ist der Cache drinnen versteckt?»

«Ich denke schon, auf dem Hinweisbild sieht es so aus. In einer Nische hinter einem vorspringenden Fels.»

Patrick nahm seine Taschenlampe und war in Sekundenschnelle in der Höhle verschwunden. Jana folgte ihm mit ihrer eigenen Lampe.

«Puh, hier drinnen riecht's ganz schön streng …», meinte Jana. «Wir sollten uns beeilen, der Geruch ist wirklich eklig.»

«Ha, ich glaube, ich hab ihn!»

Tatsächlich hatte der Felsvorsprung, vor dem Patrick jetzt stand, Ähnlichkeit mit dem auf dem Foto. Patrick griff in einen Spalt hinter dem Felsen, doch das Loch war leer. Stattdessen wuselte etwas über seine Hand. Patrick stieß einen Schrei aus.

«Iiiiigitt, verdammt!»

Er schüttelte eine große, haarige schwarze Spinne von seinem Arm. Patrick hasste Spinnen, diese Phobie trug er seit seiner frühen Kindheit mit sich herum. Der Achtbeiner machte sich weiter unbeliebt und krabbelte jetzt an Patricks Bein.

«Waaaah!»

Patrick fuchtelte mit den Armen und rannte aus der Höhle. Die Taschenlampe flog in hohem Bogen auf die Erde.

«Das ist ja widerlich! Keine tausend Pferde kriegen mich mehr in diese Höhle!»

Jana stand immer noch am selben Platz und lachte.

«Kein Problem, dann sucht die furchtlose Spinnenkämpferin den Cache eben alleine!»

Jana drang weiter in die Höhle vor, die sich tatsächlich als viel größer als erwartet erwies. Der unangenehme Geruch wurde stärker. Sie leuchtete mit der Taschenlampe in alle Ecken. Auf der linken Seite lag ein seltsamer Gegenstand auf der Erde. Eine Art länglicher Sack. Neugierig näherte sich Jana dem Objekt und leuchtete es an. Aus seiner Öffnung hing etwas Helles heraus, irgendwelche Fäden. Nein, das waren keine Fäden, das waren Strähnen von menschlichen Haaren! Jana zuckte zusammen, ein eiskalter Schauer lief ihr den Rücken herunter. Das konnte doch nicht sein! Mit dem Fuß drehte sie den Sack vorsichtig ein Stück weit um und leuchtete erneut seine Öffnung an. Kein Zweifel, in diesem Sack befand sich eine Leiche. Jetzt schrie Jana und fegte aus der Höhle, als hätte der Schreck ihr Flügel verliehen.

Eine gute Stunde später traf die Polizei ein. Aufgrund der Koordinaten, die Patrick am Telefon durchgegeben hatte, konnten die Beamten die Stelle schnell orten.

Kommissar Georgios Kalemakis und seine Kollegen Leonidas Fanourakis und Alexa Petridou von der Mordkommission Iraklion standen vor der Höhle und sprachen mit Patrick und Jana, während die Spurensicherung sich in der Höhle zu schaffen machte. Georgios Kalemakis wirkte mit seinen gegelten Haaren, dem schicken Anzug und den schwarzen Lackschuhen, die inzwischen kretischer Bergstaub bedeckte, in dieser archaischen Umgebung irgendwie deplaziert. Sein rundlicher Kollege Leonidas Fanourakis hatte ein freundliches und von der Anstrengung des Aufstiegs gerötetes Gesicht und aß einen Schokoriegel. Alexa Petridou befragte das Touristenpärchen auf Deutsch. Ihre Mutter stammte aus Wien, und Alexa war zweisprachig aufgewachsen.

Zusammen mit den Kriminalbeamten verließen Patrick und Jana den Fundort der Leiche. Die Sonne stand mittlerweile tief, in Kürze würde die Dunkelheit hereinbrechen. Ein kühler Wind war aufgekommen. Jana fröstelte nicht nur wegen der kalten Brise. Der Anblick von Haarsträhnen, die wie Schlangen aus Säcken krochen, würde sie noch lange im Traum verfolgen.

2

Der Flieger landete mit mehr als einer Stunde Verspätung am Nikos-Kazantzakis-Flughafen Heraklion. Eigentlich hieß die Hauptstadt der Insel Kreta Iraklion oder auch Iraklio, doch aufgrund einer veralteten Umschreibungskonvention landeten noch immer alle Maschinen in Heraklion. Sabine Fischer und ihre Freundin Saskia Hoffmann stiegen aus dem klimatisierten Flugzeug und liefen wie vor eine Wand.

«Meine Güte, ist das heiß hier!»

Der Geruch von Kerosin lag in der Luft, dazu wehte ein starker Wind, der dennoch kaum Abkühlung brachte.

Die beiden Frauen besuchten die Insel zum ersten Mal. Saskias Tochter Jenny hatte ihnen so oft von Kretas Südküste vorgeschwärmt, dass sie sich für dieses Reiseziel entschieden hatten. Und dies nicht nur für einen Urlaub von zwei, drei Wochen. Nein, sie wollten die nächsten Monate, wenn nicht sogar ein ganzes Jahr hier verbringen.

Sabine brauchte eine Auszeit. Sie hatte sich gerade von ihrem Mann Robert getrennt. Wobei man das nicht wirklich Trennung nennen konnte, es war eher eine Flucht. Sabine war Lehrerin an einer Realschule in Heidelberg. Sie nahm ein Sabbatjahr, hatte ihren Mann aber nicht über ihre Pläne informiert. Der ahnungslose Robert, ein promovierter Biologe, befand sich auf einem Kongress in Chicago, er würde erst am kommenden Mittwoch zurückkehren. Er würde das Haus betreten, wie immer mit dem Finger über die kleine Kommode im Flur fahren, um nach Spuren von Staub zu fahnden, und dann würde er rufen: «Sabine! Wo bist du schon wieder? Ich hab dich tausendmal angerufen!»

Robert war ein Kontrollfreak. Er rief sie täglich bis zu fünfmal an, um sich darüber zu informieren, was sie gerade tat, wo sie war, ob sie die Wäsche gewaschen hatte, ob sie auch nicht vergessen hatte, die Zutaten für das Essen einzukaufen, das er am Abend für sie beide kochen wollte, und ob sie auch wirklich mit dem Hund draußen war. Als würde sie das auch nur einmal vergessen!

Robert konnte es nicht lassen, Sabine zu überwachen. Es war nicht einmal so, dass er sie verdächtigte fremdzugehen – er konnte sich nicht vorstellen, dass seine Frau irgendeinen Mann auf der Welt großartiger finden könnte als ihn – nein, er ertrug es schlichtweg nicht, wenn er nicht wusste, was um Sabine und das Haus herum gerade vor sich ging. Wenn er nach Hause kam, kontrollierte er, ob die Fernsehzeitschrift am richtigen Platz lag, er richtete die Kissen auf dem Sofa aus, sah nach, ob die neue Klopapierrolle in der korrekten Art und Weise angebracht worden war, nämlich mit dem Streifen nach vorne. Hatte Sabine etwas nicht zu seiner vollsten Zufriedenheit erledigt, wurde er wütend. «Sabine! Wie oft soll ich dir noch sagen, dass der Vorhang im Schlafzimmer ab 16 Uhr vorgezogen werden muss, damit die Bilder nicht von der Sonne ausbleichen?» Robert war ein Choleriker. Zwar hatte er sie nie geschlagen, aber er schleuderte, wenn er wütend war, alles, was ihm in die Finger kam, durch den Raum. Und das konnte gefährlich werden. Schon einmal hatte eine gläserne Schale Sabines Kopf nur knapp verfehlt.

Narrenfreiheit besaß bei Robert nur Bonnie, ihr Hund. Robert vergötterte Bonnie und hatte die Hündin völlig verzogen. Eigentlich mochte Sabine lieber Katzen, aber als Robert vor vier Jahren mit dem süßen Golden-Retriever-Welpen um die Ecke gekommen war, hatte sie das beige Wollknäuel sofort in ihr Herz geschlossen.

Am Mittwoch würde Robert also nach Hause kommen und auf dem Küchentisch eine Nachricht vorfinden, auf der geschrieben stand, dass und warum Sabine ihn verlassen hatte. Er würde schäumen vor Wut und versuchen, sie auf dem Handy zu erreichen. Das Handy würde in der Küche klingeln, sie hatte es auf den Kühlschrank gelegt. Die Nummer ihres neuen Smartphones, von dem Robert nichts wusste, besaßen nur Saskia und der Schulleiter. Dieser war in ihr Vorhaben eingeweiht und unterstützte sie. Er hatte sich oft Sorgen um Sabine gemacht und befürchtet, ihr jähzorniger Mann könnte ihr eines Tages Gewalt antun oder sie gar in einem seiner Tobsuchtsanfälle umbringen. Ihr Chef würde Sabine nicht an Robert verraten.

Vor einem halben Jahr war Sabines Zwillingsschwester Christiane bei einem Verkehrsunfall auf eisglatter Fahrbahn ums Leben gekommen. Chrissies Tod hatte Sabines Leben erdbebengleich erschüttert, sie aber gleichzeitig wachgerüttelt. Das Leben war kostbar und endlich, und sie wollte nicht noch mehr Jahre an der Seite eines Mannes vergeuden, den sie nicht mehr liebte und der sie unterdrückte. Ihr Leben musste sich grundlegend ändern!

Die zierliche Sabine mit den schulterlangen blonden Haaren war auf eine unaufgeregte, mädchenhafte Art hübsch, aber in den letzten Jahren hatte sie gelernt, sich unsichtbar zu machen, um Roberts Aufmerksamkeit so wenig wie möglich auf sich zu lenken. Unsichtbar war sie nun auch für den Rest der Welt geworden, eine graue Maus. Nur in der Schule stand sie ihre Frau. Dort fühlte sie sich sicher. Sie wusste, sie war eine gute Lehrerin.

Sabine trauerte sehr um Chrissie. Ihre Schwester war ein Teil von ihr, so wie sie ein Teil von Chrissie gewesen war. Sabine hatte sich nie vorstellen können, dass Chrissie irgendwann nicht mehr da sein könnte. Dabei hatte das Leben ihrer Zwillingsschwester schon einmal am seidenen Faden gehangen. Im Alter von 16 Jahren war Chrissie Opfer eines Verbrechens geworden, das sie fast nicht überlebt hätte. Jetzt wurde Sabine bald 50 und sie würde ihren Geburtstag zum ersten Mal ohne Chrissie feiern.

Sabine dachte an den verhängnisvollen Abend im Sommer 1983, den sie in Gedanken nur «die Katastrophe» nannte. Lange noch hatten sie danach Schuldgefühle geplagt. Wie wäre der Abend verlaufen, wenn sie sich nicht gestritten hätten? Wenn sie Chrissie ins «Limelight» begleitet hätte? Wenn sie beide zu Hause geblieben wären? Wenn, wenn, wenn. Sabine wusste, dass all diese Wenns die Uhr nicht zurückdrehen konnten, und doch schaffte sie es jahrelang nicht, sich von den fruchtlosen Grübeleien zu befreien.

Nach der «Katastrophe» war Chrissie nicht mehr dieselbe gewesen. Sie litt unter Panikattacken und als Folge der Kopfverletzung hatte sie große Mühe, sich länger zu konzentrieren. Sie fehlte viel in der Schule und schaffte ihr Abitur nicht. Statt des ursprünglich angestrebten Studiums machte Chrissie eine Ausbildung zur Goldschmiedin. Das passte zu ihr. Chrissie liebte Schmuck und im Umgang mit Metallen und Edelsteinen war sie sehr geschickt. Mit ihren filigranen Kreationen hatte sie sich einen Namen gemacht. Chrissies Begeisterung für das Schmuckhandwerk war bereits geweckt worden, als beide Schwestern zu ihrem sechzehnten Geburtstag von ihrer Patentante Elisabeth jeweils eine Kette geschenkt bekamen, an der ein goldener Schmetterling baumelte. Sabines Schmetterling war mit einem Türkis verziert, Chrissies mit einem Amethyst. Auch jetzt trug Sabine die Kette mit dem Schmetterling, sie mochte das Schmuckstück sehr.

«Hey, Sas, ich glaub, da kommen unsere Koffer.»

Sabine und ihre Freundin standen am Gepäckband Nr. 4, auf dem das Gepäck ihres Flugs aus Frankfurt kreiste. Sie nahmen ihre Rollkoffer vom Band und gingen in Richtung Ausgang.

Im Gegensatz zur gertenschlanken Sabine war Saskia mollig. Sabines Gewicht änderte sich nie, ganz egal, was oder wie viel sie aß. Saskia dagegen nahm schon zu, wenn sie Schokoladenwerbung im Fernsehen sah. Das war einfach ungerecht! Saskias braune Locken waren frisurenresistent. Ganz gleich, in welche Form sie sie brachte, spätestens nach ein, zwei Stunden standen sie wieder korkenziehergleich von Saskias Kopf ab. Oftmals bändigte Saskia ihre Haare mit einem bunten Tuch. Überhaupt liebte sie Kleidung in grellen Farben und trug sie in abenteuerlichen Kombinationen. Saskia war als junge Frau viel durch Asien gereist, hatte Monate in Indien und Thailand verbracht, und ein wenig der Farbenfreude dieser Länder war an ihr haften geblieben. Sie lebte die Liebe zu Farben auch in ihren großflächigen Bildern aus – Saskia war freischaffende Künstlerin.

Sabine sah ihre Freundin mit warmem Blick an. Sie war froh, dass Saskia sie begleitete. Neben Chrissie war Saskia in den letzten Jahren ihr Fels in der Brandung gewesen. Auf sie konnte sie sich immer verlassen. Als Sabines Trauer um Chrissie Robert erst sprach- und hilflos und schließlich wütend gemacht hatte, war es Saskia gewesen, die ihre Freundin aufgefangen hatte.

Die beiden Frauen sahen sich nach einem Taxi um. Einen Bus in den Süden würden sie um diese Tageszeit nicht mehr bekommen. Zum Glück hatten sie schnell ein Taxi aufgetan, das sie an die Südküste bringen konnte. Sabine hatte Sorge, ob sie am späten Abend überhaupt noch eine Unterkunft finden würden.

«Kalos irthate», rief der Taxifahrer fröhlich. «Welcome to Crete! First time here?»

Saskia erzählte ihm, dass es ihre erste Reise nach Kreta war, dass sie an die Südküste wollten, nach Matala oder Kalamaki, aber noch kein Quartier hatten.

«No problem», meinte der Taxifahrer. «I phone my cousin. Manolis! Have room. In Sivas. Nice village!»

Er telefonierte mit seinem Cousin Manolis, dessen Ferienwohnung in Sivas tatsächlich frei war.

«Okay, we go Sivas!»

Stolz strahlte er die beiden Frauen an. Sie fuhren auf die Schnellstraße Richtung Rethymnon, an der Abfahrt nach Mires bog das Taxi ab. Bis Agia Varvara, einem ebenso langen wie unansehnlichen Ort, heizte der Taxifahrer über die gut ausgebaute Straße. Danach wand sich eine schmalere Trasse in zahlreichen Kurven hinunter in die Messara, die größte Ebene Kretas. Viel langsamer fuhr der Taxifahrer auch jetzt nicht. Wenn das mal gut ging!

Während Saskia neugierig aus dem Fenster in die Dunkelheit starrte, hing Sabine wieder ihren Gedanken nach. Sie stellte sich vor, wie Robert, der inzwischen wohl hunderte Male versucht hatte, sie zu erreichen, wie ein kopfloses Huhn durch Chicago irrte. Wie viel Uhr war es dort eigentlich? Vielleicht schlief er auch. Wobei sich

Sabine nicht vorstellen konnte, dass Robert viel Schlaf fand, wenn das Schlimmste eingetreten war, was er sich vorstellen konnte: Er hatte die Kontrolle über Sabine verloren! Sabine grinste bitter. Wie oft hatte sie sich gewünscht, er hätte eine Geliebte, dann hätte sie wenigstens zeitweise ihre Ruhe – und er ein neues Objekt für seinen Kontrollwahn. Doch Robert interessierte sich nicht für andere Frauen.

Am Anfang ihrer Beziehung schien alles in Ordnung zu sein. Sabine hatte sich schnell in Robert verliebt, den sie in einem Eiscafé kennengelernt hatte. Der attraktive Naturwissenschaftler imponierte ihr. Anders als viele seiner Kollegen, die sie im Laufe der Jahre kennenlernte, war Robert kein Fachidiot, sondern er war vielseitig interessiert. Wie Sabine begeisterte er sich für Kunst und Kultur, war sehr belesen, konnte stundenlang politische Debatten im Fernsehen verfolgen und unterstützte ein Umweltprojekt in Baden-Württemberg. Robert spielte Badminton und teilte Sabines Wanderlust. Wenn die beiden stundenlang zusammen durch einsame Landschaften liefen, verstanden sie sich besonders gut. Robert war ein begnadeter Koch und großer Weinkenner. Er bekochte Sabine, die das sehr genoss, denn sie selbst kochte weder gern noch besonders gut. Roberts Hang zu zwanghaftem Verhalten war Sabine von Anfang an aufgefallen, doch das hatte sie in Kauf genommen. Nobody's perfect!

Saskia konnte Robert von Anfang an nicht ausstehen, und diese Antipathie beruhte auf Gegenseitigkeit. Sabines Freundin verfügte über eine frappierend gute Intuition und Menschenkenntnis. Als Sabine ihr Robert vorgestellt hatte, versuchte Saskia, ihn ihrer Freundin auszureden. «Lass die Finger von dem! Der hat 'ne Meise. Der Kerl macht dich unglücklich. Hundertpro!» Sabine hatte nicht auf Saskia gehört.

Auf ihre Weise hatte Sabine, was Männer betraf, das gleiche Talent zum Griff ins Klo wie ihre Zwillingsschwester, die wie ein Magnet alle Alkoholiker, Schnorrer, Taugenichtse und «bad boys» in ihrer Umgebung anzog. Angezogen hatte. Sabine seufzte, und ihre Augen füllten sich mit Tränen. Wie sollte sie jemals über den Tod ihrer Schwester hinwegkommen?

Um kurz vor zehn erreichten sie Sivas. Das Dorf – soweit sie das in der Dunkelheit beurteilen konnten – gefiel den beiden Frauen gut. Es lag nicht direkt am Meer, aber das Meer war auch nicht weit entfernt, und sie wollten sich sowieso einen Mietwagen nehmen. Die Ferienwohnung befand sich in einer kleinen Seitengasse der Platia, des Dorfplatzes. Eine Natursteintreppe führte in den ersten Stock des alten kretischen Bauernhauses. Im Erdgeschoss wohnte Manolis, der Cousin des Taxifahrers, mit seiner Frau Maria. Sabines und Saskias neues Domizil war geschmackvoll mit alten traditionellen Möbeln eingerichtet. Die Fensterläden aus Holz waren blau gestrichen. An der Hauswand rankte eine üppige, im typischen Pink blühende Bougainvillea. Jede der Frauen hatte ihr eigenes Schlafzimmer, dazu gab es ein hübsches kleines Wohnzimmer mit einer Küchenecke und ein Bad. Vom Wohnzimmer aus führte eine Tür auf einen Balkon, und die Frauen konnten zusätzlich die Dachterrasse nutzen, die sie über eine Wendeltreppe aus Metall erreichten. Dort oben spendete eine mit Bambusstäben gedeckte Pergola zwei blauen Liegestühlen Schatten. Von hier aus hatte man einen fantastischen Blick auf die Asterousia-Berge und das Dorf Listaros. Davon jedoch sahen Sabine und Saskia an ihrem

Ankunftsabend nichts. Sie legten sich nebeneinander auf die Liegestühle und fassten sich bei den Händen. Sie lächelten sich an. Sie hatten es tatsächlich getan, Sabines neues Leben hatte begonnen.

3

Vier Tage nach Sabines und Saskias Ankunft auf Kreta landete ein weiterer Flieger aus Frankfurt auf dem Nikos-Kazantzakis-Flughafen und brachte Jana Dahlberg und Patrick Kiewel auf die Insel. Die beiden freuten sich wie verrückt auf ihren ersten gemeinsamen Urlaub. Patrick war gespannt, wie viel sich im Dorf Pitsidia und in der Pension Anemos verändert haben mochte, die er noch aus Urlauben mit seinen Eltern kannte. Patrick hievte sich seinen monströsen, übervollen Rucksack auf den Rücken, Jana zog ihre Reisetasche hinter sich her. Sie verreiste immer mit leichtem Gepäck. Ein paar Lieblingsklamotten, die man leicht durchwaschen konnte, ihren Kulturbeutel, feste Schuhe zum Wandern, ihr Badezeug und natürlich einige Taschenbücher. Jana war eine Leseratte. Hatte sie sich erst in eine spannende Geschichte vertieft, vergaß sie alles um sich herum, versank komplett in einer anderen Welt und war in der Regel erst dann wieder richtig ansprechbar, wenn sie das Buch ausgelesen hatte. Für den nächsten Urlaub würde sie sich einen E-Book-Reader besorgen. Sie hatte sich lang dagegen gesträubt, denn reale physische Bücher mochte sie viel lieber, das Blättern und den Geruch von Papier … Herrlich war das! Trotzdem waren diese Reader gerade auf Reisen einfach praktisch, und dann hätte sie noch weniger Gepäck. Patrick dagegen wollte auf alle Eventualitäten vorbereitet sein. So befanden sich in seinem Rucksack ein ganzes Arsenal an Wanderutensilien, eine Regenjacke, seine Schnorchelausrüstung und vieles mehr.

Patrick und Jana nahmen den Stadtbus Nr. 1 zum Chania-Tor und fuhren von dort aus weiter mit dem Überlandbus. In Pitsidia, dem letzten Dorf vor dem bekannteren Touristenort Matala, dem Ziel dieses Busses, stiegen sie aus. Janas Gesicht glühte vor Hitze und vor Aufregung. So viel hatte sie über Pitsidia gehört und nun würde sie es tatsächlich selbst kennenlernen! Ein kleiner Jauchzer entfuhr ihr. Patrick lachte. Er liebte Janas Begeisterungsfähigkeit. Bestimmt würde ihr Kreta genauso gut gefallen wie ihm.

Es ging schon los. «Patrick, schau mal da vorne, diese riesige Blühpflanze, das ist ja unglaublich!»

«Das ist eine Bougainvillea, die wachsen hier überall.»

«Und da hinten, schau mal, die kleinen Ziegen! Sind die süß! Wo ist eigentlich das Meer?» Mit fragendem Blick schaute sie sich um.

Patrick deutete auf einen Hügel. «Dahinter. Von hier aus kann man es leider nicht sehen, aber es ist nah.» Er lief los in Richtung der Pension Anemos, den Weg hatte er noch genau im Kopf. Jana folgte ihm. Die Pension lag am östlichen Ortsrand. Von allen Zimmern aus hatte man den direkten Blick auf den Psiloritis, den höchsten Berg Kretas.

Evangelia, die Hauswirtin, fiel Patrick um den Hals.

«Patrick! Ela! Ja sou! Ti kaneis? Welcome back!»

Evangelias freundliches und ebenso rundes wie runzliges Gesicht strahlte. «Wait, wait. Sit down.» Sie zeigte auf einen runden blauen Metalltisch und ein paar darum gruppierte Stühle. Evangelia hatte Patrick dreizehn Jahre nicht gesehen und ihn trotzdem gleich wiedererkannt.

Wie viele Kreter hatte sie ein erstaunliches Gedächtnis für Gesichter und Namen.

Die alte Frau schlurfte schwerfällig ins Haus und hielt sich die Hüfte, die ihr Schmerzen zu bereiten schien. Ein paar Minuten später saßen Jana und Patrick vor einer aufgeschnittenen Wassermelone, griechischem Kaffee und Raki, dem traditionellen kretischen Tresterschnaps. Immer wieder tätschelte Evangelia Patricks Arm. Die Wiedersehensfreude war auf beiden Seiten groß, Patrick hatte die herzliche Evangelia immer gemocht.

Patricks und Janas Zimmer war eins der schönsten im Haus. Es hatte einen Balkon, der um die Ecke ging, sodass sie nicht nur in Richtung Psiloritis, sondern auch in Richtung Meer blickten. Der Raum war mit hellen Holzmöbeln eingerichtet, wie man sie in vielen Pensionen auf Kreta fand. Die Gardinen an beiden Fenstern leuchteten in einem freundlichen Hellorange. Evangelia hatte sie vor langer Zeit selbst genäht, und die Farbe war mit den Jahren verblichen. Patrick kannte sie, es waren die gleichen wie vor dreizehn Jahren. Mit großer Freude stellte er fest, dass sich in der Pension Anemos nichts Wesentliches verändert hatte.

Nur wenige hundert Meter von der Pension entfernt saß Miriam Talbot in ihrem kleinen und leicht schiefen Häuschen am Küchentisch und schnippelte die Zutaten für einen Salat. Sie trug ihre schwarzen Haare, in die sich bisher kaum ein graues Exemplar gemogelt hatte, kurz. Dies verlieh ihr zusammen mit dem breiten schwarzen Gestell ihrer starken Brille – Miriam war extrem kurzsichtig – und der zumeist schwarzen Kleidung etwas Existenzialistisches.

Die 52-jährige Miriam lebte seit sieben Jahren auf der Insel. Sie war Altenpflegerin und konnte nach zwei schweren Bandscheibenvorfällen ihren Beruf nicht mehr ausüben.

Bevor sie sich nach einer Umschulungsmöglichkeit umsah, machte sie Urlaub auf Kreta – und blieb auf der Insel hängen. Dies lag nicht nur an der Sonne und der Schönheit Kretas, es hatte auch zweibeinige Gründe, und die hießen Micha. Miriam war seit sieben Jahren unglücklich in den Sänger und Gitarristen der Band Pebble Stones verliebt. Die Band hatte sich auf Kreta einen Namen gemacht und trat auf der ganzen Insel auf, zumeist jedoch in der Messara. Sie spielte Songs der 60er- bis 80er-Jahre und ein paar Eigenkompositionen, die fast alle aus Michas Feder stammten. Micha und Miriam waren gute Freunde, doch nie sah er in ihr die Frau.

Der Salat war für eine Party bestimmt, die an diesem Abend bei Frederik und Sally in Frederiks Haus in Kamilari stattfinden sollte. Frederik Svensson war siebenunddreißig Jahre alt, Schwede und von Beruf Sohn. Sein Vater hatte es in Schweden im Bereich Telekommunikation zu einem Vermögen gebracht und besaß mehrere Häuser rund ums Mittelmeer. Das Haus auf Kreta hatte er seinem Sohn überlassen. Frederik hatte nie wirklich gearbeitet und zeigte auch keinerlei Ambitionen, an dieser Tatsache etwas zu ändern. Allerdings wollte er – wie er das nannte – «der Welt etwas von Wert hinterlassen» und schrieb seit sechzehn Jahren an einem Buch über Philosophie. Seine Freundin Sally war dagegen anders gestrickt. Die tatkräftige Engländerin mit den roten Rastalocken stellte Ledertaschen und Hippie-Schmuck her und verkaufte ihre Kreationen in Matala und auf den Wochenmärkten der Messara.

Frederiks Haus stand auf einem der Hügel rund um das Dorf Kamilari. Dort waren in den letzten Jahren Villen wie Pilze aus dem Boden geschossen, eine größer als die andere, und es war kein Ende absehbar. Viele gehörten

Ausländern und wurden nur als Ferienhäuser genutzt. Frederiks Haus war eins der größten und eins der wenigen dauerhaft bewohnten. Große Glasflächen erlaubten den direkten Blick aufs Meer, und auch die Terrasse mit dem gleichen Panoramablick war riesig. Die Aussicht war in der Tat atemberaubend, doch Miriam mochte das Haus nicht. Mit seiner grauen Optik und dem vielen Glas war es für sie ein kalter Kasten. «Protzklotz» nannte sie es heimlich. Ihr altes kleines Häuschen war ihr viel lieber, auch wenn es nur aus einem Raum bestand, sie regelmäßig den Putz an den Wänden ausbessern musste, es bei Wind durch die Ritzen zog und sie im Winter den Kampf gegen den Schimmel regelmäßig verlor. Aber sie liebte ihr Häuschen und hätte niemals mit Frederik tauschen mögen. Außerdem war die Miete gering.

Miriam lebte bescheiden. Sie ernährte sich hauptsächlich von Obst und Gemüse, das sie samstags auf dem Wochenmarkt in Mires einkaufte. Statt eines Autos fuhr sie eine altersschwache Vespa, die sie nicht viel Unterhalt kostete, und auch sonst war sie nicht anspruchsvoll. So konnte sie von ihren Einnahmen durch Housekeeping gut leben. Sie kümmerte sich um drei Ferienhaus-«Protzklötze», hielt sie sauber und sah nach dem Rechten, wenn ihre Besitzer nicht da waren. Außerdem malte Miriam und ab und an verkaufte sie ein Bild. Das besserte ihr Budget ein wenig auf.

Auf der Party würde sich wieder die übliche Runde zusammenfinden: Frederik und Sally, Micha, sie selbst und der alte Jannis, der als junger Mann in den 1960ern in einer Höhle in Matala gewohnt hatte, einer der wenigen griechischen Hippies. Es war die aufregendste Zeit seines Lebens gewesen, und er ließ keine Gelegenheit aus, in den alten Erinnerungen zu schwelgen und die immer gleichen

Geschichten zu erzählen. Er verstand sich mit den alternativ lebenden Ausländern in seiner Umgebung besser als mit seinen eigenen Landsleuten, denn sie waren eher in der Lage, ihm in seine Welt zu folgen, auch wenn sie zur Hippiezeit noch Kinder oder noch gar nicht geboren waren.

Der Mikrokosmos der ausländischen Residenten in den Dörfern der Messara hatte Menschen zusammengewürfelt, die sich in einem anderen Umfeld – etwa einer Großstadt wie Berlin, wo Miriam herkam – gar nicht kennengelernt hätten. Oder wenn doch, hätten sich ihre Wege vermutlich gleich wieder getrennt. Miriam mochte ihr Leben auf Kreta, doch es fehlte ihr eine Freundin, die wirklich zu ihr passte, mit der sie Freud und Leid teilen konnte, Nächte durchmachen und albern sein, so wie mit ihren Freundinnen in Berlin.

Die Party verlief in der üblichen Art und Weise. Micha hatte seine Gitarre dabei und sang ein paar Lieder, Jannis erzählte von Matala in den 60ern, es floss Wein und Raki, man saß zusammen im Kerzenlicht, plauderte und lachte. Jannis brachte einen deutschen Urlauber mit, den er im Kafenion, dem traditionellen griechischen Kaffeehaus, kennengelernt hatte. Er hieß Björn und war mit dem Wohnmobil unterwegs. Miriam wusste nicht recht, was sie von ihm halten sollte, Björn verhielt sich irgendwie seltsam. Nie sah er jemandem ins Gesicht und er sagte nur etwas, wenn er direkt angesprochen wurde. Dann wiederum musterte er die Runde misstrauisch. Komischer Kauz!

Miriam konnte die Augen nicht von Micha lassen. Sie wusste, dass sie nachher wieder bittere Tränen weinen würde. Und doch brachte sie es nicht fertig, auch nur eine Gelegenheit auszulassen, ihn zu sehen.

4

Patrick saß im Auto auf dem Weg nach Zaros, einem malerischen großen Bergdorf am Fuße des Psiloritis. Zusammen mit Kostas, Evangelias Mann, war er bereits im Morgengrauen aufgebrochen. Kostas hatte ein paar Dinge in Iraklion zu erledigen und nahm den kleinen Umweg gern in Kauf. Wie seine Frau hatte er das nette deutsche Pärchen ins Herz geschlossen. Patrick war froh, so früh loszukommen, denn er wollte den Bus um 15:15 Uhr zurück nach Mires erwischen, von wo aus er weiter nach Pitsidia fahren konnte. Er hatte sich vorgenommen, die Rouvas-Schlucht zu durchwandern, die sich ein Stück weit oberhalb von Zaros durch die Berge erstreckte. Dort warteten zwei Geocaches auf ihn. Beide E4 CTC. Dies stand für «E4 Cretan Trail Caches» und umfasste eine Serie von Caches, die entlang des europäischen Fernwanderweges E4 ausgelegt waren. Patrick mochte solche Serien und hatte sich vorgenommen, so viele E4 CTC-Caches wie möglich zu heben. Jana zog es für diesen Tag vor, sich mit ihrem Buch an den Strand zu legen. Sie las gerade einen fesselnden Krimi und zum Wandern war es ihr ohnehin zu heiß. Schon in aller Frühe, als Patrick aufbrach, hatte das Thermometer 30 Grad angezeigt.

Kostas brachte Patrick zum Ausgangspunkt seiner Wanderung, den Votomos-See. Der kleine Teich lag in eine grandiose Kulisse von hohen Bergen eingebettet. Die wasserreiche Gegend um Zaros war selbst jetzt im August recht grün. Am Rand des Votomos-Sees erblickte Patrick eine Taverne und ein kleines Café, dessen hölzerne Terrasse über den Teich gebaut war. Wenn er früh genug zurück war, würde er hier ein Frappé trinken. Im grün schillernden Wasser des Sees schwammen Forellen und Wasserschildkröten.

Zaros war für seine Forellenzucht bekannt. Auf dem Weg zum See hatten Patrick und Kostas mehrere große Lokale passiert, auf deren Terrassen sich Forellen in großen Becken tummelten. Hier müsste er mal mit Jana essen gehen, die liebte frischen Fisch!

Patrick stieg aus dem Wagen und setzte seinen Rucksack auf. «Have a nice day and take care», rief Kostas ihm zu und winkte, als er abfuhr. Patrick ließ den See hinter sich und wanderte einen schmalen Pfad entlang, der sich in Serpentinen den Berg hochschraubte und in Richtung des Klosters Agios Nikolaos führte. Die Kräuter entlang des Wegs, Thymian, Oregano und Salbei, verströmten einen würzigen Duft, und der Blick zurück ins Tal war wunderschön. Patrick hatte das Kloster schnell erreicht. Er widmete ihm keinen näheren Blick, wollte es aber auf dem Rückweg besichtigen, wenn die Zeit dafür reichte. Zuerst riefen die Caches nach ihm. Das Jagdfieber stellte sich schnell ein und Vorfreude huschte über sein Gesicht. Patrick war in seinem Element.

Mit festem Schritt folgte er dem Weg, der ihn in die Schlucht führte. Es ging auf und ab. Nur ein weiterer Wanderer war ihm bis jetzt begegnet, der lief vor ihm, und Patrick überholte ihn. Er genoss es, diese großartige Landschaft für sich alleine zu haben. Nach einer Stunde machte er eine kurze Pause an einem schattigen Felsen, aß einen Apfel und trank Wasser. Jetzt war es nicht mehr weit bis zum ersten Cache.

Die Dose war in der Nähe einer Holzbrücke versteckt und Patrick fand sie schnell. Er setzte seine Wanderung fort, bis er zum Rouvas-Plateau kam, wo unter alten Steineichen bei der Kirche Agios Ioannis Picknickplätze mit Tischen und Bänken angelegt waren. Diesmal verbarg sich das Ziel von Patricks Begierde in einer Mauer hinter einem roten Stein. Patrick grinste, als er den Behälter aus dem Loch zog. Der zweite E4 CTC, sehr schön. Das war ein erfolgreicher Tag!

Patrick lag gut in der Zeit, der Rückweg würde ohnehin schneller gehen. Er setzte sich auf eine der Picknickbänke und beobachtete ein paar Ziegen, die ihn neugierig musterten. Er hatte gehört, die Ziegen hier oben seien frech und klauten den Ausflüglern schon mal den Proviant. Das Konzert der Zikaden um ihn herum war ohrenbetäubend. Als würden sie von einem Dirigenten angeleitet, fingen Tausende der Tiere zum exakt gleichen Zeitpunkt an, ihre Flügel aneinanderzureiben, und ebenso gleichzeitig hörten sie wieder damit auf. Dann herrschte hier oben eine wunderbare Ruhe. Patrick ließ die Eindrücke eine Weile auf sich wirken und schickte Jana noch ein paar Fotos übers Handy, dann machte er sich auf den Rückweg.

Am Votomos-See angekommen setzte er sich auf die Terrasse des Cafés und bestellte seinen Kaffee. Gedankenverloren nahm er das Smartphone aus dem Rucksack und checkte die Gegend nach weiteren Geocaches ab. Das gab's ja nicht! Da lag ein weiterer E4 CTC nur ein paar hundert Meter entfernt! Patricks Augen leuchteten. Schnell trank er sein Frappé aus, bezahlte und machte sich auf den Weg. So schnell er die anderen beiden Caches gefunden hatte, so schwer tat er sich bei diesem. «Wo steckt das Ding bloß?», murmelte er. In der Beschreibung gab es den Hinweis auf einen Baum, und Patrick suchte alle Bäume im Umkreis von 25 Metern ab. Keine Spur von einem Cache. Enttäuschung überkam ihn. Doch Patrick wollte noch nicht aufgeben. Er begann von vorne, die Bäume abzuscannen, und diesmal entdeckte er die Stelle. «Yes!!!» Patrick musste sich ein wenig durchs Geäst wühlen, dann hatte er die Dose in der Hand. Er trug sich ins Logbuch ein und sah auf seine Armbanduhr. 15:20 Uhr. Oh nein, so ein Mist! Den Bus konnte er nun vergessen. Er würde trampen müssen. Patrick lief zurück zum Votomos-See und weiter nach Zaros. Er stellte sich an die Straße. Nach wenigen Minuten hielt ein Wagen an.

Es war ein alter, leicht verbeulter silberner Pickup, wie ihn viele einheimische Bauern fuhren. Aus dem offenen Fenster schaute ein Mann Mitte fünfzig mit wallenden grauen Locken, einem Bart und dunkelbraunen Augen. Seine Haut war braungebrannt.

«Excuse me, are you going to Pitsidia? Or Mires?», fragte Patrick.

«Steig ein, Junge, ich fahr dich runter!», antwortete der Pickup-Fahrer in perfektem, akzentfreiem Deutsch. Patrick blickte ihn erstaunt an. Der Mann lachte, er hatte eine dunkle, warme Stimme.

«Hast mich für einen Kreter gehalten, was? Das tun alle. Na ja, ich bin so lange auf der Insel, dass man mich wohl inzwischen als solchen bezeichnen kann. Ich heiße Christoph.»

«Patrick», stellte Patrick sich vor.

Auf dem Weg nach Pitsidia erzählte Christoph von sich. Er stammte aus Würzburg und war schon als junger Mann auf die Insel gekommen. Jetzt lebte er schon lang mit seiner österreichischen Lebensgefährtin in Skourvoula, einem kleinen Bergdorf in der Nähe. Sie besaßen dort ein Bauerhaus und einige Olivenfelder, hielten Hühner, Schafe und Bienen, bauten Gemüse an und waren beinahe Selbstversorger. Christoph spielte Lyra, das traditionelle kretische Saiteninstrument, und er schien in allen Dingen fast kretischer zu sein als die Kreter selbst. Patrick war beeindruckt. Der Mann gefiel ihm. Er erzählte nun seinerseits von sich und Jana.

«Kommt uns doch mal besuchen!», meinte Christoph. «Würde mich freuen!»

Die beiden waren in Pitsidia angekommen, der Pickup hielt vor der Pension Anemos. Christoph schrieb seine Handynummer auf einen Zettel und gab ihn Patrick. «Ich warte auf deinen Anruf!» Er zwinkerte Patrick zu und fuhr ab.

Bester Laune betrat Patrick die Pension. Was war das für ein toller Tag! Drei E4 CTC-Caches und dann noch diese interessante Begegnung mit Christoph! Er hatte Jana einiges zu berichten.

SKOURVOULA

Eine halbe Stunde später bog Christoph in die Einfahrt des Hauses in Skourvoula ein. Seine Lebensgefährtin Addy empfing ihn an der Haustür. Ihr Gesicht war ein einziger Vorwurf.

«Wo kommst du denn jetzt erst her?», fragte sie.

Addy hieß eigentlich Adriane, aber den Namen konnte sie nicht leiden und so nannte sie sich schon immer Addy.

«Hab 'nen jungen Anhalter aufgegabelt und nach Pitsidia gebracht», antwortete Christoph. «Netter Kerl, heißt Patrick und ist mit seiner Freundin hier.»

«Pfh», schnaubte Addy und ging ins Haus.

Sie wedelte mit einem Brief vor Christophs Nase herum. «Brigitte hat geschrieben. Sie hat uns noch einmal zu ihrem Geburtstag eingeladen. Du weißt, es ist ein runder!» Addys ältere Schwester Brigitte lebte in Kärnten und wurde in wenigen Wochen siebzig. Sie wollte ihren runden Geburtstag mit einem großen Fest feiern.

Christoph verdrehte die Augen. «Das Thema hatten wir schon, Addy. Du weißt, dass ich nicht mitkomme! Ich lasse den Hof und die Tiere nicht allein.»

«Georgios hat so oft angeboten, dass er das Vieh versorgt, und wir haben ihm wirklich auch schon oft genug geholfen …»

«Ich sagte Nein!», herrschte Christoph Addy an. «Georgios kann nicht mit Schafen umgehen. Und überhaupt. Brigitte kann mich nicht leiden. Sie wird mich sicher nicht vermissen!» Christoph verdrehte die Augen. Etwas sanfter fügte er hinzu: «Fahr doch allein hin. Ich weiß ja, wie gern du Brigitte mal wiedersehen würdest. Ich komme hier schon zurecht.»

Er rang sich ein Lächeln ab. Addy blickte ihn finster an und verließ den Raum.

Der Konflikt war uralt. Nie wollte Christoph mit ihr verreisen. Nie war er mit ihr in Österreich gewesen, ihrer Heimat. Eine Reise nach Athen und zwei, drei Wochenendtrips auf die Insel Santorini waren alles, was sie ihm in ihrer mehr als 30-jährigen Beziehung hatte abringen können. Addy seufzte. Immer wieder hatte sie sich vorgenommen, den Grund für seine tiefe Abneigung gegen das Reisen aufzudecken. Und doch getraute sie sich nicht, weiter in ihn zu dringen, wenn sie merkte, dass sie mit ihren Fragen gegen eine Wand lief. Christoph mauerte bei diesem Thema, und Addy bohrte nicht weiter. Welche Dämonen auch immer ihn verfolgten, sie hatte ihre eigenen Geheimnisse und wollte auch nicht, dass an ihnen gerührt wurde.

Als junge Frau hatte Addy in der Nähe von Klagenfurt mit ihrem ersten Freund Andreas zusammengelebt. Er war die Liebe ihres Lebens. Die beiden bewirtschafteten den Hof von Andreas' Großeltern, die den Betrieb aus Altersgründen aufgegeben hatten. Beide liebten das Leben als Landwirte. Sie wollten zusammen alt werden. Und vor allem wollten sie Kinder. Addy wurde schnell schwanger, doch sie verlor das Kind im dritten Monat. Dieser Fehlgeburt folgten in den nächsten Jahren vier weitere. Addy klapperte zahllose Gynäkologen ab, suchte sogar eine Koryphäe in Wien auf und versuchte es mit einer Hormontherapie, doch letztlich hatten alle nur dieselbe niederschmetternde Antwort für sie: Addy konnte schwanger werden, aber ihr Körper konnte das Kind nicht austragen. Sie war am Boden zerstört. Doch es kam noch schlimmer. Andreas' Kinderwunsch erwies sich als stärker als seine Liebe zu Addy. Er verließ sie. Von diesem Verrat erholte sich Addy nie.

Verbittert und schon in jungen Jahren all ihrer Träume beraubt, zog sie nach Kreta und vergrub sich dort in einem kleinen Dorf. Sie war sehr tüchtig und baute sich in kurzer Zeit eine kleine Existenz auf. Sie ließ keinen Mann an sich heran, lernte sehr schnell Griechisch und integrierte sich ins Dorfleben, so gut es ging. All das brachte ihr den Respekt der Einheimischen ein, die sie tatkräftig unterstützten. Trotzdem wuchs ihr nach einer Weile die Arbeit über den Kopf, und sie suchte nach einem jungen Arbeiter, der sie bei den körperlich schweren Aufgaben unterstützen sollte. Sie fand den mittellosen Christoph, der bereit war, ohne Bezahlung eine Woche bei ihr auf Probe zu arbeiten.

Christoph erwies sich als fleißig und äußerst geschickt in allen Belangen der Landwirtschaft. Kein Tag war ihm zu lang, keine Aufgabe zu schwer. Christophs Ausdauer und körperliche Kraft waren Addy fast unheimlich. Schon bald wurden die beiden auch privat ein Paar. Christoph war ein leidenschaftlicher Liebhaber, den es offenbar nicht störte, dass Addy zwölf Jahre älter als er selbst und zudem nicht sonderlich attraktiv war. Er war froh, ein Dach über dem Kopf und sein Auskommen zu haben. Alles gehörte Addy, das Haus, das Land, das Auto. Christoph arrangierte sich damit. In dieser Symbiose lebten sie nun schon über dreißig Jahre.

Von ihrer unseligen Geschichte mit Andreas hatte Addy Christoph in all den Jahren nichts erzählt, und da er niemals das Thema Kinder anschnitt, konnte er auch nicht wissen, dass sie gar keine bekommen konnte. Jetzt spielte das sowieso schon lange keine Rolle mehr, Addy war sechsundsechzig Jahre alt.

5

Der Zettel mit Christophs Handynummer lag zwei Tage lang unberührt auf dem kleinen Tisch in Patricks und Janas Zimmer, dann rief Patrick Christoph an.

«Hi Patrick! Schön, dass du dich meldest! Wann könnt ihr kommen?», fragte Christoph.

Patrick hatte Jana von seiner interessanten Begegnung mit dem deutschen Kreter berichtet, und die hatte ihm gespannt zugehört. Doch hatte sie ihr Buch noch nicht ausgelesen und konnte sich nicht davon loseisen. Sie las, wo sie ging und stand und nahm den Krimi sogar mit zur Toilette. «Ich komme wohl ohne Jana», sagte Patrick am Telefon. Zwei Stunden später holte Christoph ihn in der Pension Anemos ab. Jana lag mit ihrem Buch bereits am Strand.

Christoph warf einen kurzen Blick in die Pension, wechselte ein paar Worte mit Kostas und Evangelia in breitestem kretischen Dialekt, dann brachen er und Patrick nach Skourvoula auf.

Christophs und Addys Haus lag ein Stück weit außerhalb des Ortes an einem Hang. Es handelte sich um ein L-förmiges, weiß getünchtes Haus mit einem Flachdach, wie es viele auf der Insel gab. An der Hauswand rankten die obligatorische Bougainvillea sowie ein duftender Jasmin. In einem ausladenden Blumenbeet neben dem Gebäude wuchsen üppige Hibiskusbüsche zwischen Granatapfelbäumen und Yuccapalmen und eine gigantische Aloe Vera breitete ihre Arme aus. Irgendwer hier hatte offensichtlich einen grünen Daumen.

Von der ebenfalls weiß getünchten Terrasse blickte man über das Dorf Skourvoula auf einen Stausee, von dem aufgrund des extrem trockenen letzten Winters nur noch ein Tümpel übrig geblieben war. Eine kleine würfelförmige Kirche, die seit der Flutung des Stausees unter Wasser gelegen hatte, stand nun ein paar Meter oberhalb des Pegels. Sie war von einer braunen Lehmschicht bedeckt.

«Wenn es im nächsten Winter wieder so wenig regnet, kriegen wir echt ein Problem», meinte Christoph. «Wir brauchen dringend Wasser.»

Christoph und Patrick standen immer noch auf der Terrasse und schauten ins Tal, als Addy aus dem Haus trat. Christophs Freundin wirkte irgendwie aus der Zeit gefallen. Sie hatte ihre Haare zu einem strengen Dutt hochgesteckt, trug ein altmodisches Kleid und eine Schürze, und solche Schuhe kannte Patrick sonst nur von seiner 85-jährigen Großmutter. Patrick fühlte sich spontan an Fräulein Rottenmeier aus Johanna Spyris Roman «Heidi» erinnert. Zusammen mit seiner jüngeren Schwester Alina hatte er als Kind die Verfilmung gesehen, und dann hatten sie tagelang Heidi und Geißenpeter gespielt, und ihre ältere Schwester Katja musste als das strenge Fräulein Rottenmeier herhalten. Patrick hatte sich Christophs Lebensgefährtin völlig anders vorgestellt.

Addy begrüßte Patrick kurz und schenkte ihm keine weitere Aufmerksamkeit. Sie sah Christoph finster an. «Ich gehe zu den Hühnern, dann fahre ich noch Marmelade aus. Denk bitte daran, dass heute die Futterlieferung aus Timbaki kommt.» Addy nahm den Schlüssel für den Pickup und fuhr davon.

«Sie ist ein bisschen böse auf mich», meinte Christoph und grinste. «Ihre Schwester wird 70, und ich mag nicht mit ihr nach Österreich fliegen. Ich hab einfach keine Lust! Brigitte und ich können uns nicht ausstehen ...» Christoph lachte und zwinkerte Patrick zu. Der wusste nicht recht, was er von all dem halten sollte.

Christoph führte Patrick durchs Haus und zeigte ihm seine Sammlung alter kretischer Werkzeuge. An der Wohnzimmerwand hing ein mit bunten Steinen verzierter marokkanischer Krummdolch, den Addy vor Jahrzehnten von einer Reise nach Marrakesch mitgebracht hatte. Um den Dolch herum waren Ölgemälde und Aquarelle gruppiert. Patrick war schockiert. Die Bilder zeigten ausnahmslos düstere Gestalten mit Totenköpfen und leeren Augenhöhlen, Monster und gruselige Gespenster. Kein einziges Gemälde hatte eine freundliche Ausstrahlung, keines war in fröhlichen Farben gehalten. Wie konnte man sich bloß so was an die Wand hängen? Patrick schüttelte sich. Fragend sah er Christoph an. Der zuckte die Achseln. «Von Addy. Ist halt ihr Stil, sie liebt das Morbide ... Lass uns weitergehen.»

Sie spazierten über ein paar Olivenhaine, die Christoph und Addy bewirtschafteten. Christoph erklärte Patrick jedes Kraut am Wegesrand und erzählte von seinen Schafen und von der Imkerei. Später spielte er Patrick auf der Lyra vor, sie grillten frisches Lamm auf der Terrasse und tranken Wein.

Patrick genoss den unterhaltsamen Nachmittag, er saugte die neuen Eindrücke und Informationen auf wie ein Schwamm.

Als Addy zurückgekehrt und der Pickup wieder verfügbar war, brachte Christoph Patrick nach Pitsidia. «Das nächste Mal fahren wir zu den Bienen, und ich zeige dir meine

Hütte», sagte Christoph zum Abschied. Patrick freute sich, dass es ein nächstes Mal geben sollte. Am liebsten hätte er sich gleich am folgenden Tag wieder mit Christoph getroffen.

Viel länger dauerte es tatsächlich nicht, bis dieser sich bei Patrick meldete. «Ich muss zu den Bienen. Lust?»

Patrick strahlte. «Gerne!»

Sie fuhren nach Matala und wanderten einen Trampelpfad entlang, der über einen Bergrücken in Richtung eines Strandes führte, der Kokkini Ammos oder Red Beach hieß. Den Strand sah man hier oben schon von weitem, er war an diesem Tag gut besucht und bestand tatsächlich aus rotbraunem Sand. Christoph und Patrick stiegen nicht zum Red Beach hinab, sondern liefen noch eine Viertelstunde weiter auf dem Bergrücken in Richtung Süden. Der wahrlich nicht unsportliche Patrick schaffte es kaum, mit Christophs rasantem Tempo mitzuhalten. «Der ist wirklich gut in Form!», dachte Patrick.

In einer kleinen Senke standen einige Holzkästen, die in den Farben Blau, Rot und Gelb gestrichen waren. Sie beherbergten Christophs Bienen. Patrick blieb in einigem Sicherheitsabstand stehen. Bienen waren ihm suspekt. Zwar hegte er Insekten gegenüber nicht die gleiche Abneigung wie gegen Spinnen, aber wirklich sympathisch waren sie ihm auch nicht. Wenn es nach ihm ginge, bräuchte es dieses ganze Krabbelviehzeug nicht. Obwohl – Bienen vielleicht doch, denn sonst gäbe es ja keinen Honig, und den liebte Patrick. Aber Bienen hatten Stacheln, und er legte keinen gesteigerten Wert darauf, gestochen zu werden. Christoph kontrollierte die Bienenkästen, dann gingen sie weiter.

Nach fünf Minuten erreichten sie ihr zweites Ziel, Christophs Hütte. Sie stand direkt am Rand einer schroffen, steilen Klippe. Patrick und Christoph blieben einen Moment neben der Hütte stehen. Der Blick auf das tiefblaue Meer, auf dem an diesem Nachmittag weiße Schaumkronen tanzten, war fantastisch. Die Luft roch aromatisch nach Salz und Kräutern. Mit einem Grollen warfen sich die Wellen gegen die Felswand und zogen sich gurgelnd wieder zurück.

Christoph hatte die Hütte aus Holz und Bambus gebaut. Sie war klein und gemütlich. Ein altes Klappbett aus Metall, über das eine gewebte rote Decke mit einem traditionellen kretischen Muster ausgebreitet war, ein kleiner Holztisch und zwei Bänke, mehr passte nicht hinein. An einem Haken an der Wand hingen zwei staubige Jacken, in der Ecke lehnte eine Angel. Eine Gaslampe stand auf dem Tisch, Strom und Wasser gab es hier oben nicht. Neben der Lampe entdeckte Patrick eine offene Holzkiste. Er warf einen neugierigen Blick in ihre Richtung. Doch noch bevor Patrick ihren Inhalt ausmachen konnte, legte Christoph hastig einen Deckel darüber und schob die Kiste hinter sich auf die Bank. Sein Blick hatte sich für einen Augenblick verdunkelt, jetzt sah er Patrick wieder freundlich an. «Leider kann ich dir nur lauwarmes Wasser anbieten hier oben ...»

Die Hütte hatte zwei Fenster, eins zur linken Seite hinaus, eins nach hinten zum Meer. Christoph sah aus dem hinteren Fenster. «Manchmal brauche ich meine Ruhe», meinte er. «Dann ziehe ich mich hierher zurück.»

Die beiden tranken Wasser, und Christoph erzählte wieder vom Leben auf Kreta, von Hochzeiten, die über mehrere Tage gingen, von der Rakibrennerei, griechischen Tänzen und kretischen Musikern wie dem legendären, leider viel zu früh verstorbenen Nikos Xylouris, von dem Christoph Patrick eine CD schenkte.

Freudestrahlend kam Patrick zurück zur Pension. Er fand Jana auf dem Balkon sitzend, sie hatte ihr Buch fast ausgelesen.

«Na, wie war's?», fragte sie. «Einfach toll!», antwortete Patrick. Er zeigte ihr die Xylouris-CD, die sie wohl erst zu Hause würden anhören können.

«Christoph ist so ein interessanter Typ und total nett. Was der alles weiß! Aber seine Freundin ist irgendwie ... spooky!» Patrick verzog das Gesicht. Was Christoph bloß an dieser Addy fand, die aussah wie eine Gouvernante aus dem 19. Jahrhundert und Bilder malte, die besser in eine Geisterbahn gepasst hätten als in ein Wohnzimmer?

«Morgen wollen wir zu den Schafen fahren und anschließend wieder grillen!», erzählte Patrick.

Jana sah ihn enttäuscht an. «Och nee, ich dachte, wir machen morgen mal wieder was zusammen! Ich hab mein Buch fast aus und gebadet hab ich auch genug. Ich dachte, wir könnten uns ein Moped mieten und in den Bergen ein bisschen cachen ...»

«Klingt gut!», sagte Patrick und lächelte Jana an. «Das machen wir auch ganz bald! Nur morgen würde ich wirklich gerne Christophs Schafe sehen und wie er mit ihnen umgeht. Das ist so spannend, eine ganz andere Welt! – Komm doch einfach mit, Schatz!»

Jana verdrehte die Augen und grinste. «Na gut. Bevor ich meinen Freund gar nicht mehr sehe, folge ich ihm halt zum Heiligen Christophorus.»

«Danke, Jana. Nur das eine Mal noch, versprochen!»

IN DEN BERGEN

Sabine und Saskia verbrachten wunderbare Tage in Sivas und seiner Umgebung. Sie hatten sich einen Mietwagen genommen und die Ausgrabungen von Festos, Gortys und Agia Triada besichtigt. Mehrfach badeten sie am Komos-Strand, bummelten entspannt durch Matala und tranken Kaffee an der Strandpromenade von Kalamaki. Abends blieben sie zumeist in Sivas, das Essen in den zahlreichen Tavernen im Dorf war besonders gut.

Sabine merkte, wie ganz langsam eine Last von ihr abfiel. Robert schien Lichtjahre entfernt, und auch die Trauer um Chrissie fühlte sich hier milder an, nicht mehr so unerträglich stechend-bohrend wie noch in Deutschland. Zum ersten Mal seit langer Zeit verspürte Sabine wieder so etwas wie Lebensfreude in sich aufkeimen.

An diesem Tag stand zum ersten Mal eine größere Tour mit dem Mietwagen auf dem Programm. Ihr Vermieter Manolis hatte ihnen einen Ort namens Argyroupoli empfohlen, der ein Stück südwestlich der Stadt Rethymnon lag. Dort sollte es ein Tal mit Wasserfällen und urigen Tavernen geben sowie eine Jahrtausende alte Platane in der Nähe einer Kapelle. Das klang ausgesprochen gut! Saskia fuhr, und Sabine schaute aus dem Fenster. Kreta war eine tolle Insel! Wirklich eine gute Wahl, Jenny hatte ihnen nicht zu viel versprochen.

«Sas, ich bin so froh, dass wir hier sind!»

«Ich auch!»

Saskia stellte das Radio an, es erklang – leicht scheppernd – griechische Popmusik. Die Freundinnen wippten im Takt. Nach zwei Stunden Fahrt hatten sie Argyroupoli erreicht. Sie spazierten durch das hübsche, an einem bewaldeten Hang gelegene Dorf und bewunderten ein römisches Mosaik. Argyroupoli hatte früher Lappa geheißen und war eine römische Siedlung gewesen. Unterhalb des Dorfes entdeckten die Freundinnen die besagten Wasserfälle, die sich teilweise sogar auf dem Gelände der Tavernen befanden. Durch die kleine Höhlenkapelle Agia Dynami floss ein Bach und überall rauschte und gluckerte Wasser. Zahlreiche

Bäume spendeten angenehmen Schatten, der ganze Ort war eine grüne Oase an diesem heißen Tag.

Sie kehrten in einer der Tavernen ein und setzten sich direkt neben einen Wasserfall. Später suchten sie die Platane, fanden sie jedoch nicht. Sabine fragte einen Einheimischen, und der dirigierte sie zu einem weiteren Tal, das auf der anderen Seite der Hauptstraße gelegen war. Sabine und Saskia folgten dem alten Pfad aus Pflastersteinen. Sie passierten eine Reihe römischer Höhlengräber und die Kirche der fünf Jungfrauen. Sabine wollte später nachschlagen, was es damit auf sich hatte. Ein paar Meter weiter überspannte ein riesiger uralter Baum, der in zwei Hälften gespalten war, einen runden Platz mit einer Quelle.

«Wow!» Diese Platane war sagenhaft, die beiden Freundinnen standen andächtig davor. Sabine bekam Gänsehaut. Der Ort war pure Magie. Saskia berührte den Baum und schloss die Augen. Der Augenblick war perfekt.

«Alles wird gut, Sabine. Ganz bestimmt!»

Sie setzten sich auf einen Felsen und ließen die friedliche Stimmung auf sich wirken. Im Gegensatz zum recht überlaufenen Tal mit den Wasserfällen war es hier menschenleer und ruhig. Saskia schloss wieder die Augen und begann, Formen in die Luft zu malen, als führte sie einen unsichtbaren Pinsel. Sabine lächelte. Sie kannte das und hatte es lange nicht mehr bei ihrer Freundin gesehen. Im letzten Jahr in Heidelberg waren Saskia die Ideen ausgegangen. Sie hatte kaum gemalt und wenn doch, waren ihr die Bilder nicht gelungen, sie flossen nicht aus ihr heraus wie sonst. Hier schien sie ihre Inspiration wiedergefunden zu haben. Kreta tat ihnen beiden gut.

«Wenn ich zurück bin, werde ich mein Leben grundlegend ändern», sagte Sabine. «Ich reiche die Scheidung ein und nehme meinen Mädchennamen Habold wieder an. Und ich ziehe weg. Ich wollte schon immer mal in einer richtigen Metropole wohnen. Berlin vielleicht. Oder Hamburg.» Sie sah Saskia an. «Nur dass du dann so weit von mir weg bist, das ist blöd.»

PITSIDIA

Miriam saß an ihrem Küchentisch und entwarf den Aushang für eine geplante Kunstausstellung. Sie hatte im letzten Winter einige neue Bilder gemalt und wollte sie gern präsentieren. Vielleicht konnte sie etwas verkaufen, sie könnte das Geld gut gebrauchen. Ihre Waschmaschine machte ein ungesundes Geräusch und war offenbar kurz davor, den Geist aufzugeben. Miriam wollte nicht allein ausstellen. Wie schon beim letzten Mal band sie die dänische Bildhauerin Svenja und den griechischen Fotografen Manos mit ein. Sie überlegte, ob sie diesmal auch Addy fragen sollte. Addys Bilder gefielen Miriam nicht, sie fand sie gelinde gesagt scheußlich, aber die unglückliche Österreicherin tat ihr leid. Technisch waren Addys Werke wirklich gut. Und warum musste Kunst immer schön und ansprechend sein? Addys Gruselkabinett würde sicher polarisieren, die Ausstellung aber auch ins Gespräch bringen.

Miriam wusste, dass Addy es mit Christoph nicht leicht hatte – ebenso wenig wie er es mit ihr. Sie kannte die beiden seit fünf Jahren und wunderte sich immer wieder, was diese beiden so unterschiedlichen Menschen zusammenhielt.

Christoph war ein Womanizer. Er besaß das gewisse Etwas, auf das die meisten Frauen flogen. Dies war ihm durchaus bewusst, und er nutzte es für seine Zwecke. Miriam wusste, dass Christoph in Matala regelmäßig Touristinnen aufriss und sie mit in seine Hütte nahm. Er hatte im Laufe der Jahre unzählige Affären. Auch Miriam selbst gehörte dazu. Es geschah ganz am Anfang ihrer Bekanntschaft, nach einem weinseligen Abend. Addy wusste bis heute nichts davon, und Miriam hatte die Sache sofort wieder beendet. Beim Gedanken an diese eine Nacht mit Christoph wurde Miriam rot. Christoph hatte den Bogen wirklich raus ... Dabei war sie damals schon in Micha verliebt gewesen. Na ja, es war verdammt lang her. Der alte BAP-Song kam ihr in den Sinn und sie sang vor sich hin: «Verdamp lang her, verdamp lang, verdamp lang her ...»

Miriam griff zum Telefon und wählte die Nummer in Skourvoula. Christoph hob ab.

«Oriste?»

«Ich bin's, Miriam! Ich plane eine Kunstausstellung und hätte gern ein paar von Addys Werken dabei. Ist sie da?»

«Miriam! Wie schön es ist, deine Stimme zu hören! Ich hab dich echt vermisst.»

Das war typisch Christoph. Er gab einem das Gefühl, jemand ganz Besonderes und wahnsinnig wichtig zu sein. Das war seine Masche. Miriam lächelte, sie hatte ihn längst durchschaut.

«Ist Addy nun da oder nicht?»

Christoph gab das Flirten auf und trompetete durchs Haus: «Addy, Telefon! Es ist Miriam!»

Eine Minute später hatte Miriam Addy in der Leitung.

«Ja, Miriam, was gibt's?»

Miriam brachte ihr Anliegen vor und Addy versprach, sich die Sache zu überlegen. Eine Stunde später bekam Miriam eine SMS mit dem Inhalt: «Nehme teil. Bringe Bilder morgen. A.»

6

Ein Taxi hielt vor einem gelb gestrichenen Reihenhaus in Leimen, einer unspektakulären Kleinstadt südlich von Heidelberg, die es durch ihren wohl berühmtesten Sohn, den Tennisspieler Boris Becker, zu einiger Bekanntheit gebracht hatte.

Robert Fischer bezahlte und stieg aus. Sein Kopf brummte und von dem langen Flug und dem Schlafmangel tat ihm jeder einzelne Muskel weh. «Verdammter Jetlag!», schimpfte Robert.

Er steckte den Schlüssel in die Haustür und stellte fest, dass sie abgeschlossen war. Seltsam ... Robert schloss auf und betrat den Flur. Wie mechanisch strich er mit dem Zeigefinger über die kleine Kommode. Staub! Auch das noch.

«Sabine!», brüllte er. «Sabine, verflucht nochmal, wo steckst du? Weißt du, wie oft ich dich angerufen habe? Warum gehst du nicht an das verdammte Scheiß-Telefon?!»

Er bekam keine Antwort. Das Haus war leer. Erst jetzt bemerkte er, dass auch kein Golden Retriever angeschossen kam, an ihm hochsprang und freudig mit dem Schwanz wedelte. Das war die Erklärung! Sabine musste mit dem Hund draußen sein. Die Idee, es könnte ihr etwas zugestoßen sein, war ihm die ganzen Tage nicht gekommen und auch jetzt dachte er nicht daran.

Robert ging in die Küche. Sein Hals war trocken, ihn

plagte ein schrecklicher Durst. Hoffentlich hatte Sabine nicht wieder vergessen, das Wasser kalt zu stellen. Ihr musste man alles tausendmal sagen! Roberts Blick fiel auf den Küchentisch. Dort lag ein schlichter weißer Briefumschlag, auf den in Sabines kleiner, runder Schrift sein Name geschrieben stand. Robert öffnete den Umschlag und zog eine Nachricht hervor. Er begann zu lesen:

«Hallo Robert,

wenn du nach Hause kommst, werde ich nicht mehr hier sein. Ich habe dich verlassen. Ich hab sehr lange versucht, mich mit deinem Kontrollwahn zu arrangieren und wollte dir alles recht machen. Es ist unmöglich. Ich kann und will so nicht mehr weitermachen. Durch Chrissies Tod ist mir bewusst geworden, dass auch ich nicht mehr richtig lebe. Ich funktioniere nur noch. Jetzt muss ich gehen, bevor ich das letzte bisschen Selbstachtung verloren und keine Kraft mehr dafür habe.

Robert, ich liebe dich nicht mehr. Ich werde nicht zu dir zurückkehren. Aber ich werde mich melden, wenn ich so weit bin, damit wir uns sauber trennen können. Ich werde die Scheidung einreichen. Es tut mir leid, dass du es auf diese Weise erfahren musst, lieber hätte ich in Ruhe mit dir gesprochen. Aber ich habe Angst vor dir, vor deiner Wut.

Du brauchst Hilfe. Bitte lass dich behandeln, bevor du auch noch dein Leben zerstörst.

Sabine

P.S.: Such mich nicht, du wirst mich sowieso nicht finden.

P.S.2: Bonnie ist bei Ramona und Ulli, du kannst sie jederzeit dort abholen. Sie wissen nicht, wo ich bin, also lass sie bitte in Ruhe.»

Robert lief puterrot an. Seine Wutanfälle glichen einem Vulkanausbruch. Heißes Magma bahnte sich seinen Weg an die Oberfläche, dann kam es zur Eruption, rasendes Feuer schoss meterhoch, und Glut und Aschewolken begruben alles unter sich. Robert beruhigte sich erst dann wieder, wenn die Lava abgeflossen war. Doch Lava hinterließ verbrannte Erde, und so hatten sich die meisten ihrer Freunde und Bekannten, die einmal Opfer oder Zeuge eines seiner Ausbrüche geworden waren, von ihm abgewandt.

«Verfluchte Schlampe, das wirst du mir büßen! Das kannst du nicht machen, nicht mit mir! Ich finde dich, und dann bring ich dich um, du blödes Weib! Ich bring dich um!»

Robert griff nach der Keramikschale, die er Sabine zum Geburtstag geschenkt hatte, und donnerte sie an die Wand. Ein Kerzenständer, ein goldener Engel und zwei Pfannen folgten. Robert stampfte auf den Boden wie ein wütender Stier, dann riss er die Gardine vom Fenster und das Geschirr aus den Schränken. Erst als die Küche aussah wie nach einem Bombenangriff, kam er zur Besinnung und sank auf einen Küchenstuhl.

Er würde sie suchen und er würde sie finden – koste es, was es wolle!

SIVAS

Miriam war endlich zufrieden mit den Plakaten für die geplante Ausstellung. Sie fielen auf, repräsentierten die Werke der ausstellenden Künstler gut und sahen sehr ästhetisch aus. Sie hatte sie in der nahegelegenen Kleinstadt Mires drucken lassen und freute sich darüber, wie gut die Farben im Druck wirkten. Diese Ausstellung würde sicher ein Erfolg!

Mit einem großen Stapel Poster, Klebestreifen und einem Tacker ausgerüstet zog Miriam durch die Dörfer. Es war ein heißer Tag, die Luft flirrte über dem Asphalt und Miriam wischte sich immer wieder den Schweiß von der Stirn. Sie hätte die Aktion in die Abendstunden verschieben sollen. Aber nun war sie schon einmal unterwegs und würde ihr Vorhaben auch zu Ende bringen.

Als sie gerade am Dorfplatz von Sivas angekommen war und die gläserne Eingangstür des Kafenions mit einem Poster versehen wollte, bemerkte Miriam eine große, bunt gekleidete Frau mit widerspenstigen Locken, die sie interessiert beobachtete.

Miriam rief zu ihr herüber: «Eine Kunstausstellung in Kamilari. Ich stelle auch aus. Möchten Sie vielleicht kommen?»

«Gerne! Ich bin auch freischaffende Künstlerin und sehr gespannt, was die Szene hier zu bieten hat! Ich heiße Saskia. Wir können uns auch duzen.» «Klar! Miriam. Freut mich, dich kennenzulernen, Saskia.»

Miriam und Saskia waren sich auf Anhieb sympathisch. Sie suchten einen schattigen Platz und setzten sich auf einen Kaffee zusammen, tauschten sich über die Kulturszene in Deutschland und Griechenland aus und sprachen bald auch über Persönliches.

«Ich bin mit meiner besten Freundin hier», erzählte Saskia. «Es geht ihr nicht gut. Sie muss einen Todesfall verkraften und hat sich gerade von ihrem Mann getrennt. Und jetzt liegt sie mit Migräne im Bett in unserer Ferienwohnung.»

«Oh je, die Arme! Hoffentlich geht es ihr bald besser», meinte Miriam mitfühlend.

Später berichtete sie ihrerseits von ihrem Leben auf der Insel und von Micha.

«Alle halten mich für verrückt, aber ich kann die Hoffnung einfach nicht aufgeben. Seit sieben Jahren ... Ich kann mir nicht vorstellen, jemals in einen anderen Mann verliebt zu sein als in Micha!»

Miriam wunderte sich über sich selbst, dass sie dieser Wildfremden solch persönliche Dinge erzählte. Normalerweise brauchte sie lang, bis sie mit anderen warm wurde. Doch zu Saskia hatte sie gleich Vertrauen gefasst. Die beiden Frauen saßen bis zum Abend zusammen, gingen von Kaffee zu Wein über, plauderten, philosophierten und lachten. Die Plakate mussten nun doch warten, morgen war auch noch ein Tag.

SKOURVOULA

Addy stand unschlüssig vor ihren Bildern, die sie von der Wohnzimmerwand genommen und in einer Reihe vor sich aufgestellt hatte. Sie gab ihnen Namen und versuchte seit einer Stunde vergeblich, eine Auswahl zu treffen. Sie konnte sich nicht entscheiden.

«Christoph, schau mal bitte, soll ich ‹Tod in Blau› oder ‹Das Verderben› mit zu Miriam nehmen?» Sie deutete auf zwei Ölbilder, die sich kaum voneinander unterschieden.

«Nimm das rechte», sagte Christoph geistesabwesend. «Oder das linke, das ist auch gut.»

«Würdest du jetzt bitte mal richtig hinschauen?», fragte Addy. Ihre Stimme wurde schärfer. «Die Ausstellung ist mir wichtig. Könntest du dich vielleicht ein einziges Mal für das interessieren, was ich tue? Nie unterstützt du mich. Und verdammt nochmal, warum fliegst du nicht mit mir nach Österreich?»

«Jetzt fang nicht wieder damit an! Es bleibt dabei. Ich fliege nicht. Basta. Ende der Diskussion!»

Christoph verließ den Raum und knallte die Tür hinter sich zu. Addy schossen Tränen in die Augen. Sie rief: «Warum bist du so zu mir? Du siehst mich gar nicht mehr an, dich interessieren nur noch diese Flittchen! Denkst du, ich weiß nicht, was du da treibst? In Matala?» Sie spie das Wort «Matala» förmlich aus, ihre Stimme hatte eine gefährliche Höhe angenommen.

Christoph betrat erneut das Wohnzimmer. Mit wesentlich sanfterer Stimme sagte er: «Addy, ich finde es gut, dass du an der Ausstellung teilnimmst, ehrlich. Ich will dich auch unterstützen. Nimm den ‹Tod in Blau› mit, den finde ich noch etwas gelungener. Nur bitte, bitte werd jetzt nicht wieder hysterisch!»

Christoph trat vorsichtig an Addy heran und legte den Arm um sie. «Wir sind doch ein gutes Team, Addy, das waren wir immer. Gerade haben wir ein paar Probleme, wie sie jedes Paar mal hat, aber das wird auch wieder besser.»

Addys Tränen versiegten. Sie wand sich aus Christophs Umarmung, schürzte die Lippen und verpackte den «Tod in Blau» für die Ausstellung.

LEIMEN

Robert saß eine halbe Stunde lang regungslos am Küchentisch, den Kopf in die Hände gestützt. Der Wutanfall hatte ihn erschöpft. Er sah sich um. Eine schöne Sauerei hatte er da veranstaltet. Und jetzt musste er das auch noch selbst aufräumen. Die blöde Kuh war ja nicht da. Sie war schuld, Sabine! Sie hatte ihn zur Weißglut gebracht, ihn bis aufs Blut gereizt!

Robert schnaubte. Wieder stieg heiße Wut in ihm auf, er ballte die Fäuste. Der Vulkan stand kurz vor einem weiteren Ausbruch, doch Robert schaffte es diesmal, sich zu beherrschen. Er musste einen kühlen Kopf bewahren. Strategisch vorgehen. Sabine war weg, aber sie weilte ja noch auf demselben Planeten. Wo konnte sie sein? Ihre Eltern lebten nicht mehr und mit Chrissie war ihre letzte enge Verwandte gestorben. Wahrscheinlich hatte sie sich einfach bei Saskia verkrochen.

Robert verließ die Küche und schlug das dunkelrote Adressbuch auf, das im Wohnzimmer neben dem Telefon lag. Bevor er Saskias Nummer wählte, rief er Sabines Handy an. Robert hörte die vertraute Melodie, das Handy klingelte irgendwo im Haus. Robert runzelte die Stirn. Sabine musste sich ein neues Handy angeschafft haben, ihr altes hätte sie bestimmt nicht versehentlich vergessen.

Nun probierte er es unter Saskias Nummer. Ein Anrufbeantworter schaltete sich ein. «Hier spricht Saskia Hoffmann, ich bin nicht zu Hause. Nachrichten bitte nach dem Pieps!» Pieps! Wie albern das klang. Robert schüttelte den Kopf. So albern wie die ganze Saskia mit ihrer komischen Frisur und den knallbunten Klamotten. Robert hatte sie nie gemocht. Sie hatte einen schlechten Einfluss auf seine Sabine!

Wahrscheinlich saßen die beiden Tussen jetzt in Saskias Wohnzimmer und hoben nicht ab, wenn sie seine Nummer sahen. Sie hielten sich wohl für ganz schlau.

Robert zog sich seine Jacke über und besuchte Ramona und Ulli, ihre langjährigen Nachbarn. Das Chaos in der Küche lief ihm nicht weg.

Ramona öffnete die Tür. «Robert, gut, dass du kommst und den Hund holst! Wir müssen morgen früh weg, Ullis Mutter hat sich das Bein gebrochen ...»

Die überglückliche Bonnie überschlug sich fast, sie liebte ihr Herrchen. Robert kraulte sie.

«Ich drehe gleich eine Runde mit ihr», sagte Robert. «Vorher müsste ich nur noch ganz kurz Sabine anrufen. Sie ist bei ihrer Freundin. Hab mein Handy vergessen. Dürfte ich kurz mit eurem Telefon ...»

«Klar!»

Ramona gab ihm das Gerät. Wieder wählte er Saskias Nummer.

«Hier spricht Saskia Hoffmann. Ich bin nicht zu Hause. Nachrichten bitte nach dem Pieps!»

Als es dunkel wurde, fuhr Robert an Saskias Wohnung im Heidelberger Stadtteil Rohrbach vorbei. Er sah kein Licht in der Wohnung. Dass die beiden Frauen dort in kompletter Dunkelheit ausharrten, konnte er sich nicht vorstellen. Sie steckten bestimmt zusammen, bloß wo? Morgen würde Robert Sabines Chef anrufen. Vielleicht wusste der etwas. Und Männer hielten schließlich zusammen, oder etwa nicht?

KRETA, VORI

Zwei Stunden nach dem fruchtlosen Streit hatte Addy mit Christophs Unterstützung die endgültige Wahl für die Ausstellung getroffen und die Bilder sicher für den Transport verschnürt. Christoph brach auf, er hatte sich am Nachmittag mit Patrick und Jana verabredet. Er wollte sie im kleinen Dorf Vori abholen und mit zu den Schafen nehmen.

Patrick hatte Christoph von seinem Hobby Geocaching erzählt, und irgendwo in Vori war wohl eine solche Dose versteckt. So ganz begriffen hatte Christoph dieses Spiel und seinen Sinn und Zweck nicht. Seltsame Hobbies hatten die Leute, das war nicht seine Welt!

Als er in Vori eintraf, warteten Patrick und Jana schon an der hübschen Platia unter einem großen Baum, um den sich ein paar traditionelle und ein moderneres Kafenion gruppierten. Vor Patrick stand ein Frappé. Er trank jeden Tag mindestens einen solchen eisgekühlten Kaffee, das Zeug hatte Suchtpotenzial! Christoph gesellte sich zu ihnen.

«Jana, ich freu mich, dich endlich persönlich kennenzulernen! Patrick hat so von dir geschwärmt – und ich sehe, er hat nicht übertrieben.»

Christoph strahlte. Er gab Jana die Hand, hielt sie einen Augenblick zu lang fest und blickte ihr tief in die Augen. Die irritierte Jana stutzte einen Augenblick, doch die Sache fühlte sich nicht unangenehm an.

«Ich freu mich auch, dich kennenzulernen. Und ich bin gespannt auf die Schafe. Und auf euer Haus. Und überhaupt!»

Mit dem Pickup erreichten sie in wenigen Minuten den Hügel, auf dem Christophs Schafe weideten. Es waren dreiundsechzig erwachsene Tiere und fünfzehn Lämmer. Christoph rief sie mit dem traditionellen Ruf der Schäfer zusammen: «No, no, no, no, no!» Patrick fragte sich, wie die Schafe von den verdorrten Gräsern und dem niedrigen, dornigen Bewuchs des Hügels satt wurden. Konnten sie das Stachelige überhaupt fressen?

«Wie süß! Darf ich die anfassen?» Jana war begeistert, sie liebte Tiere über alles. Hingebungsvoll kraulte sie ein kleines weißes Lämmchen mit einem schwarzen Schwanz. Die beiden Männer grinsten.

«Na, da haben wir wohl jemanden richtig glücklich gemacht», meinte Christoph.

Sie hielten sich eine knappe Stunde bei den Schafen auf und fuhren dann weiter nach Skourvoula. Christoph hatte vorher schon alles für die geplante Grillparty vorbereitet. «Setzt euch», sagte er. Jana stand am Rand der Terrasse und bewunderte die Aussicht.

«Toller Blick! Hat der See da unten immer so wenig Wasser?»

«Der ist sonst dreimal so groß. Alles weg durch die Trockenheit dieses Jahr», ließ sich eine Stimme aus dem Haus vernehmen. Jana drehte sich um. Sie sah Addy aus der Tür treten.

Patrick hatte sie vorgewarnt, aber ganz so unsympathisch hatte sie sich Christophs Freundin dann doch nicht vorgestellt. Diese Frau war ja zum Fürchten! Jana zuckte zusammen.

Christoph brachte das Grillfeuer in Gang und verteilte Koteletts und Loukanika – kretische Würstchen – auf dem Rost. Addy stellte zwei Salate auf den Tisch und schnitt frisches Brot auf. Eine Schale Oliven, ein Teller mit Schafskäse und eigener Wein von Christophs und Addys Nachbarn Stefanos komplettierten das Mahl. Es schmeckte köstlich.

Während Patrick, Jana und Christoph herumalberten, schwieg Addy und beobachtete abwechselnd Christoph und Jana. Jana spürte ihren bohrenden, abschätzigen Blick und wäre am liebsten aufgestanden und gegangen. Doch sie wollte den schönen Abend nicht zerstören. Sollte die alte Zicke doch glotzen!

Janas Antipathie gegenüber Addy beruhte auf Gegenseitigkeit. Addy hatte Jana sofort als potenzielle Gefahr erkannt. Sie kannte Christoph und sein Beuteschema. Und sie hatte gesehen, welche Blicke er der jungen Frau zuwarf. Jana war genau sein Typ.

Christoph flirtete mit jeder Frau, dieses Programm lief automatisch bei ihm ab, wahrscheinlich merkte er das nicht einmal. Addy war daran gewöhnt. Doch mit Jana war das irgendwie anders. Er hatte sie so warm angesehen, so ernsthaft an ihrer Person interessiert. Das war neu. Und gefährlich. Diese Jana musste weg!

Addy räumte den Tisch ab und Christoph holte seine Lyra aus dem Haus. Kaum hatte er mit dem ersten Stück angesetzt, als Nachbar Stefanos mit seiner Laute um die Ecke bog. Die beiden sangen und spielten alte kretische Weisen, und Jana hing an Christophs Lippen. Er hatte eine wunderschöne Stimme, und wenn er sang, wirkte er noch kretischer als sonst. Patrick hatte schon recht, der Typ war faszinierend!

Der freundliche, weißhaarige Stefanos hatte nicht nur sein Instrument mitgebracht, sondern auch eine Flasche Raki.

«Ja mas!», rief er laut und legte die Laute beiseite.

Christoph ging ins Haus, um eine Wassermelone aufzuschneiden. Stefanos erzählte derweil von ein paar interessanten verborgenen Plätzen in den Bergen, und Patrick nahm sich vor, sie nach Geocaches abzuchecken.

Die brütende Hitze des Tages war längst einem angenehmen lauen Wind gewichen, die Zikaden hatten ihr Konzert für heute beendet. Der Abend wurde lang, und auch Christoph hatte irgendwann zu viel getrunken, um noch zu fahren.

«Sorry, ihr zwei Süßen, ich kann euch nicht mehr nach Pitsidia bringen. Ich kann euch ein Taxi rufen oder ihr bleibt einfach hier. Wir haben ein Gästezimmer.»

Sie blieben. Christoph bezog das Gästebett, und nach einer abschließenden Runde Raki löste sich die kleine Runde auf. Addy zog sich wortlos zurück. Jana verschwand im Bad und machte sich frisch. Als sie den Flur in Richtung Gästezimmer entlanglief, begegnete sie Christoph. Ihre langen braunen Haare fielen ihr bis zur Hüfte. Christoph nahm eine Strähne in die Hand und lächelte Jana an.

«Du bist wunderschön. Patrick ist ein Glückspilz!» Er strich ihr sanft über den Arm und gab ihr einen Kuss auf die Wange. «Gute Nacht, Jana.»

Jana bekam Gänsehaut, ihre Knie wurden weich. Was war das denn jetzt gewesen? Sie atmete ein paarmal tief durch und wartete noch einen Augenblick, erst dann ging sie zu Patrick ins Gästezimmer. Die beiden schliefen eng umschlungen ein, doch Jana hatte noch immer Christophs Gesicht vor Augen und seine Stimme tanzte durch ihr Ohr.

7

Robert verbrachte die nächsten Tage damit, seine und Sabines Bekannte anzurufen. Niemand hatte Sabine gesehen. Er nahm sich Urlaub, um die Suche intensiver zu gestalten. Jeden Platz, den sie zusammen aufgesucht hatten, jedes Lokal und jeden Ort, den Sabine besonders mochte, suchte er ab. Überall fragte er nach ihr und zeigte ihr Foto herum. Nichts. Mehrmals am Tag fuhr er an Saskias Wohnung vorbei, auch am späten Abend. Er überwachte stundenlang ihren Eingang. Nichts. Saskia war verschwunden, so wie Sabine.

Den Schulleiter erreichte er erst am vierten Tag – unter seiner Privatnummer, die Sommerferien hatten bereits begonnen.

«Guten Tag, hier spricht Dr. Robert Fischer, der Ehemann von Sabine Fischer.»

Er legte eine besondere Betonung auf seinen Titel und das Wort «Ehemann», als würde ihm dies eine größere Autorität verleihen.

«Es gibt da ein kleines Problem.» Er kicherte aufgesetzt. «Ich war auf einem Kongress in den USA, und meine Frau und ich wollten uns anschließend direkt an unserem Urlaubsziel treffen. Sie ist schon unterwegs, und ich finde den Prospekt von unserer Unterkunft nicht mehr. Ich hab doch glatt den Namen von diesem Ort vergessen ... So was Blödes! Ich hatte so viel um die Ohren vor dem Kongress, wissen Sie, und Sabine hat das alles gebucht. Ich erreiche sie nicht auf dem Handy, sicher hat sie schlechten Empfang dort ... Können Sie mir vielleicht weiterhelfen?»

Schulrektor Dellert ließ sich viel Zeit mit der Antwort, dann erwiderte er betont kühl: «Ich weiß nicht, wo Sabine ist, und selbst wenn ich es wüsste, würde ich es Ihnen garantiert nicht sagen. Ich weiß ganz genau, dass Ihre Frau nicht mit Ihnen zusammen verreisen wollte. Und noch etwas: Glauben Sie bloß nicht, dass sie so schnell zurückkommt, sie nimmt ein Sabbatjahr. Guten Tag.» Der Schulleiter legte auf.

Robert blieb vor Empörung der Mund weit offen stehen. Eine Unverschämtheit! Was fiel diesem Knilch bloß ein, ihn so einfach abzuservieren? Und was hieß hier Sabbatjahr? Hatte Sabine jetzt komplett den Verstand verloren?

Robert knallte den Hörer auf. Verdammt, Sabines Chef war seine Hoffnung gewesen. Aber er würde nicht aufgeben. Die Suche ging weiter, er würde sie schon finden. Und dann konnte die blöde Kuh sich warm anziehen!

Nach einer Woche intensiver Suche hatte Robert fast kapituliert. Ihm fiel niemand mehr ein, den er noch nach Sabine fragen konnte, kein Ort, an dem er sie noch suchen könnte. Sie konnte überall und nirgendwo sein und wahrscheinlich hielt sie sich sogar im Ausland auf. Roberts Urlaub ließ sich nicht verlängern, der Biologe hatte wichtige Termine.

Am Dienstag hielt er einen Vortrag am Deutschen Krebsforschungszentrum. Es fiel ihm schwer, sich auf seine Arbeit zu konzentrieren, immer wieder schweiften seine Gedanken ab zu Sabine. Wo steckte sie bloß? Es half alles nichts, er musste wohl einen Privatdetektiv engagieren.

Nach seinem Vortrag schlenderte Robert über das Universitätsgelände am Neuenheimer Feld, er war mit einem

Kollegen zum Mittagessen verabredet. Eine junge Frau kam ihm entgegen, die ihm entfernt bekannt vorkam. Die Frau stutzte ebenfalls einen Moment und sah ihn fragend an. Sie war bereits an ihm vorbeigegangen, als bei Robert der Groschen fiel. Das war Jenny, Saskias Tochter! Robert hatte sie vorher nur ein- oder zweimal gesehen und sie nicht sofort erkannt. Er drehte sich um, lief hinter ihr her und setzte sein freundlichstes Lächeln auf.

«Jenny!», rief er.

Saskias Tochter drehte sich um. Bei näherer Betrachtung sah sie ihrer Mutter wirklich ähnlich, sie war nur wesentlich schlanker und hatte im Gegensatz zu ihrer Mutter völlig glatte Haare.

«Sind Sie es doch! Ich war mir vorhin nicht sicher. Wie läuft das Studium?»

«Danke, gut.»

Jenny musterte Robert argwöhnisch. Der setzte den entwaffnend harmlos wirkenden Gesichtsausdruck auf, den er vor seiner Suche nach Sabine eigens vor dem Spiegel geübt hatte.

«Ich habe Saskia länger nicht gesehen. Geht's ihr gut? Ich freue mich, dass meine Frau so eine treue Freundin hat. Sicher haben die beiden gerade sehr viel Spaß in ihrem Urlaub. Nur – hoffentlich frieren sie nicht …»

«Was, frieren? Auf Kreta sind es über 30 Grad! … Oh Mist, ich sollte doch niemandem verraten, wo sie sind …» Jenny wurde rot, da war ihr ja was rausgerutscht!

Robert lachte schallend. «Das war doch nur Spaß, Jenny, natürlich weiß ich, dass die beiden auf Kreta sind. Ich wünsche Ihnen noch einen schönen Tag und alles Gute fürs Studium. Muss jetzt weiter.»

Er strahlte sie an und ging zu seinem Treffen.

Ha, Kreta! Da waren sie also. Die Insel war nicht eben klein, das war Robert bewusst, aber er würde sie systematisch durchforsten. Irgendwie würde er Sabine ausfindig machen, auch wenn er nicht die geringste Ahnung hatte, wie er das bewerkstelligen sollte. Robert brachte drei weitere dienstliche Termine hinter sich, dann nahm er den Rest seines Jahresurlaubs und buchte gleich für den nächsten Tag einen Flug auf die griechische Insel.

KRETA, KAMILARI

Während Robert das Gebiet um Heidelberg nach seiner Frau absuchte, fand in Kamilari in einer kleinen Halle die Vernissage der geplanten Kunstausstellung statt. Miriams Werbeaktion hatte Wirkung gezeigt, der Raum war voll mit Einheimischen, Residenten und Touristen, die die Werke der Künstler neugierig musterten. Miriams und Addys Bilder sowie Manos' Schwarzweiß-Fotografien hingen an den Wänden, Svenjas Skulpturen standen auf Sockeln und waren über den Raum verteilt. Vor die Fenster hatte man zwei Tische gestellt, darauf ein kleines kaltes Büffet, Sekt und Wasser.

Miriam lief aufgeregt hin und her, sie begrüßte die Besucher und stellte die Künstler vor. Als sie Saskia hereinkommen sah, eilte Miriam zu ihr.

«Saskia, schön, dass du gekommen bist! Wo ist Sabine?» Sie hatte Saskias Freundin am Abend zuvor persönlich kennengelernt.

«Sabine wäre gern zur Vernissage gekommen, aber sie ist heute nicht so gut drauf. Es ist auf den Tag ein halbes Jahr her, dass ihre Schwester ums Leben gekommen ist, und da ist ihr nicht nach Ausgehen zumute ... Sie wollte heute alleine sein, schaut sich die Ausstellung aber sicher später an.»

Saskia schnappte sich ein Glas Sekt und schritt neugierig an den Bildern und Fotografien vorbei. Sie mochte Miriams Stil und auch Manos' Werke beeindruckten sie sehr. Er hatte einen außergewöhnlichen Blick auf die Dinge, auf die Details. Als sie Addys Gemälde sichtete, erschrak sie. Die Bilder waren unglaublich ausdrucksstark, aber die Düsternis und Verzweiflung, die aus ihnen sprach, ließ Saskia erschaudern. Sie suchte Miriam.

«Wer hat denn diese finsteren Bilder gemalt?», fragte sie.

«Adriane Baumgartner, eine Österreicherin, die seit Jahrzehnten hier lebt. Sie ist sehr speziell. Du wirst sie später sehen, sie kommt heute Abend auch. Mal gespannt, ob sie Christoph überreden kann, mitzukommen – ihren Freund. Ich hab noch nie zwei Menschen erlebt, die so wenig zueinander passen, und doch sind sie seit über dreißig Jahren ein Paar. Ist mir ein ewiges Rätsel.» Miriam zuckte die Schultern.

Als Addy und Christoph den Raum betraten, neigte sich die Vernissage bereits ihrem Ende zu. Ein weiterer Streit hatte die beiden aufgehalten. Erneut war es um die Reise nach Österreich gegangen. Addy konnte und wollte sich nicht damit abfinden, dass Christoph sie nicht begleiten würde. Frustriert gesellte sie sich zu ihren Bildern. Ihr Mund hatte sich zu einem schmalen Strich verzogen, was ihr strenges Aussehen noch weiter betonte.

Saskia war gerade damit beschäftigt, sich eine der Skulpturen näher anzuschauen, als ihr Blick auf das ungleiche Paar fiel. Eine ebenso spontane wie heftige Welle der Abneigung erfasste sie. Diese richtete sich keineswegs gegen die spröde Addy – die ihr auch nicht sonderlich sympathisch war –, doch Saskia sah in ihr auch einen zutiefst unglücklichen Menschen, der in irgendeiner Lebensfalle gefangen war. Einen Vogel, dem man die Flügel gestutzt hatte, noch bevor er gelernt hatte zu fliegen. Dieser Christoph jedoch war ihr unheimlich. Irgendetwas an dem war nicht echt. Saskia stellten sich die Nackenhaare auf. «Was für ein Blender!», dachte sie.

Die Vernissage wurde ein voller Erfolg. Die Besucher zeigten sich beeindruckt, und sowohl Miriam als auch Svenja und Manos konnten Interessenten für mehrere ihrer Objekte finden. Addys Ecke war permanent voll, die Leute musterten ihre Bilder fasziniert und abgestoßen zugleich, doch niemand wollte diese Werke kaufen.

KRETA, 2. SEPTEMBER 2016

Der Besuch der Kunstausstellung und der Kontakt zu Miriam hatten in Saskia einen wahren Malrausch ausgelöst. Sie besorgte sich eine Staffelei und Farben und malte jeden Tag mehrere Stunden, manchmal auch zusammen mit Miriam.

Sabine freute sich, dass ihre Freundin ihre Blockade überwunden zu haben schien, und sie genoss es ihrerseits, Zeit für sich zu haben. Jahrelang hatte sich ihr Leben nur noch um ihre Arbeit und vor allem um Roberts Befindlichkeiten gedreht. Ihr erster Gedanke am Morgen und der letzte am Abend hatten sich um die Frage gedreht, wie sie es ihrem anspruchsvollen Gatten recht machen und es schaffen konnte, seinem Ärger zu entkommen, der sich an jeder noch so nichtigen Kleinigkeit entzündete. Sie war jahrelang auf Zehenspitzen um Robert herumgeschlichen und hatte sich dabei gefühlt wie ein einsames Schiff in einem Feld von Eisbergen in dunkler Nacht und ohne Kompass – wohl wissend, dass ihre Beziehung längst Schiffbruch erlitten hatte. Die Tatsache, dass Robert von Zeit zu Zeit seine ursprüngliche Freundlichkeit ihr gegenüber wiederentdeckte, hatte die Sache nicht besser, nur verwirrender gemacht. Jetzt, mit einigem Abstand zu Roberts unberechenbaren Stimmungsumschwüngen, war Sabine dabei, sich selbst neu zu entdecken.

«Ich mache heute einen Ausflug nach Lentas», teilte Sabine ihrer Freundin mit, die bereits wieder ihre Pinsel und Farben zusammensuchte. «Wir sehen uns dann heute Abend. Grüß Miriam!»

Bester Laune startete Sabine den Mietwagen und machte sich auf den Weg. Der Himmel war wolkenlos, das Thermometer zeigte schon am Morgen 32 Grad, und Sabine hatte die Autofenster weit geöffnet. Endlose Reihen von Olivenbäumen, deren silbrig glänzende Blätter sich im Wind bewegten, zogen an ihr vorbei, als sie durch die Messara-Ebene fuhr. Im Ort Apesokari bog sie ab in Richtung Lentas. Die Straße durch die Asterousia-Berge wand sich in unzähligen Serpentinen hinauf und auf der anderen Seite wieder hinunter und gab auf den letzten Kilometern traumhafte Ausblicke aufs tiefblaue Libysche Meer frei. Die Vegetation in dieser Gegend war karg, trockenes braunes Gras, ein paar Disteln und stachelige Büschel aus Kräutern bedeckten den Boden zwischen wenigen kleineren, geduckten Bäumen. Die Sonne brannte unbarmherzig auf spektakuläre beige-braune und rötliche Felsformationen.

Sabine passierte das kleine Dorf Miamou. Sie hielt kurz an, stieg aus und genoss die Ruhe dieses terrassenförmig an einen Hang gebauten Örtchens mit seinen einfachen weiß getünchten Häusern. Hier schien die Zeit stehengeblieben zu sein. Sie setzte sich auf eine niedrige Mauer am Straßenrand. Das winzige Kafenion in der Mitte des Dörfchens hatte geschlossen. Kein Mensch war auf der Straße zu sehen, nur ein paar Katzen dösten träge in den Ecken im Schatten und irgendwo kläffte ein Hund. Auf einem Grundstück am Ortsrand stand ein Esel unter einem hohen Eukalyptusbaum. Sabine atmete tief durch. Sie stand auf und breitete die Arme aus. Freiheit, so fühlte sich Freiheit an!

Sie stieg ins Auto, fuhr weiter und stellte den CD-Player an. Sie hatte eine CD der jungen badischen Band Umleitung eingelegt, deren Karriere sie verfolgte, seit ihr Sänger Dominik bei einer Castingshow im Fernsehen teilgenommen hatte. Sie hörte ihr Lieblingslied «Somebody new».

«I am far away, I am somebody new. Forget your yesterday and be somebody new ...», sang Dominik – und Sabine mit ihm. Sie fühlte sich wie neugeboren. Nicht mehr die unglückliche, unterdrückte, verängstigte graue Maus. Nein, sie war eine starke Frau, stark und lebenshungrig. Viel zu lang hatte sie vergessen zu leben!

Etliche Kurven weiter näherte sich die Straße langsam Sabines Ziel, dem Küstenort Lentas. Das Meer kam in Sicht. Sabine entdeckte einen kleinen Hafen, der an dieser Stelle irgendwie fehl am Platz wirkte. Der Blick über hellbraune Gräser, Felsen und grüne Tamarisken aufs dunkelblaue Meer und die weißen Häuser von Lentas war einfach schön.

Sabine schloss Lentas sofort ins Herz. Hier würde sie irgendwann mal ein paar Tage verbringen, allein oder mit Saskia ... Oder mit wem auch immer. Sie parkte das Auto am oberen Ortsrand und lief über einen Weg aus Pflastersteinen ins Zentrum. Eine Taverne, ein paar Cafés und ein Souvenirladen säumten einen kleinen Platz, an dessen Rand eine ausladende Tamariske stand, deren dicker Stamm bis zur Hälfte weiß gestrichen war. Zum wiederholten Male fragte sich Sabine, warum die Griechen ihre Bäume weiß anstrichen. Sollte das die Schädlinge abweisen? Konnte nicht mal jemand einen Anstrich erfinden, der schädliche Männer wie Robert abwies? Sabine grinste. Sie wünschte sich einen Anstrich in Türkis, das war ihre Lieblingsfarbe.

Sie betrat den Souvenirladen und entdeckte ein türkisfarbenes Kleid. Das war doch schon mal ein Anfang! Sabine probierte das Kleid an. Es passte und sie kaufte es.

Sie trank einen Orangensaft auf der Terrasse eines kleinen Cafés namens «Tiger Lily». Die Terrasse erstreckte sich über den schmalen örtlichen Strand zum Meer hin. Sabine beobachtete das Strandleben: ein älteres lesendes Paar auf Liegestühlen, ein kleiner Junge mit roten Schwimmflügeln, einige Schnorchler, zwei Jugendliche, die mit Holzschlägern, die an Küchenbretter erinnerten, und einem gelben Ball eine Art Tennis spielten. Unter lautem Hupen tuckerte ein kleines weißes Ausflugsboot heran und entließ ein paar sonnenbebrillte Fahrgäste so weit vom Strand entfernt von Bord, dass sie keine Chance hatten, halbwegs trocken das Ufer zu erreichen. Das Boot hupte erneut und fuhr davon. Am rechten Ende der Bucht schmiegte sich eine einfach und ursprünglich anmutende Pension mit der blauen Aufschrift «Rent Rooms» an einen felsigen Berg mit einem interessanten Zacken. Hier, genau hier wollte sie einmal übernachten!

Sabine bummelte noch ein wenig durch den Ort und setzte sich an den Strand, dann lief sie zurück zum Auto und fuhr los. Sie schaltete den CD-Player ein.

«I am somebody, I am somebody, I am somebody new …»

Sabine schrie ihre neu entdeckte Lebensfreude förmlich hinaus, für einen Augenblick fühlte sie sich unbesiegbar.

Sie würde es mit einer Armada von Drachen aufnehmen, mit der ganzen Welt. Und mit Robert.

KRETA, FLUGHAFEN HERAKLION

Roberts Flug war pünktlich, er erreichte die Insel um 14:30 Uhr. Direkt am Flughafen organisierte er sich einen Mietwagen und fuhr in Richtung Osten nach Kokkini Hani, wo er ein Hotelzimmer reserviert hatte. Er würde sich ein, zwei Tage akklimatisieren und einen Schlachtplan ausarbeiten, und dann konnte die Suche beginnen.

8

Robert begann mit seiner Suche nach Sabine. Als Erstes klapperte er die Taxifahrer am Flughafen ab. Er nahm sich fast einen ganzen Tag lang Zeit dafür, da sich die Besetzung am Taxistand immer wieder änderte. Hätte Robert seine Runde zu einem anderen Zeitpunkt gedreht, so wäre er möglicherweise auf Babis Koulentakis gestoßen, der Sabine und Saskia nach Sivas gefahren und in der Ferienwohnung seines Cousins Manolis untergebracht hatte. Dieser hätte sich sicher an die beiden Frauen erinnert. An diesem Tag und auch die nächsten beiden Tage jedoch feierte Babis ausgelassen die Hochzeit seiner jüngsten Tochter Irini. So erntete Robert bei seiner Umfrage nur verständnislose Mienen und Achselzucken.

Als es schon fast dunkel geworden war, zeigte er Sabines Foto bei den Autovermietern vor, doch auch dort erkannte niemand die blonde Frau. Robert schoss der Gedanke durch den Kopf, dass die beiden Freundinnen auch mit einem Bus gefahren sein konnten, und er gab die Suche am Flughafen auf. So kam er nicht weiter. Frustriert fuhr er zurück ins Hotel.

Er setzte sich auf seinen Balkon an einen kleinen weißen Plastiktisch. Vom Balkon aus hatte man Meerblick, doch dafür konnte Robert im Augenblick keinen Sinn aufbringen. Er schlug die Kreta-Straßenkarte auf, die er bei einem

Autovermieter mitgenommen hatte. Robert runzelte die Stirn. Wie sollte er nur mit der Suche beginnen? Und vor allem wo? Auf Papier vor ihm ausgebreitet erschien ihm die längliche Insel mit den vielen hohen Bergen, den hunderten Dörfern und versteckten kleinen Buchten wie ein ganzes Universum. War es nicht so, dass kein Eroberer diese Insel jemals ganz hatte einnehmen können, weil es zu viele Versteckmöglichkeiten für die kretischen Partisanen gab? Er stöhnte. Was hatte er sich da nur vorgenommen? Andererseits würde sich seine Frau wohl eher in einem Hotel als in einer unzugänglichen Höhle in den Bergen aufhalten, was die Suche zumindest geringfügig vereinfachte.

Trotzdem: Er hätte seinem ersten Impuls folgen und einen Privatdetektiv anheuern sollen. Die hatten doch ganz andere Mittel! Vielleicht gab es auf Kreta Privatdetektive, die leidlich Englisch sprachen? Er würde das recherchieren. Aber jetzt war er schon auf die Insel geflogen, da konnte er sich auch ein wenig selbst umschauen, bis er einen geeigneten Detektiv gefunden hatte.

In seiner Unterkunft in Kokkini Hani wollte er nicht bleiben, sie gefiel ihm nicht. Die einzigen Vorteile dort waren die Nähe zur Hauptstadt und die Tatsache, dass das Hotel einen Garten hatte, in dem er Bonnie lassen konnte, wenn er länger unterwegs war. Doch das Haus hatte seine besten Zeiten bereits hinter sich, die Möbel waren verschlissen, die Wände fleckig und die Toilette, deren Spülung nie ganz zur Ruhe kam, empfand der penible Robert als Zumutung. Auch der Ort selbst sagte ihm nicht sonderlich zu. Er brauchte eine Basisstation, mit der er sich zumindest halbwegs anfreunden konnte. Um die Akkus wieder aufzuladen während der Suche, die anstrengend werden und ihm viel abverlangen würde.

Wieder starrte er auf die Karte. Wo war Sabine? Er versuchte, sich in sie hineinzuversetzen, was nicht gerade seine Stärke war. Oft kam ihm seine Frau vor wie ein Alien. Er verstand sie einfach nicht. Er tat schließlich alles für sie, bot ihr ein komfortables Heim – und was machte sie? Würdigte seine Bemühungen in keiner Weise und pflegte seltsame Angewohnheiten, mit denen sie ihn zur Weißglut brachte.

Und jetzt diese verrückte Idee mit dem Sabbatjahr! «Ich liebe dich nicht mehr und werde nicht zu dir zurückkehren». Na, das würde man ja sehen! Er fühlte die altbekannte Wut in sich hochsteigen, sein Herz schlug schneller, sein Gesicht lief rot an. Er stand auf und lief mit hastigen Schritten auf dem Balkon auf und ab wie ein Tiger im Käfig. Er griff nach einem Aschenbecher, den er auf die Kretakarte gestellt hatte, um sie gegen das Davonwehen zu schützen. Robert war drauf und dran, ihn in die Ecke zu feuern, als er sich plötzlich besann. Das konnte er nicht bringen. Nicht hier. Er wendete seine gesamte Willenskraft auf, um den Wutanfall zu unterdrücken. Es gelang ihm, doch danach fühlte er sich ausgelaugt. Die stundenlange vergebliche Herumfragerei am Flughafen, sein unbändiger Ärger und das Gefühl der Hilflosigkeit hatten ihn erschöpft.

Er faltete die Kreta-Karte zusammen, steckte sie in seine Tasche und setzte sich in eine Bar, wo er den teuersten Rotwein bestellte, den das Lokal zu bieten hatte. Morgen würde er sich als Erstes ein neues Quartier suchen.

Am nächsten Morgen hatte Robert einen Entschluss gefasst. Sabine und Saskia waren kulturbegeistert, und er hatte in seinem Reiseführer gelesen, dass die Stadt Rethymnon eine Art Kunst- und Kulturhauptstadt der Insel war. Vielleicht befanden sich die beiden Frauen dort?

Seine Hoffnung stieg und damit seine Laune. Ganz sicher waren sie in Rethymnon! Siegessicher schlug Robert mit der Faust auf den Tisch. Jetzt war er ihnen auf der Fährte, ganz gewiss! Robert packte seinen Koffer und fuhr los.

SIVAS

Nach ihrem Ausflug ins Küstenörtchen Lentas war Sabine wie ausgewechselt. Sogar ihre Körperhaltung hatte sich verändert und ihre Augen strahlten.

«Ich bin so froh, dass es dir besser geht», meinte Saskia. «Die Insel hat heilende Kräfte!» Sie schaute sich um. «Ich glaube, ich will hier nie wieder weg!» Sie packte ihre Malutensilien zusammen, gleich würde Miriam sie abholen.

Sabine entschied sich für einen Tag am Strand. Sie hatte ein neues Buch angefangen, das sich vielversprechend anließ. Baden, unter den Tamarisken liegen und lesen, das war genau das Richtige für diesen wunderschönen Tag! Am Nachmittag wollte sie sich mit Saskia und Miriam in einer Strandbar treffen.

Am Komos-Strand angekommen, stellte sie mit Freude fest, dass der Platz unter ihrem Lieblingsbaum frei war. Die Wellen waren ungewöhnlich hoch, und Sabine beschloss, nicht ins Wasser zu gehen. Ein paar Meter von ihrem Liegeplatz entfernt hatte jemand eine Strandmuschel aufgebaut. Haarige Beine mit Männerfüßen ragten heraus. Sabine nahm ihr Buch aus der Tasche und begann zu lesen. Doch sie konnte sich nicht recht konzentrieren, ihre Gedanken schweiften ab. Wie mochte Robert reagiert haben, als er ihre Nachricht fand? Ob er nach ihr suchte? Hatte er vielleicht sogar einen Detektiv auf sie angesetzt? Sabine traute es ihm zu. Bei dem Gedanken bekam sie eine Gänsehaut. Vielleicht war ihr schon jemand auf den Fersen!

Sabine wusste, sie würde sich nicht ewig verstecken können, und das wollte sie auch nicht. Sie würde sich mit Robert auseinandersetzen müssen. Aber noch war sie nicht so weit. Lieber noch ein paar Tage genießen und Kräfte sammeln!

Eine Frau mit einem mittelgroßen braunen Hund spazierte an ihr vorbei. Sabine dachte an Bonnie, und ihr Herz wurde schwer. Sie vermisste die Hündin. Robert würde Bonnie auf jeden Fall behalten wollen, und das war auch fair. Sie war mehr Roberts Hund als Sabines, und Bonnie liebte ihr Herrchen.

Sabine ließ ihren Blick schweifen und sah wieder zur Strandmuschel herüber. Ein kleiner rundlicher Mann mit dunkelblonden Locken und einer Nickelbrille streckte seinen Kopf heraus. Er erinnerte Sabine an einen Hobbit. Unwillkürlich musste sie grinsen. Der Hobbit kroch jetzt ganz aus der Strandmuschel und lief zum Wasser.

Sabine schaute wieder auf ihr Buch und las eine Seite weiter. Als sie unten angekommen war, wusste sie nicht mehr, was sie oben gelesen hatte. So machte das keinen Sinn. Sie steckte das Buch weg.

Etwas tropfte auf ihren Kopf. Die salzige Flüssigkeit kam vom Baum. Sabine sah nach oben, und ihr fiel ein, dass Robert, ganz der Biologe, ihr das mal erklärt hatte. Tamarisken gehörten zu den wenigen Bäumen, die direkt am Meer wachsen konnten, denn ihre kleinen, schuppigen Blätter waren in der Lage, aus punktförmigen Drüsen Salz auszuscheiden. Jetzt erinnerte sie auch noch die kretische Vegetation an Robert!

Ob er wohl Dellert angerufen hatte? Sabine vertraute ihrem Chef, trotzdem war ihr nicht wohl bei dem Gedanken.

Nur der Schulrektor und Saskias Tochter wussten, wo sie waren. Und Jenny würde sicher nichts verraten.

Sabine dachte an Leimen. Sie hatte nie woanders gewohnt und war nie länger als zwei Wochen am Stück verreist. Die gewohnte Umgebung fehlte ihr. Leimen war kein besonders schöner Ort, aber es war ihre Heimat, und das malerische Heidelberg war nah. Anders als die Weltenbummlerin Saskia, die überall Fuß fassen konnte, wo es ihr gefiel, war Sabine sehr heimatverbunden. In dem Punkt war Chrissie Saskia viel ähnlicher gewesen als sie selbst. Ach Chrissie ...

Der Hobbit kam aus dem Wasser und setzte sich vor seine Strandmuschel zum Trocknen. Er griff in einen großen blauen Rucksack und zog eine Papiertüte mit Weintrauben hervor. Jetzt bemerkte er, dass Sabine ihn beobachtete. Er nickte ihr zu und hielt die Tüte in ihre Richtung. Sabine lächelte und zog ihr Handtuch ein Stück näher zur Strandmuschel.

«Germany?», fragte der Hobbit. Sabine nickte.

«Ich auch. Düsseldorf. Heiße Björn.» Offenbar mochte der Hobbit kurze Sätze. Sabine nahm eine Handvoll Weintrauben.

«Sabine. Bist du das erste Mal auf Kreta?»

«Ja.»

«Ich auch.»

Die beiden aßen schweigend ihre Trauben.

«Ich musste mal raus», sagte Björn. «Das letzte Jahr war sehr schwer und ... traurig für mich.»

«Für mich auch.»

Überrascht über den Verlauf, den das Gespräch nahm, rückte Sabine noch ein Stück näher an die Strandmuschel. Sie unterhielten sich kurz über den bisherigen Verlauf ihres Urlaubs, dann erzählte Björn seine Geschichte. Vor einem

Jahr, als er auf einer Geschäftsreise war, waren zwei Einbrecher nachts in sein Haus eingedrungen. Sie überraschten seine Frau Julia und seine kleine Tochter Hanna im Schlaf. Als Julia versuchte, sich zur Wehr zu setzen, erschossen die Männer sie und die kleine Hanna. Die Täter flüchteten und konnten nie gefasst werden.

«Das Schlimmste ist, dass ich seitdem niemandem mehr vertrauen kann», sagte Björn. «Ich sehe die Leute mit anderen Augen. Bei jedem denke ich, er könnte einer der Täter sein. Oder ich frage mich, was er wohl im Schilde führt … Ich werde immer mehr zum Einzelgänger und Sonderling.» Er lächelte traurig. «Und ich habe den Smalltalk verlernt».

Sabine hatte ihm schockiert und zugleich voller Mitgefühl zugehört. Sie verstand ihn genau und erzählte nun ihrerseits von Chrissie und der fatalen Nacht im Sommer 1983. «Auch dieser Täter wurde nie gefasst. Es brachte meine Schwester schier um den Verstand, dass sie sich an nichts erinnern konnte. Monatelang hielt sie Ausschau nach diesem Tom, den sie an jenem Abend kennengelernt hatte. Sie hat ihn nie wiedergesehen …»

Sabine und Björn schauten mit Tränen in den Augen und in ihre Gedanken versunken aufs Wasser. In Björn hatte Sabine einen Seelenverwandten gefunden, einen Menschen, der sie besser verstand als jeder andere – einschließlich Saskia. Sie tauschten ihre Handynummern aus, dann machte sich Sabine nachdenklich auf den Weg zur Strandbar.

Die Bar hieß «Karibu». Sabine fragte sich, wie jemand auf die Idee kommen konnte, einer Strandbar auf Kreta den Namen eines nordamerikanischen Rentiers zu geben. Oder hatte das Wort noch eine andere Bedeutung?

Teils auf einer Rasenfläche, teils im Sand verteilt standen selbstgezimmerte Holztische und -bänke und ein paar bunt gestrichene Stühle mit Sitzkissen. Fächerpalmen und ein Bambusdach spendeten Schatten. Überall baumelten Mobiles aus Muscheln und Windspiele aus Coladosen und Holzstäben. An den auch hier vertretenen Tamarisken waren Hängematten befestigt, von einer Lautsprecherbox an der kleinen Bambushütte schallte leise Musik von Santana.

Saskia und Miriam saßen bereits an einem großen runden Holztisch und unterhielten sich über Christoph und Addy.

«Ich glaube, bei den beiden kriselt es gewaltig!», meinte Miriam. «Irgendwie kann ich mir nicht vorstellen, dass das noch lange gutgeht. Christoph ist fast nur noch in seiner Hütte, wenn er nicht gerade die Tiere versorgt ...»

«Ich würde es weder mit Addy noch mit Christoph aushalten», erwiderte Saskia lachend. «Aber im Ernst, ich finde Christoph definitiv schlimmer. Um den Typen mache ich einen großen Bogen! Irgendwas stimmt mit dem nicht. Warum so viele Frauen auf diesen Widerling abfahren, ist mir ein echtes Rätsel.»

Jetzt lachte Miriam. «Ich muss gestehen, dass ich auch mal was mit ihm hatte. Ist aber lang her und war nur für eine Nacht.»

«Miriam!», rief Saskia mit gespielter Empörung, «das ist nicht dein Ernst. Ich zweifle an deinem guten Geschmack!»

«Saskia, Süße, ich liebe deine Direktheit», Miriam kicherte.

«Oh entschuldige, ich glaub, ich bin nicht besonders diplomatisch ... Hi Sabine!»

Sabine setzte sich zu ihren Freundinnen. «Wer ist denn dieser Christoph?», fragte sie neugierig.

«Der größte Weiberheld der Messara», erwiderte Saskia und verdrehte die Augen. «Er ist mit Addy zusammen, das ist die Malerin mit den düsteren Bildern. Sie hat mit Miriam ausgestellt.»

«Ah, du meinst ‹Tod in Blau› und so …»

«Genau.»

Sabine bestellte eine Runde Wein und erzählte von ihrer neuen Bekanntschaft.

«Björn ist wirklich sehr nett. Er ist mit dem Wohnmobil hier und hat mich gefragt, ob ich ein wenig mit ihm herumfahren möchte. Er will eine Weile in den Osten der Insel. Ich bin mir noch nicht sicher, ob ich das mache, schließlich kenne ich ihn kaum …»

Sie würde ihn wohl noch ein paarmal treffen und sich dann entscheiden. Nur nichts überstürzen. Siga, siga, wie die Griechen sagten.

MIRES

Patrick und Jana hatten die letzten Tage mit Wandern und Geocachen verbracht. Christoph waren sie seit der Grillparty nicht mehr begegnet. Jana versuchte, nicht an ihn zu denken, doch es gelang ihr kaum. Immer wieder sah sie sein Gesicht vor sich und spürte seine Hand auf ihrem Arm. «Gute Nacht, Jana …»

Patrick spürte, dass sie irgendetwas beschäftigte.

«Was hast du denn, Schatz, du bist so anders? Bedrückt dich was?»

«Nein, es ist alles in Ordnung, ehrlich!»

Jana drehte sich weg, sie konnte Patrick nicht in die Augen schauen. Sie verstand sich selbst nicht, wie sollte sie denn Patrick erklären, was mit ihr los war? Sie liebte ihren Freund doch, warum nur spukte ihr dann ständig ein anderer im Kopf herum?

Jeden Samstagvormittag fand im Provinzhauptstädtchen Mires ein Wochenmarkt statt. Für die Bewohner der Messara war er ein beliebter Treffpunkt, und auch Patrick und Jana ließen keinen aus. Sie mochten die quirlige Atmosphäre und hatten schon das ein oder andere Schnäppchen aufgetan.

Auch an diesem Samstag bummelte das junge Pärchen über den Wochenmarkt. Patrick kaufte Obst, Gemüse und frischen Käse ein, und Jana entdeckte ein langes weißes Kleid auf einem Wühltisch. «Ena evro, mono ena evro, only one euro, come and look!», rief der dunkelhäutige Verkäufer.

Jana hielt das Kleid vor sich.

«Könnte passen», meinte sie, «das Kleid ist ein Traum!»

«Unbedingt! Und dann für einen Euro. Nimm es!», bestätigte Patrick.

Jana nahm das Kleid, und sie ließen sich auf der Terrasse eines Kafenions nieder. Patrick trank das obligatorische Frappé, Jana eine Limonade. Sie ging zur Toilette und zog das neue Kleid an. Als sie zurückkam, sah sie Christoph auf den Tisch zusteuern.

«Hey Patrick! Schön, dich zu sehen. Ich wollte euch sowieso anrufen.»

Janas Herz schlug Purzelbäume, sie wurde rot. Jetzt hatte Christoph sie entdeckt.

«Wow, Jana, du siehst umwerfend aus.»

Es stimmte, das weiße Kleid saß wie angegossen und stand Jana ausgesprochen gut. Auch Patrick warf seiner Freundin bewundernde Blicke zu. Jana setzte sich. Ihr Blick klebte an Christoph.

«Wart ihr schon mal bei der Sternwarte?», fragte dieser. «Ich hätte Lust, mit euch hinzufahren. Die Landschaft dort oben ist ganz anders, das ist wirklich ein Erlebnis.»

«Au ja», schoss es aus Jana heraus, «das machen wir!» Sie strahlte.

«Gerne», meinte auch Patrick.

«Gut, ich hole euch morgen um zehn Uhr ab, okay? Ich muss jetzt los, Addy wartet.»

«Alles klar, dann bis morgen.»

Christoph ging und warf Jana zum Abschied einen langen Blick zu.

Patrick freute sich auf den Ausflug, und er war glücklich, dass inzwischen anscheinend auch Jana Gefallen an Unternehmungen mit Christoph fand. Wie sehr sie daran Gefallen fand, ahnte er nicht, und es hätte ihn sicherlich nicht erfreut.

9

Addy goss die Blumen, während Christoph auf der Terrasse einen alten Tisch reparierte, dessen Bein sich gelöst hatte. Er blickte auf seine Armbanduhr.

«Ich muss los», sagte er. «Fahre mit Patrick und Jana zur Sternwarte. Danach kümmere ich mich um die Schafe.»

Addys Augen wurden schmal. «So, so», erwiderte sie kalt. «Mit Patrick und Jana. Du bist sicher, dass Patrick mitfährt?»

«Natürlich fährt er mit! Was soll der Quatsch, Addy?»

Christoph legte sein Werkzeug zur Seite und ging zum Pickup. Er drehte sich noch einmal um.

«Schau dich doch einfach mal selbst im Spiegel an. Was aus dir geworden ist! Und dann wunderst du dich, dass ich lieber andere Frauen ansehe? Gib dir doch ein bisschen mehr Mühe, dann widme ich dir auch mal wieder einen Blick.» Er stieg ein. «Und vielleicht – aber nur vielleicht – schlafe ich dann auch mal wieder mit dir.»

Die Autotür flog zu und Addy zuckte zusammen, als hätte Christoph ihr eine Ohrfeige verpasst.

Christoph holte Patrick und Jana ab und steuerte über Zaros und Gergeri den Weg zur Sternwarte an. Nach zwanzig Serpentinen – Patrick hatte mitgezählt – ging die asphaltierte Straße in eine Schotterpiste über. Eine Anlage mit zwei Nachbauten eines Mitato, des traditionellen Hirtenquartiers in den Bergen, und einer Art

Amphitheater zog ihre Aufmerksamkeit auf sich. Sie stiegen kurz aus und sahen sich um. Dann führte der Weg sie weiter durch die wilde und beinahe unberührte kretische Bergwelt. Über ihnen zogen Greifvögel ihre Runden. Sie durchquerten Wälder aus Steineichen und Nadelbäumen, bevor die Vegetation immer spärlicher wurde und schließlich ganz endete.

Nach weiteren zehn Minuten hatten sie das Skinakas-Observatorium erreicht. Es bestand aus mehreren Beobachtungstürmen mit weißen Kuppeln und einem Gästehaus. Das Gelände rundherum glich einer Mondlandschaft, kein Grashalm bohrte sich durch das Geröll, weit und breit waren weder Bäume noch Sträucher zu sehen. Patrick fühlte sich ein wenig wie am Ende der Welt.

Der Blick von hier oben war grandios. Keine Wolke trübte an diesem Tag die Sicht auf Iraklion, das sich im Nordosten vor ihnen ausbreitete. Dunkelblau erstreckte sich dahinter das Meer bis zum Horizont.

«Die Sternwarte wurde Mitte der 80er-Jahre gebaut», erzählte Christoph. «An bestimmten Tagen im Jahr kann man sie besichtigen, es gibt auch Führungen. Leider ist die Saison für dieses Jahr schon beendet».

Patrick schaute auf sein Smartphone. «Hier oben gibt es einen Cache!», rief er eifrig. «Auf, Jana, hopp!»

Jana hatte sich zu Christoph auf eine kleine Mauer gesetzt. «Heute nicht. Hab irgendwie nicht so richtig Lust zum Cachen gerade ...»

«Macht nichts. Ich schnapp ihn mir!» Patrick grinste. «Bis gleich.»

Er entfernte sich und war bald außer Sichtweite. Christoph rückte ein Stück näher an Jana heran. Die beiden saßen eine Weile schweigend nebeneinander.

«Was hast du eigentlich gemacht, bevor du nach Kreta gekommen bist?», fragte Jana.

«Ach, so dies und das», antwortete Christoph. «Mein Leben vor Kreta war nicht besonders spannend. Ich bin ja auch schon ewig hier ...»

«Hast du noch Familie in Deutschland?»

«Nein. Meine Eltern sind schon lange tot und meine Schwester lebt in Australien. Sie ist dort verheiratet. Wir haben keinen Kontakt mehr, haben uns nie gut verstanden. Mehr Geschwister oder andere Verwandte hab ich nicht. Was soll's. Das Jetzt ist das, was zählt!»

Er sah Jana an und legte seine Hand auf ihr Knie. Jana überlief ein wohliger Schauer. In diesem Moment kam Patrick zurück, und Christoph zog die Hand eilig weg. Jana sprang auf.

«Hast du ihn gefunden?», fragte sie Patrick hektisch. Dieser nickte. «War einfach.»

Christoph holte einen Picknickkorb aus dem Wagen. «Na, Appetit?» Die drei setzten sich wieder auf die Mauer und aßen.

«Wir fahren über Anogia zurück», kündigte Christoph an. «Ein großes, wildes Bergdorf mit einer langen Geschichte und sehr stolzen Bewohnern. Der Musiker Nikos Xylouris stammt von dort. Ihr erinnert euch an die CD? Und Psarantonis, das ist sein Bruder. Man kann das Geburtshaus besichtigen. Und manchmal trifft man Psarantonis sogar persönlich im Ort.»

Patrick sah Christoph an. Irgendetwas fühlte sich heute anders an, so künstlich. Eigentlich schien alles wie immer zu sein. Christoph war in seinem Element und brachte ihnen Kreta näher, er wusste viel und konnte es auf eine interessante Art vermitteln. Doch Patrick nahm auch noch etwas anderes wahr. Es hatte mit Jana zu tun. Christoph sah Jana so seltsam an, und sie war schon seit Tagen durch den Wind und wollte ihm nicht sagen, warum. Was ging da vor sich?

«Ich muss noch zu den Schafen heute, deshalb können wir uns leider nicht lange in Anogia aufhalten», fuhr Christoph fort. «Danach fahre ich euch zurück und übernachte in der Hütte. Keine Lust, die hässliche alte Gewitterhexe heute noch zu sehen!» Er streckte die Zunge raus und grinste.

Patrick erschrak. Er konnte Addy nicht leiden, doch dass Christoph so abfällig von seiner Lebensgefährtin sprach, stieß ihn ab. Niemals, nicht in hundert Jahren, würde er so etwas Böses über Jana sagen! Patricks Bild vom fabelhaften Christoph bekam die ersten Kratzer.

Auf der Rückfahrt blieb Jana sehr still. Sie war mit ihrem Gefühlschaos beschäftigt und ertrug es kaum, im Pickup zwischen den beiden Männern zu sitzen – dem, den sie liebte und dem, den sie begehrte. Auch Patrick und Christoph unterhielten sich nur wenig. Patrick schaute wieder aus dem Fenster, doch er nahm die atemberaubend schönen Ausblicke in die Messara kaum wahr. Seine Gedanken kehrten zurück zu dem Moment, als er vom Cachen wiedergekommen war. Warum war Jana so hastig aufgesprungen? War da etwas zwischen ihr und Christoph, was er wissen sollte? Das konnte doch nicht sein! Er würde mit ihr reden müssen, irgendwas stimmte da nicht.

KOMOS-STRAND

Sabine besuchte Björn in seinem Wohnmobil. Es stand oberhalb vom Komos-Strand, in der Nähe einer archäologischen Ausgrabung. Von dort hatte man einen fantastischen Blick auf den Strand.

Björn freute sich, Sabine zu sehen. Er hatte seinen kleinen Campingtisch gedeckt, es gab Kaffee und Kuchen. Das Wohnmobil war groß und hatte Schlafplätze für vier Personen. Die Innenwände schmückten Fotos von Bergen, Meeren und schneebedeckten Landschaften, überall hingen oder klebten Holzstücke und Steine.

«Von Julia», meinte Björn. «Sie hat von jedem Ort, an dem wir zusammen waren, ein Foto und einen Ast oder einen Stein im Wohnmobil befestigt. Wir sind viel gereist, vor allem, bevor Hanna auf die Welt kam. Es tut so weh, das alles zu sehen, aber ich bringe es einfach nicht fertig, die Sachen wegzutun ...»

Sabine fasste unwillkürlich an ihre Halskette. Sie rieb mit Daumen und Zeigefinger über den goldenen Schmetterling. Sabine trug die Kette seit Chrissies Tod fast jeden Tag, und jedes Mal, wenn sie sie anlegte, gab ihr das einen schmerzlichen Stich. Trotzdem konnte sie nicht damit aufhören, es wäre ihr wie Verrat vorgekommen.

Was wohl aus Chrissies Schmetterlingskette geworden war? Chrissie hatte sie an dem verhängnisvollen Abend 1983 getragen und irgendwo verloren.

Sabine betrachtete ein größeres Foto, auf dem eine zierliche dunkelhaarige Frau und ein kleines Mädchen abgebildet waren. «Das sind sie, nicht wahr?»

«Ja.»

Sie aßen den Kuchen. Er stammte aus der Bäckerei in Pitsidia und war furchtbar süß. Sabine schaffte nur ein halbes Stück.

«Sabine ...», setzte Björn an, «als ich dich gefragt habe, ob du mich begleiten magst ... Ich ... bitte versteh das nicht falsch. Ich finde dich sehr sympathisch, aber mein Herz hängt noch an Julia. Ich könnte nicht ...»

«Ich bin verheiratet, Björn. Ich hab mich gerade von meinem Mann getrennt und werde mich scheiden lassen. Aber ich kann mir im Moment auch keine neue Beziehung vorstellen. Bin gerade dabei, mich selbst wieder zu entdecken und herauszufinden, was ich wirklich will. Lass uns einfach ein paar schöne Urlaubstage verbringen!»

Björn strahlte. «Heißt das, du kommst mit?»

«Ja, ich komme mit.»

Sabine hatte sich entschieden. Der kleine Hobbit würde ihr nichts tun.

Sie wollten am nächsten Tag aufbrechen. Sabine packte ein paar Sachen in ihren Rollkoffer.

«Ich glaube nicht, dass ich lange fortbleibe», sagte sie zu Saskia.

«Wollen wir zum Abschied einen Cocktail trinken gehen?», fragte diese.

«Gute Idee!»

Sabine verschwand im Bad. Sie steckte die Haare hoch und zog das türkisfarbene Kleid an, das sie in Lentas erstanden hatte. Dazu trug sie passende Ohrringe, und sie war dezent geschminkt.

«Wow, du siehst toll aus!», rief Saskia. «Wunderschön und so strahlend. Und jung!» Sie betrachtete Sabine. «Wie machst du das bloß? Du hast dich in all den Jahren äußerlich kaum verändert.»

«Keine Ahnung», meinte Sabine. «Sind wohl die Gene. Meine Mutter sah auch jahrzehntelang immer gleich aus.»

Saskia schaute in den Spiegel. «An mir nagt der Zahn der Zeit. Das heißt, eigentlich nagt er nicht, er fügt etwas hinzu: Pfunde, graue Haare, Falten ...» Sie seufzte.

Sabine lachte. «Ach Saskia, du bist wunderbar, so wie du bist. Lass uns mal losgehen, ich höre unsere Cocktails schon rufen!»

Robert hatte einige Mühe, in Rethymnon eine Unterkunft zu finden, die Hunde akzeptierte. Schließlich landete er in einem Apartment in einer kleinen Gasse in der Altstadt. Der Besitzer war sehr tierlieb und hielt selbst zwei Hunde und ein ganzes Rudel Katzen. Zum Glück waren alle seine Tiere ebenso verträglich wie die gutmütige Bonnie.

Robert hätte sich sein Quartier etwas komfortabler gewünscht, aber fürs Erste erfüllte es seinen Zweck. Er ging sowieso davon aus, dass er die beiden Frauen bald aufspüren würde. Er hatte an einem Schaufenster ein Plakat gesehen, auf dem für den übernächsten Tag die Vernissage einer Kunstausstellung in Verbindung mit einem Konzert angekündigt war, und so etwas war genau Sabines Ding. Das würde sie sich sicher nicht entgehen lassen.

Robert stellte sich vor, wie Sabine sich die Ausstellung anschaute oder andächtig der Musik lauschte, und er sie von hinten antippte. Auf ihr entgeistertes Gesicht freute er sich jetzt schon. Robert rieb sich die Hände. Ein Festtag würde das werden, und dann konnte die blöde Kuh ihr blaues Wunder erleben!

Am Tag der Vernissage zog Robert seinen schicksten Anzug an und polierte seine Schuhe, bis sie glänzten wie eine Speckschwarte. An diesem wichtigen Tag wollte er nicht nachlässig gekleidet sein. Immerhin war dies der Tag, an dem er sich seine Ehefrau zurückholte und sie wieder zu Verstand brachte. Sabine hatte Pflichten, das würde sie einsehen müssen. Die Aussicht, seine Frau bald zurückzuerhalten, stimmte Robert milde. Vermutlich hatte die dämliche Saskia ihr einfach Flausen in den Kopf gesetzt und Sabine würde Vernunft annehmen, sobald sie ihn sah. Möglicherweise konnten sie dann sogar den

Urlaub gemeinsam fortsetzen. Kreta war nicht so schlecht, und früher hatten sie schließlich auch schöne Urlaube miteinander verbracht. Er würde ihr die Faxen großzügig verzeihen und nett zu ihr sein, dann sollte sich schon alles finden. Robert sah zufrieden in den Spiegel und machte sich auf den Weg.

Die Veranstaltung fand in einer Galerie gleich um die Ecke statt. Der Raum hatte sich bereits gefüllt, fast alle Stühle vor der kleinen Bühne waren besetzt. Robert setzte sich ebenfalls. Er ließ den Blick umherschweifen. Keine Spur von Sabine oder Saskia. Außer einem älteren holländischen Ehepaar und ihm selbst waren alle Besucher Einheimische. Ein älterer Grieche mit Bart und Brille betrat nun den Raum. Er trug eine Gitarre bei sich und nahm auf einem Stuhl auf der Bühne Platz. Es folgte eine kurze Ansage auf Griechisch, die Robert nicht verstand, dann begann der Musiker zu spielen. Die ersten drei Lieder waren instrumental, dann sang er. Robert erkannte ein Stück von Mikis Theodorakis. Immer wieder schaute er sich um, immer wieder füllte sich der Raum mit neuen Besuchern, doch Sabine und Saskia waren nicht darunter.

Nach einer Dreiviertelstunde verließ er den Ort des Geschehens. Sabine würde jetzt wohl nicht mehr auftauchen. Zur Sicherheit setzte er sich jedoch in ein Café gegenüber der Galerie und beobachtete den Eingang, bis die Veranstaltung vorüber war. Den ausgestellten Gemälden hatte er keinen Blick geschenkt, obwohl ihn Kunst normalerweise sehr interessierte. Aber was war zurzeit schon normal?

Robert musste sich eingestehen, dass die Aktion ein Schuss in den Ofen gewesen war. Leider verloren. Gehen Sie zurück auf Los. Er würde noch ein, zwei Tage durch die

Lokale von Rethymnon ziehen und Sabines Foto vorzeigen, und wenn das nicht fruchtete, zurück nach Iraklion fahren und sich einen Privatdetektiv besorgen.

PITSIDIA

Zwei Tage nach dem Ausflug zum Skinakas-Observatorium wirkte Jana immer noch bedrückt und geistig abwesend. Sie konnte sich zu nichts aufraffen und hatte nicht einmal Lust zu lesen. Patrick begann, sich ernsthaft Sorgen um sie zu machen.

«Jana, was immer es ist, das dich so beschäftigt, du kannst es mir sagen. Du kannst über alles mit mir reden, ehrlich, ich verspreche, ich bin dir nicht böse, egal, was es ist. Ich hab dich doch lieb.»

Er nahm sie in den Arm und Jana brach in Tränen aus. «Ich kann nicht drüber reden, jetzt noch nicht. Bitte, Patrick! Ich muss es erst selbst verstehen. Ich hab dich auch lieb, das musst du mir glauben!»

«Sag mir nur eins», fuhr Patrick fort, seine Stimme wurde schärfer. «Hat es irgendwas mit Christoph zu tun?»

«Nein, natürlich nicht!» Jana wurde rot und drehte sich um. Sie fühlte sich abscheulich. «Wir haben kein Wasser mehr», wechselte sie schnell das Thema. «Ich gehe welches holen.»

Jana griff nach einer Einkaufstasche und spurtete los. Sie drehte eine Runde durchs Dorf, um sich wieder zu fangen, und kaufte anschließend drei große Flaschen Wasser und ein paar Bananen.

Als sie zurück zur Pension kam, saß Patrick mit Evangelia auf der Terrasse. Ihre alte rotweiße Katze hatte vor wenigen Wochen geworfen und drei puschelige Katzenbabys turnten auf Patricks Schoß herum. Patrick kraulte die winzigen Kreaturen liebevoll, dann hob er ein dreifarbiges Kätzchen mit einer weißen Schwanzspitze hoch und gab ihm ein Küsschen.

Jana wurde warm ums Herz. Ach Patrick! Er war so liebevoll und fürsorglich, der netteste und tollste Freund, den sie sich nur wünschen konnte. Das hier war real, Patrick und sie, ihre Beziehung, ihre Zukunft. Sie wollte mit ihm alt werden. Christoph war nur eine verrückte Schwärmerei, die sicherlich bald vorübergehen würde. Jana wusste, dass sie ihre Beziehung gefährdete, wenn sie so weitermachte, und sie nahm sich fest vor, sich Christoph aus dem Kopf zu schlagen. Sie atmete tief durch, lächelte und setzte sich zu Patrick und Evangelia.

Am nächsten Morgen beschlossen Patrick und Jana, gemeinsam zum Strand zu gehen. Patrick packte die Badesachen und eine Wasserflasche in seinen Rucksack, Jana steckte ein Buch in ihre Tasche. Sie spazierten los. Plötzlich blieb Jana stehen.

«Oh Mist, ich hab mein Handy oben vergessen! Ich gehe es noch schnell holen.»

Sie drehte sich um und lief zurück zur Unterkunft.

Das Gerät lag auf dem Bett. Jana wollte gerade danach greifen, als das Handy klingelte.

«Hallo, hier ist Jana», meldete sie sich.

«Jana, ich bin's, Christoph. Bist du allein?»

Janas Herz setzte fast aus. «Ja, ähm, ich bin oben. Im Zimmer. Ähm, Patrick ist unten», stammelte sie. «Er wartet auf mich.»

«Jana, ich muss dich wiedersehen. Unbedingt und bald. Ich muss dauernd an dich denken. Wir grillen morgen Abend wieder. Ich hole euch ab, okay?»

Jana warf alle guten Vorsätze über Bord. «Ja! Ja, gerne!», schoss es aus ihr heraus. «Ich will dich auch sehen.»

Christoph hatte schon aufgelegt. Jana setzte sich aufs Bett. Ihre Hand zitterte, als sie das Handy einsteckte. Morgen schon würde sie ihn wiedersehen! Jetzt musste sie nur noch Patrick dazu bewegen, wieder nach Skourvoula zu fahren.

10

Björn holte Sabine mit dem Wohnmobil ab. Die drei Freundinnen hatten zusammen gefrühstückt, und Miriam wollte bis Mires mitfahren, wo ihre Vespa repariert in einer Werkstatt stand. Miriam erkannte in Björn den komischen Kauz wieder, den der alte Jannis mit zu Frederiks Party gebracht hatte. Was wollte Sabine denn mit dem?

Saskia setzte sich mit einem Tee auf dem Balkon. Sie räkelte sich wohlig. Es war schön mit Sabine, aber jetzt genoss sie es auch, die Wohnung für ein paar Tage für sich allein zu haben. Ihr Handy klingelte. Nanu, hatte Sabine etwas vergessen? Saskia schaute aufs Display. Jenny!

«Hallo Schatz, schön, dass du anrufst», begrüßte Saskia ihre Tochter. «Wie geht's dir?»

«Alles paletti», antwortete Jenny. «Ich glaub, ich werde nächstes Jahr fertig.»

Saskia war stolz auf ihre Tochter, die in Heidelberg Pharmazie studierte. Eine eigene Apotheke war ihr Traum, und Saskia war sich sicher, dass sie sich diesen Traum erfüllen würde. Jenny war sehr zielstrebig.

«Wir haben eine neue Mitbewohnerin», erzählte Jenny weiter. «Sie kommt aus Finnland und heißt Raija. Ach ja, und ich soll dich von Achim grüßen.»

Achim war Jennys Vater. Saskia und er hatten sich vor vielen Jahren getrennt, als ihre Lebensentwürfe nicht mehr miteinander vereinbar waren. Achim war als Entwicklungshelfer nach Afrika gegangen, Saskia startete gerade als Künstlerin durch und wollte die kleine Jenny nicht den Gefahren einer politisch instabilen Lage aussetzen. Die beiden verband immer noch eine Freundschaft und auch wegen Jenny hielten sie den Kontakt.

«Grüß ihn bei Gelegenheit zurück!», sagte Saskia.

Mutter und Tochter plauderten weiter, und Saskia erzählte von Kreta. «Es ist wirklich traumhaft hier. War ein toller Tipp!»

«Ich muss dir noch was gestehen», sagte Jenny plötzlich. «Ich hab letztens Sabines Mann an der Uni getroffen. Hab ihn nicht gleich erkannt. Und da ist mir rausgerutscht, dass ihr auf Kreta seid ...»

«Dir ist was? Jenny!» Saskia sprang auf. «Das darf doch nicht wahr sein! Wie konntest du nur?»

So ein Mist. Jetzt waren sie auf Kreta nicht mehr sicher. Und ausgerechnet jetzt war Sabine mit Björn unterwegs. Saskia musste sie dringend warnen.

RETHYMNON

Die Sonne stand schon tief, doch es war immer noch sehr heiß, als sich Robert mit Sabines Foto auf den Weg machte. Er hatte sich einen Stadtplan gekauft und mit einem roten Stift sorgfältig die Route eingetragen, nach der er die Lokale und Unterkünfte der Altstadt abklappern wollte. Er hatte sich ein ordentliches Pensum vorgenommen, denn die Altstadt von Rethymnon war nicht gerade arm an Pensionen, Restaurants, Cafés und Bars. Natürlich gab es auch Hotels und Tavernen außerhalb der Altstadt, doch erschienen ihm diese weniger wahrscheinlich. Den Gedanken, dass Sabine und Saskia sich möglicherweise gar nicht in Rethymnon aufhielten, verdrängte er fürs Erste.

Robert startete seine Tour an einem Torbogen, der den Eingang zur Altstadt bildete. Er strich durch die schmalen Gassen, ohne die malerischen venezianischen Gebäude und die für Rethymnon typischen Holzbalkone aus der Türkenzeit zu beachten und ohne einen Blick auf die Souvenirhändler, die Boutiquen und die kleinen Lädchen zu werfen, die Kräuter, Töpferwaren oder Stoffe mit traditionellen kretischen Mustern anboten. Auch für die Fortezza, die Festung aus dem 16. Jahrhundert, die auf einem Hügel oberhalb der Altstadt thronte, hatte er kein Auge. Robert war ausschließlich auf Unterkünfte und Gastwirtschaften jeglicher Art fokussiert. Er folgte zwei Stunden lang seiner auf dem Stadtplan ausgearbeiteten Route, dann beschloss er, eine Pause einzulegen und setzte sich in ein Café am Rimondi-Brunnen. Er trank ein Glas Rotwein und beobachtete die Menschenmenge, die sich in einem unablässigen Strom am Lokal vorbeischob.

Ein großer, massiger blonder Mann mit einem Golden Retriever ließ sich am Nachbartisch nieder und bestellte ein Bier. Robert dachte an Bonnie. Warum nur hatte er sie im Apartment gelassen? So musste er später nochmal mit ihr raus. Zu blöd. Er deutete auf den Hund seines Tischnachbarn. «Nice dog!», rief er. «Looks like mine.»

Der Hundebesitzer war Schwede. Er lehnte sich herüber. Sie unterhielten sich über ihre Hunde, dann setzte sich der Schwede samt Hund und Bier zu Robert.

Robert zog das Foto aus seiner Tasche. Wenn er sich schon mit dem Fremden unterhielt, konnte er ihn auch nach

Sabine fragen. Viel Hoffnung, dass der Schwede sie gesehen haben könnte, hatte er nicht, es wäre ein zu großer Zufall.

«Have you seen this woman?», fragte Robert. Er erzählte, Sabine sei eine alte Schulfreundin, die er treffen wollte, aber leider verpasst habe, weil sein Flug ausgefallen und er erst einen Tag später auf der Insel eingetroffen sei. Und nun fände er ihre Handynummer nicht mehr.

Der Schwede betrachtete das Bild, runzelte die Stirn und antwortete nachdenklich: «I think I have seen her. But not here ...»

Robert war elektrisiert. Der Mann hatte Sabine gesehen! Endlich gab es eine Spur. Roberts Gesicht verzog sich zu einem besonders breiten Grinsen. Er bestellte ein weiteres Glas Rotwein und noch ein Bier für seinen Gesprächspartner.

Der Schwede erzählte ihm, er habe die blonde Frau an der Südküste getroffen, in Plakias, und sie sei in Begleitung einer dunkelhaarigen Frau gewesen. Saskia! Das wurde ja immer besser. Als der Mann ihm auch noch den Namen des Hotels nannte, in dem er gewohnt und die beiden Frauen gesehen hatte, war Robert endgültig in Feierlaune.

«Champagne», orderte er, doch den gab es in diesem Café nicht. Stattdessen lud Robert den Schweden in eins der edelsten Restaurants der Stadt ein. Dieser wunderte sich über die Großzügigkeit seiner neuen Bekanntschaft, nahm die Einladung jedoch gern an, denn ein Essen in diesem Etablissement hätte er sich bei seinem mageren Budget niemals leisten können.

Robert frohlockte. Er war am Ziel. Morgen würde er nach Plakias fahren und der dummen Pute ordentlich einheizen. Und heute machte er sich mit seinem neuen skandinavischen Freund einen schönen Abend.

Sabine und Björn waren zwei Stunden in Richtung Nordosten gefahren und machten in dem hübschen Städtchen Neapoli Station. Mitten im Ort lag ein Park mit alten Bäumen und einer Taverne. Die beiden ließen sich nieder und beobachteten das Treiben um sie herum. Neapoli war kaum touristisch, hier fand der normale Alltag einer griechischen Kleinstadt statt.

Sabine lächelte Björn an. «Ich bin froh, dass ich mitgekommen bin», meinte sie. «Ich glaube, das wird toll!»

«Du tust mir gut, Sabine. Mit dir kann ich endlich wieder lachen. Ich bin wirklich sehr froh, dass wir uns kennengelernt haben», erwiderte Björn.

Sabine zog ihr Smartphone aus der Tasche. Sie hatte eine Nachricht von Saskia bekommen: «Jenny hat sich verplappert. R. weiß, dass wir auf Kreta sind. Bitte melde dich so schnell wie möglich! Besorgte Grüße, Saskia».

Sabine wurde leichenblass. Sie starrte auf ihr Handy.

«Was ist los?», fragte Björn beunruhigt.

«Ich hab dir doch erzählt, dass ich mich von meinem Mann getrennt habe. Die Wahrheit ist, ich bin vor ihm geflüchtet. Robert ist furchtbar jähzornig, und ich hab Angst vor ihm.» Sabine sah Björn an. «Björn, er hat rausgefunden, dass ich auf Kreta bin. Ich hab solche Angst, dass er mich findet. Er wird ausrasten. Ich hab Angst, dass er mich umbringt!» Sabine brach in Tränen aus.

«Du musst zur Polizei gehen. Sofort!», meinte Björn.

«Das nützt nichts», erwiderte Sabine schluchzend. «Was soll die Polizei denn tun? Ich weiß ja nicht mal, ob er auf der Insel ist, und bisher hat er mir nichts getan ... Ich meine, bisher hat er mich nicht direkt angegriffen», korrigierte sie sich. Wie sollte man auch irgendwem erklären, wie Robert tickte?

Sabine nahm ein Taschentuch und putzte sich die Nase. Sie musste nachdenken. Und mit Saskia reden.

Björn und Sabine aßen einen Salat. Sabine hatte sich wieder gefangen. Sie durfte Robert nicht mehr diese Macht über ihr Leben einräumen. Sie wollte kein Opfer mehr sein.

«Ich will nicht mehr davonlaufen», sagte sie. «Ich werde mich mit Robert auseinandersetzen. Wir setzen unsere Tour wie geplant fort, und wenn ich zurück bin, rufe ich Robert an. Ich muss ihn irgendwie dazu bringen, in Ruhe mit mir zu reden.»

«Du triffst dich auf keinen Fall allein mit ihm», sagte Björn. «Ich werde dich begleiten, wenn du das möchtest. Und auch Saskia und Miriam und – wenn es sein muss – die gesamte Bevölkerung von Sivas wird auf dich aufpassen.»

Sabine sah Björn dankbar an. «Du bist lieb», sagte sie.

Ein junges griechisches Paar mit einem kleinen Mädchen im Kinderwagen setzte sich neben sie. Das Kind strahlte Sabine an und streckte die Hand nach Sabines Kette aus. «Pe-ta-lou-da!» Petalouda, das griechische Wort für Schmetterling.

Sabine verstand nicht, was die niedliche Kleine sagte, doch sie fuhr wieder mit Daumen und Zeigefinger über den Schmetterlingsanhänger. Wenn alles überstanden war und sie das Kapitel Robert endgültig hinter sich gelassen hatte, würde sie die Kette abnehmen und sie nie wieder tragen. Die goldenen Schmetterlinge hatten den beiden Schwestern kein Glück gebracht.

PLAKIAS

Nach dem feuchtfröhlichen Abend mit dem Schweden Sören schlief Robert seinen Rausch aus. Erst um die Mittagszeit machte er sich auf den Weg nach Plakias. Die Straße zum Küstenort führte durch eine atemberaubende Schlucht. Kreta hatte schon was zu bieten! Irgendwann, wenn die Aufregung sich gelegt hatte und Sabine wieder bei Vernunft war, würde er ihr einen Wanderurlaub auf der Insel vorschlagen.

Das Hotel, das Sören ihm genannt hatte, war leicht zu finden, es lag an der Hauptstraße. Im Erdgeschoss befand sich eine Taverne mit einer großen Terrasse. Robert nahm an einem kleinen Tisch unter einem Sonnenschirm Platz. Er bestellte einen Kaffee, eine große Flasche Wasser und ein Tzatziki. Sein Lieblingsgetränk Rotwein wollte er seinem Dröhnschädel bei dieser Hitze noch nicht zumuten. Er lehnte sich zurück. Jetzt brauchte er nur noch zu warten, bis das Wild in die Falle ging. Er hatte Zeit! Sollte Sabine bis zum Abend nicht aufgetaucht sein, würde er sich ein Zimmer nehmen.

Vier Stunden später saß er immer noch am selben Platz. Inzwischen war er doch zu Rotwein übergegangen. Er wurde müde, sein Nacken war verspannt und immer wieder fielen ihm die Augen zu. Das war entschieden zu wenig Schlaf gewesen letzte Nacht! Robert döste vor sich hin, als eine blonde Frau mit schulterlangem Haar die Terrasse überquerte. Er war schlagartig hellwach.

Ha, Bingo! Robert stand auf. Jetzt kam sein großer Auftritt. Er tippte ihr von hinten auf die Schulter. «Na, meine liebe Frau, damit hast du wohl nicht gerechnet!»

Die Frau drehte sich um. «Pardon?»

Es war nicht Sabine. Vor Robert stand eine wildfremde Französin, die ihn verdutzt musterte. Die Ähnlichkeit mit seiner Frau war unverkennbar und Robert konnte verstehen, dass der Schwede sie mit Sabine verwechselt hatte.

Robert blieb einen Moment regungslos stehen, dann kam die Wut. Es brodelte, und der Vulkan brach aus. Mit Schwung riss Robert die Decke vom Tisch gleich neben ihm. Teller, Gläser, Besteck und eine Flasche mit Olivenöl flogen im hohen Bogen durch die Luft und landeten scheppernd auf der Erde. «Verdammt, verdammt, verdammt!», brüllte Robert und trampelte auf den Scherben herum. An den anderen Tischen war es still geworden, alle Gäste beobachteten das skurrile Schauspiel. Zwei Kellner kamen aus dem Haus gerannt und beförderten den tobenden Deutschen unsanft auf die Straße.

«You go and never come back! Next time I call the police!»

Wie immer nach einem Wutanfall fühlte Robert sich wie ein Ballon, aus dem man die Luft gelassen hatte. Er lief zum Auto, fuhr bis zum anderen Ende des Ortes und mietete sich in einem Studio ein. Bonnie schmuggelte er ins Zimmer. Er hatte nicht mehr die Kraft zu fragen, ob Hunde in dieser Unterkunft erlaubt waren. Er fiel in seiner Kleidung aufs Bett und schlief sofort ein.

SKOURVOULA

Tatsächlich hatte es Jana einige Mühe gekostet, Patrick zu einem erneuten Besuch in Skourvoula zu überreden. Patricks Begeisterung für Christoph hatte sich erheblich reduziert. Seit dem Ausflug zur Sternwarte sah Patrick den Wahl-Kreter mit anderen Augen. Vielleicht war Christoph doch nicht so nett, wie er vorgab. Und Addy machte einen sehr unglücklichen Eindruck. Außerdem ging ihm Christophs dozierende Art, über die Insel zu reden, allmählich auf die Nerven. Nie sprach Christoph über persönliche Dinge, er ratterte in einem fort Fakten herunter, die man auch im

Reiseführer nachlesen konnte. Und Patrick wollte seine Zeit nicht mehr mit einem wandelnden Lexikon verbringen.

Vor allem aber war ihm Christophs Art, mit Jana umzugehen, nicht geheuer. Baggerte der Jana etwa an? Vor seinen Augen? Oder war das nur ein harmloses Geplänkel unter Freunden? Patrick war sich nicht sicher, doch er traute Christoph nicht über den Weg.

«Na gut», hatte er schließlich zu Jana gesagt. «Wenn du es so gern möchtest. Aber in Zukunft will ich mich wieder ein wenig von Christoph und Addy distanzieren. Das hat alles so überhandgenommen.»

«Klar!» Jana strahlte ihn an.

Jetzt saßen sie in Skourvoula in Christophs und Addys Wohnzimmer. Es war zu windig zum Grillen. Addy hatte ein Stifado gekocht, einen traditionellen griechischen Eintopf, und nach dem Essen waren sie ins Haus gegangen. Jana saß auf dem Sofa, direkt über ihr schwebte der marokkanische Krummdolch. Patrick hockte ihr gegenüber und hatte Addys Gruselkabinett im Blick. Die mürrische Addy schwieg und beobachtete Jana, Christoph breitete sein Wissen über kretische Sitten und Gebräuche aus. Patrick verdrehte die Augen. Er begann, sich zu langweilen.

Christoph stand auf und holte seine Lyra. Er warf seine langen grauen Locken zurück und begann zu spielen. Immer wieder schaute er zu Jana hinüber, und ihr Blick hing wie gebannt an seinem Gesicht.

«Ein Stück noch. Für die schönste Frau auf Kreta!» Er warf Jana einen schmachtenden Blick zu. Dann stand er auf und küsste sie auf den Kopf.

Jana schmolz in die Couch. Ihr Gesicht färbte sich tiefrot, ihr Herz raste, ihre Augen wurden glasig.

«Findest du das etwa geschmackvoll?», fragte Addy. Ihre

scharfe Stimme zerschnitt die Luft. «Jetzt bringst du deine Flittchen schon in unser Heim und bezirzt sie in meiner Anwesenheit. Was kommt als nächstes? Treibt ihr's nachher in meinem Bett?»

Patrick sprang auf. «Meine Freundin ist kein Flittchen!», rief er empört. «Es ist wohl besser, wenn wir jetzt gehen!» Und zu Christoph gewandt fügte er hinzu: «Ich finde es im Übrigen auch mehr als grenzwertig, was du da machst. Was soll das? Lass Jana in Ruhe!»

Christoph brach in schallendes Gelächter aus. «Addy und Paddy, die Eifersüchtigen! Jetzt macht euch doch nicht lächerlich. Ist doch alles nur Spaß!»

Jana rannte auf die Terrasse. Patrick folgte ihr.

«Jana, jetzt sag mir endlich, was los ist. Was läuft da zwischen dir und Christoph? Ich bin doch nicht blind! Hast du dich in den verliebt?»

«Nein! Ja! Ich weiß es nicht ... Patrick, ich weiß es wirklich nicht. Es ist, als hätte er mich verhext. Ich will das gar nicht, ich liebe doch dich! Aber ich muss dauernd an Christoph denken. Das macht mich noch wahnsinnig!»

Patrick wich zurück wie ein geprügelter Hund. Jana konnte seinen gekränkten Blick kaum ertragen, sie wollte ihm doch nicht wehtun. Addy trat auf die Terrasse. Sie hielt die Autoschlüssel in der Hand.

«Ich fahre euch heim. Das mit dem Flittchen tut mir leid. Du kannst ja nichts dafür, Jana.»

Sie stiegen in den Pickup. Addy fuhr zügig und schaute stur nach vorne, bis Pitsidia sprach niemand ein Wort.

Evangelia war noch wach, und Patrick bat sie um den Schlüssel für ein anderes Zimmer.

«Popopo», meinte die alte Griechin und schüttelte den Kopf. «Nix good! You and Jana better zusammen!»

Wie gerne hätte Patrick ihr recht gegeben und irgendwie tat ihm die völlig verstörte Jana auch leid, doch er war zu verletzt, um auf sie zuzugehen. Jetzt brauchte er erst einmal Abstand.

11

Drei Tage lang wechselten Patrick und Jana keinen Blick und kein Wort miteinander. Es trennte sie nur eine Zimmerwand und doch eine ganze Galaxie. Beide litten furchtbar unter dem Zustand. Jana wurde immer blasser, sie schlich mit gesenktem Kopf und geröteten Augen umher. Patrick saß stundenlang auf seinem Balkon und starrte ins Nichts, dann mietete er sich ein Moped und fuhr allein in die Berge. Er durchwanderte eine kleine Schlucht, doch nahm er die Schönheit der Landschaft um ihn herum kaum wahr und einen Geocache ganz in der Nähe ließ er völlig unbeachtet. Er vermisste Jana schrecklich. Abends blieben beide in ihrem jeweiligen Zimmer und versuchten, sich irgendwie abzulenken. Die alte Evangelia konnte sich das Trauerspiel kaum noch ansehen. Sie brachte ihnen Berge von Obst und Gebäck und versuchte, sie zu trösten.

Am vierten Morgen fasste Patrick sich ein Herz und sprang über seinen Schatten. Er wollte Jana nicht verlieren. Er würde um sie kämpfen, sie war es wert. Wenn sie zurzeit Gefühle für ihn und für Christoph hatte, musste er das wohl fürs Erste akzeptieren, es zumindest versuchen – auch wenn ihn die Vorstellung innerlich zerriss. Er pflückte einen Strauß aus Bougainvillea und Jasmin und klopfte an ihre Tür.

Die Tür öffnete sich einen Spalt. «Jana ...», begann Patrick. Jana sagte nichts und stürzte in Patricks Arme. Sie hielten einander fest, beide mit Tränen in den Augen. «Komm rein», sagte Jana dann. Sie setzten sich auf den Balkon.

«Patrick, mir tut das alles wahnsinnig leid. Das Letzte, was ich will, ist, dir wehzutun. Ich will mit dir zusammen sein, nur mit dir. Aber ich kann die Gefühle für Christoph nicht so schnell abschalten, sie sind einfach da. Das wird vorübergehen, da bin ich mir ganz sicher, aber ich weiß nicht wann ...» Sie sah Patrick an. «Ich möchte Christoph nicht mehr wiedersehen, das macht es leichter.»

«Wir werden einen großen Bogen um Christoph und Addy machen», stimmte Patrick zu. «Und danke dafür, dass du so ehrlich zu mir bist.» Es würde nicht einfach werden, das wussten sie beide.

Sie packten Patricks Sachen wieder ins gemeinsame Zimmer, dann gab Patrick Evangelia den zweiten Schlüssel zurück.

PLAKIAS

Robert schlief fest und traumlos. Erst in den Morgenstunden weckte ihn die winselnde Bonnie, die dringend hinaus musste. Sie schleckte ihm quer durchs Gesicht und wedelte mit dem Schwanz. «Wuah», murmelte Robert und schlug die Augen auf. Er schaute auf seine Armbanduhr. Halb acht schon! Robert sprang auf und drehte eine Runde mit der Hündin. Er machte sich frisch und bestellte im Café um die Ecke einen doppelten griechischen Kaffee. Er rieb sich die Augen. Was sollte er nun tun? Es war anscheinend unmöglich, Sabine auf eigene Faust zu finden. Auf

Kommissar Zufall konnte er sich nicht verlassen, dazu war die Insel viel zu groß und unübersichtlich. Er beschloss, nach Iraklion zurückzukehren und sich dort einen Privatdetektiv zu suchen. Doch das würde er erst morgen tun. Heute brauchte er eine Pause, er würde einen richtigen Urlaubstag einlegen.

Der Ort Plakias lag an einer weit geschwungenen Bucht mit einem langen Sandstrand, die östliche Begrenzung bildete ein Hügel mit einer imposanten Felswand. Das Wetter war herrlich, nicht zu heiß, und es wehte ein leichter, lauer Wind. Robert tollte mit Bonnie am Strand herum, schwamm ausgiebig und döste auf einem Liegestuhl vor sich hin. Bonnie stupste ihn an, sie wollte schon wieder spielen. Robert richtete sich auf. Ein grüner Gegenstand auf einer benachbarten Liege zog seine Aufmerksamkeit auf sich. Vorhin hatte dort noch ein junger Mann gelegen, jetzt war nichts mehr von ihm zu sehen. Was war das für ein seltsames grünes Ding? Neugierig stand Robert auf und nahm den Gegenstand in Augenschein. Es war eine Socke, in der irgendetwas steckte. Robert griff hinein und zog ein Smartphone hervor. Oha, hoffentlich erinnerte sich der Besitzer später daran, wo er sein Handy vergessen hatte!

Robert wollte das Gerät schon in die Socke zurückbefördern, als ihm ein Gedanke kam. Er schaltete das Smartphone ein. Vielleicht hatte der Besitzer einen Account bei einem sozialen Netzwerk? Tatsächlich, Robert fand die Facebook-App auf dem Handy. Der Besitzer hieß anscheinend Bill Cunningham. Robert schaute auf das Anrufprotokoll. Bill hatte zuletzt mit einer Erin telefoniert. Robert rief sie an. Er erzählte ihr von seinem Fund, und sie bedankte sich überschwänglich. Erin war Bills Frau, und wie sich herausstellte, hatten die beiden das Smartphone schon verzweifelt gesucht. Sie baten Robert, das Gerät in ihrer Unterkunft abzugeben, die sich ganz in der Nähe befand. Am Abend wollten sie ihn zum Dank zum Essen einladen.

Als der Wind am Nachmittag auffrischte, suchte sich Robert ein windgeschütztes Plätzchen an einer Strandbar. Er bestellte sich einen Rotwein. Der Barkeeper sprach akzentfrei Deutsch, er hieß Stelios. «Ich bin in Aachen aufgewachsen», erzählte er. «Meine Eltern sind immer noch dort. Sie haben ein Lokal. Ich wollte mein eigenes Ding machen. Am Meer.» Stelios strahlte, offenbar war er genau am richtigen Platz. «Nur das Geld reicht kaum», setzte er bekümmert hinzu. «Es ist echt schwer geworden mit der Krise ...»

Sie unterhielten sich eine Weile über die Auswirkungen der Wirtschaftskrise, die aktuelle griechische Regierungspartei Syriza und die europäische Sparpolitik. Politische Themen hatten Robert immer interessiert. Er bestellte noch einen Rotwein. Robert dachte wieder an das gefundene Smartphone und seine Verabredung mit Bill und Erin. Plötzlich kam ihm eine Idee.

Das könnte funktionieren, einen Versuch war es wert! Robert zog einen 50-Euro-Schein aus seiner Tasche und legte ihn auf die Bar. «Ich hätte da einen klitzekleinen Job für dich», sagte er. Stelios schaute ihn skeptisch an. Robert legte noch einen Fünfziger drauf. «Nur ein kleines Telefonat. Du kannst mal kurz Detektiv für mich spielen.»

Er zog sein Handy aus der Tasche und ging ins Internet. Hoffentlich stand Saskias Tochter im Telefonbuch. Da! Jenny Hoffmann. Das musste sie sein. Robert schrieb die Nummer auf einen Zettel, dann instruierte er Stelios.

Der Barkeeper wählte die Nummer mit seinem eigenen Handy, es meldete sich eine junge Frau.

«Raija Nykkänen.» «Hier spricht Stelios Manolakis. Ich hätte gern Jenny Hoffmann gesprochen.»

«Jenny ist an der Uni. Kann ich ihr was ausrichten?»

«Ich rufe von Kreta aus an. Habe eine Strandbar. Eine Saskia Hoffmann macht hier Urlaub, sie hat ihr Smartphone an der Bar vergessen. Unter ihren Kontakten hab ich eine Jenny Hoffmann gefunden. Vielleicht weiß Jenny, in welchem Hotel diese Saskia wohnt? Ich würde ihr gern das Handy zurückgeben.»

«Ich glaube, das ist Jennys Mutter. Moment mal, da hängt ein Zettel am Kühlschrank ...»

Stelios hörte Raija in ein anderes Zimmer gehen. «Da steht es: Mama und Sabine, Sivas, Kreta. Und eine Telefonnummer.»

Stelios notierte die Informationen und bedankte sich. Er reichte Robert den Zettel.

«Wo ist Sivas?», fragte dieser. Stelios deutete in Richtung Osten. «Da drüben, anderthalb Stunden von hier.» Er zeigte es Robert auf der Karte.

Robert legte noch einen Fünfziger drauf, bedankte sich, trank seinen Wein aus und machte sich auf den Weg zu seiner Unterkunft. Er würde sofort packen und losfahren. Die Verabredung mit den Engländern hatte er schon vergessen.

SKOURVOULA

Nach dem Eklat im Wohnzimmer war die Stimmung zwischen Christoph und Addy noch frostiger geworden. Sie redeten nur das Nötigste miteinander, um sich über die Alltagsaufgaben abzustimmen.

Christoph verbrachte so viel Zeit wie möglich in seiner Hütte. Hier konnte er ganz er selbst sein und sich seinen

Erinnerungen hingeben – den schönen und den schreck- lichen. Er stellte die Holzkiste, die er unter zwei Holzboh- len verborgen hielt, auf den Tisch und hob den Deckel ab. Christoph nahm ein Fotoalbum heraus und blätterte durch die Seiten. Er sah Bilder aus einer anderen Welt. Einer Welt, in die er nicht mehr zurückkehren konnte. Einer Welt, die es nicht mehr gab.

Christoph seufzte. Er dachte an Jana. Wenn doch nur sein Leben anders verlaufen wäre und er eine Frau wie Jana gefunden hätte, dann hätte er vielleicht eine Familie gegründet, hätte irgendetwas in seinem Leben getan, auf das er wirklich stolz sein konnte. Hätte, hätte, hätte ... Es war anders gekommen.

Jana hatte etwas in ihm geweckt, von dem er vorher nicht einmal gewusst hatte, dass es existierte. Er hatte keine Pro- bleme, Frauen für sich zu gewinnen, und er zählte die Affären nicht, die er über die Jahre neben seiner Beziehung zu Addy gehabt hatte. Doch tiefere Gefühle waren dabei nie im Spiel gewesen. Mit Jana war das anders. Sie löste in ihm eine unbekannte Sehnsucht aus und den Wunsch, ein besserer Mensch zu werden. Er musste etwas in seinem Leben ändern, doch er hatte keine Ahnung wie.

Und jetzt musste er erst einmal zu den Bienen. Christoph klappte das Album zu und widmete sich seinen Pflichten.

Am Nachmittag fand er Zeit zum Baden, ein Luxus, den er sich selten gönnte. Er joggte von Matala zum Komos-Strand. Es wehte ein starker Wind und wegen der hohen Wellen waren nur wenige Leute im Wasser. Ab und zu wirbelte eine Bö den Sand auf und jagte ihn über den Strand. Die Sandkörner pieksten wie tausend Nadelstiche. Christoph kniff die Augen zu. Eigentlich war das kein Strandwetter, er würde nicht lang bleiben.

Er schaute aufs Meer. In einiger Entfernung sah er einen älteren Mann im Wasser. Was tat der denn da? Der Mann ruderte mit dem Armen, ging kurz unter und fuchtelte danach noch hektischer herum. Er war in Schwierigkeiten, kein Zweifel! Christoph kannte das Meer gut, er wusste, wo es in dieser Region gefährliche Strömungen gab und dass jedes Jahr Badegäste ertranken, die sich über- und die Wellen unterschätzten.

Christoph zögerte keine Sekunde. Er stürzte sich ins Meer und schwamm mit kräftigen, schnellen Zügen auf den alten Mann zu. Er wusste, wie er ihn packen und an Land befördern musste. Wenige Minuten später hatte er es geschafft. Der alte Mann, ein Schweizer, war völlig entkräftet, und es dauerte eine ganze Weile, bis er wieder sprechen konnte. Unter Tränen bedankte er sich immer wieder bei seinem Retter und wollte sich unbedingt erkenntlich zeigen. Doch als er sich halbwegs erholt hatte und keine Schäden davongetragen zu haben schien, ließ Christoph ihn allein und lief zurück nach Matala.

MOCHLOS

Sabine und Saskia hatten miteinander telefoniert und sich darüber beraten, wie es weitergehen sollte.

«Sag sofort Bescheid, wenn Robert auftaucht! Dann rufe ich ihn an. Ansonsten tue ich das, wenn ich zurück bin. Wir bleiben etwa zwei Wochen weg. Ist das wirklich in Ordnung für dich?», fragte Sabine. Sie plagte ein schlechtes Gewissen, weil sie Saskia der Gefahr aussetzte, allein von Robert aufgestöbert zu werden.

«Alles im grünen Bereich. Ich hab keine Angst vor dem Vollidioten, mir wird er schon nichts tun. Außerdem wäre er längst hier aufgekreuzt, wenn er wüsste, wo wir hingefahren sind. Kreta ist groß! Und ich bin eigentlich ständig irgendwo mit Miriam unterwegs, wir malen wie die Bekloppten.» Sie lachte. «Genieß du die Zeit mit Björn und grüß ihn schön.»

Sabine und Björn hatten sich an der Nordküste ein Stück weiter nach Osten vorgearbeitet. Sie waren im kleinen Küstenort Mochlos gelandet, der ihnen auf Anhieb gefiel. Zwar verfügte der Ort nur über bescheidene Bademöglichkeiten – einen winzigen Strand gleich beim Zentrum – doch war er malerisch und romantisch. Und wenn sie abends bei Sonnenuntergang in einer der Tavernen saßen, die sich direkt am Meer um die kleine ruhige Bucht gruppierten – dort, wo Oktopusse zum Trocknen an einer Wäscheleine hingen und man den direkten Blick auf das vorgelagerte Inselchen mit der kleinen weißen Kirche und der Ausgrabung einer minoischen Siedlung hatte –, war Mochlos einfach nur Griechenland aus dem Bilderbuch.

Das Wohnmobil hatten sie ein Stück außerhalb des Ortes abgestellt, in Mochlos selbst war kein Platz dafür. Sabine genoss die Ruhe. Sie las, unterhielt sich mit Björn oder saß am Meer und hing ihren Gedanken nach. Je länger sie in dieser Umgebung verweilte, desto gelassener wurde sie.

Sie machte allein einen langen Spaziergang ins Hinterland und ließ sich auf einem Felsen nieder. Um sie herum herrschte totale Stille. Kein Zikadengesang war zu vernehmen, kein Windhauch bewegte die Blätter der Bäume. Kein Geräusch eines Autos, kein Hundegebell, keine Ziegenglocke. Nur Stille. «The sound of silence», dachte Sabine.

Ein Schmetterling flog direkt an ihrem Ohr vorbei. Er machte dabei ein kaum wahrnehmbares Geräusch, das nur den Bruchteil einer Sekunde andauerte. Sie war an einem

Ort, an dem man den Flügelschlag eines Schmetterlings hören konnte! Kreta war wirklich eine erstaunliche Insel!

Sabine fühlte einen Frieden, den es seit Jahrzehnten nicht mehr in ihrem Leben gegeben hatte. Es würde sich alles fügen, und wenn sie Robert erst los wäre, konnte ihr Leben noch einmal richtig gut werden.

12

Nach der Rettungsaktion am Komos-Strand war Christoph bester Laune. Er fuhr nach Skourvoula und besorgte unterwegs Addys Lieblingspralinen. Wenn er sein Leben schon nicht grundlegend ändern konnte, so wollte er doch das Beste aus dem machen, was es war.

Addy blickte überrascht auf, als Christoph mit Süßigkeiten bewaffnet auf sie zustürmte. Ein kurzes Lächeln huschte über ihr Gesicht, das erste seit Monaten.

«Addy, ich weiß, dass ich mich dir gegenüber in letzter Zeit nicht sehr fair verhalten habe. Tut mir leid. Ich verdanke dir viel, das hab ich nicht vergessen. Für uns kommen ganz sicher wieder bessere Zeiten. Ich werde mir Mühe geben, ich versprech's dir.»

Christoph legte seinen Arm um Addy und führte sie ins Haus. Dann öffnete er die Pralinenschachtel und steckte ihr einen Nougattrüffel in den Mund. «Etwas Süßes für meine Süße!»

Addy hob die Augenbrauen. Was hatte denn diesen plötzlichen Umschwung ausgelöst? Sie beschloss, nicht weiter darüber nachzudenken und den Moment der Entspannung in ihrer Beziehung einfach zu genießen. «Danke, Christoph!»

Er hielt sich den Rest des Nachmittags im Haus auf und half Addy bei der Arbeit. Als er nach einem kurzen

Abstecher zu den Schafen am Abend zurückkam, hatte Addy den Tisch auf der Terrasse gedeckt und mit Kerzen und Blumen geschmückt. Sie öffnete eine Flasche Wein und sah Christoph erwartungsvoll an.

«Wow, ein Candlelight-Dinner!», rief Christoph. Er gab Addy einen Kuss. Die beiden setzten sich an den Tisch.

«Ich freue mich, dass du wieder richtig hier bist, hier bei mir», sagte Addy versöhnlich. «Mir tut es auch leid, dass ich so grantig war in letzter Zeit. Ich will wieder freundlicher zu dir sein. Wir sollten einander nicht so zusetzen.» Sie hob ihr Glas. «Auf uns!» «Auf uns», erwiderte Christoph.

«Ich werde morgen unsere Flüge nach Wien buchen», meinte Addy freudig. « Es gibt gerade gute Angebote.»

Christophs Gesicht verfinsterte sich. Jetzt bloß nicht wieder dieses Thema. «Deinen Flug!», korrigierte er sie.

«Eben sagtest du noch, dass du dich bemühen willst. Dann tu mir doch bitte diesen einen kleinen Gefallen und flieg mit mir zu Brigitte! Das kann dir doch nicht so viel ausmachen. Mir liegt wirklich viel daran, dass du mitkommst. Bitte, Christoph!»

«Ich fliege nicht mit dir nach Österreich, basta!», rief Christoph gereizt. «Wie oft denn noch, Addy? Lass mich doch einfach in Frieden damit!» Er schlug auf den Tisch, die Weingläser schwankten bedenklich.

Addy zuckte zusammen, ihr Lächeln gefror. Gerade noch hatte sie leise Hoffnung auf Besserung geschöpft und schon lieferte Christoph ihr den nächsten Beweis für die Erosion ihrer Beziehung.

«Ich versteh dich einfach nicht, Christoph! Meine Wünsche sind dir völlig egal. Und du hast keinerlei Familiensinn, den hattest du noch nie. Mir liegt etwas an meiner Schwester. Warum meldest du dich nicht endlich auch mal bei deiner

Schwester in Australien? Sie ist die einzige Verwandte, die du hast!»

«Lass Yvonne aus dem Spiel! Du hast doch keine Ahnung, was damals abgelaufen ist und warum ich den Kontakt zu ihr abgebrochen habe. Ich will Yvonne nie, nie, nie mehr wiedersehen, ich hab sie aus meinem Leben gestrichen. Ich kenne keine Yvonne mehr! Punkt.»

«Ich hab keine Ahnung davon, weil du es mir nicht erzählst! Nie sprichst du über früher. Wir leben seit Jahrzehnten zusammen und ich weiß fast nichts über dich. Weil du mir einfach nichts sagst!»

«Na, das sagt ja die Richtige! Was hast du mir denn von deinem Andreas erzählt? Und über deine Fehlgeburten und die Tatsache, dass du niemals Kinder kriegen konntest?»

Addy blieb vor Verblüffung der Mund weit offen stehen, sie wurde kreidebleich. «Woher weißt du das?», flüsterte sie. Ihre Mundwinkel zuckten, in ihren Augen lag ein gefährliches Flackern.

«Von Brigitte. Sie kann mich zwar nicht leiden, aber sie hat es mir erzählt. Vor vielen Jahren schon. Ich hab sie gefragt, was mit dir los ist, und sie hat es mir gesagt. Einfach so. Dass irgendwas mit dir nicht stimmt, war ja schon immer offensichtlich.»

Addy sprang auf, sie zitterte. «Und mit dir stimmt alles, ja? Du bist so ein selbstgefälliges Arschloch, Christoph Seiler!»

«Sei still, Addy», schrie er sie an. Und etwas sanfter fügte er hinzu: «Warum streiten wir uns eigentlich schon wieder?»

«Weil du ein grenzenloser Egoist bist. Dich hat es nie interessiert, wie ich mich fühle.» Addy brach in Tränen aus.

Christoph stand vom Tisch auf. «Ich fahre noch nach Matala. Brauche Luft zum Atmen!», sagte er.

Addy wusste, sie würde ihn nicht mehr lange halten

können. Doch sie konnte es nicht ertragen, noch einmal verlassen zu werden. Das durfte einfach nicht passieren! Nein, nein, nein!

Fünf Minuten später rollte der Pickup vom Hof. Addy blieb wie versteinert auf ihrem Stuhl sitzen, Tränen liefen über ihr Gesicht. Sie schluchzte und stieß die Blumenvase vom Tisch. Warum nur tat er ihr das an?

Christoph lief durch Matala. Er nahm die quirlige Atmosphäre kaum wahr. Er sah nicht die bunten Lichter und die fröhlichen, bummelnden Touristen, er hörte nicht die Musik, die aus den Tavernen und Cafés schallte. Er durchquerte den Ort mit finsterem Blick und lief um die Bucht herum zur Marinero-Bar.

Christoph trank selten mehr als ein oder zwei Gläser Wein, oft sogar gar keinen Alkohol. Heute aber würde er sich betrinken und dann würde er die Nacht in einem Hotelbett verbringen, mit irgendeiner Frau, die er noch nicht kannte.

Er setzte sich auf die Terrasse der Bar, bestellte einen Whiskey und beobachtete die Gäste. Eine Blondine auf der Tanzfläche zog seine Aufmerksamkeit auf sich. Sie trug ein knappes rotes Kleid und Highheels, ihr Gesicht hatte osteuropäische Züge. Eine Russin vielleicht oder eine Polin.

Christoph stellte sich an die Tanzfläche und nickte der Blondine zu. Sie reagierte nicht auf ihn. Nach einer Weile verließ sie die Tanzfläche und setzte sich auf einen Hocker. Sie rauchte eine extrem dünne Zigarette und sah mehrfach auf die Uhr. Wartete sie auf jemanden? Tatsächlich, wenige Minuten später betrat ein großer Mann mit Glatze die Bar und gab der Blondine einen Kuss. Er sagte etwas auf Russisch zu ihr, dann gingen sie. Okay, die wurde es schon mal nicht.

Eine mit Unmengen von Schmuck behängte Französin, die er kurz darauf im Visier hatte, ließ ihn abblitzen.

Zwei Stunden später hatte Christoph sein Ziel erreicht. Er verbrachte mit einer Mitte 30-jährigen mit rotem Wuschelkopf eine leidenschaftliche Nacht in ihrem Hotelbett. In den Morgenstunden schlief sie ein, und Christoph schlich sich leise aus dem Haus. Ihren Namen hatte er schon wieder vergessen. Etwas mit M. Michaela? Manuela? Melanie? Egal, er würde sie nie wiedersehen.

Christoph stieg auf den Berg und lief zur Hütte. Er legte sich auf sein Klappbett. Warum machte er das bloß? Und warum konnte er damit nicht aufhören? Er betäubte sich mit Frauen wie andere mit Alkohol. Christoph fühlte sich leer, sein Kopf brummte. All diese Frauen bedeuteten ihm nichts. Alle außer Jana.

Eigentlich war Jana die erste Frau, für die er überhaupt etwas empfand. Und sie konnte er nicht haben, sie liebte ihren Patrick, den auch Christoph mochte. Patrick war ein ganz feiner Kerl. Zum ersten Mal hatte Christoph Skrupel, einem anderen Mann die Frau auszuspannen.

Er selbst hingegen war an die verrückte Addy gekettet, die er nicht ausstehen konnte, aber brauchte, um seine Welt aufrechtzuerhalten. Er konnte sie nicht verlassen. Was war er denn ohne sie? Und wer war er? Manchmal wusste er das selbst nicht mehr. Christoph seufzte.

Addy blieb stundenlang regungslos auf der Terrasse sitzen, bevor sie sich schließlich ins Bett legte und wie ein Embryo zusammenrollte. Schlafen konnte sie nicht. Christoph war nicht zurückgekehrt, und Addy konnte sich gut vorstellen wie er seine Nacht verbrachte.

Um zehn Uhr morgens war er immer noch nicht aufgetaucht. Gleich hatte er eine Verabredung mit ihrem Nachbarn Stefanos. Und vorher sollte er mit ihr die neuen großen Futtersäcke in den Schuppen schleppen, das hatten sie so abgesprochen. Dafür war jetzt gar keine Zeit mehr. Nun ließ Christoph sie auch noch bei den praktischen Dingen hängen. Er war weg und ließ sie im Stich!

Addy sah sich um. Tränen traten in ihre Augen.

Der Himmel war wolkenlos und tiefblau, die Blätter der Olivenbäume glitzerten in der Morgensonne. Bougainvillea, Jasmin und Hibiskus standen in voller Blüte. Die Schönheit um sie herum schien sie zu verhöhnen, Addy konnte sie nicht länger ertragen.

Sie rannte ins Wohnzimmer und riss den marokkanischen Krummdolch von der Wand. Mit einem lauten Schrei stürzte sie auf die Terrasse und schlug den Pflanzen die Blüten ab. «Ha, ha, ha, da, da», schrie sie in kurzem Stakkato. «Weg, weg, das muss weg! Da, da!» Wie eine Furie fegte sie durch die Rabatte, rote Hibiskusblüten spritzten auf die Erde wie überdimensionale Blutstropfen. Erst als der entsetzte Stefanos den Hof betrat und dem Treiben Einhalt gebot, beendete sie das Blumen-Massaker. Tod in Rot.

PITSIDIA

Patrick und Jana wichen einander nicht mehr von der Seite. Beide taten ihr Bestes, um es dem anderen so schön wie möglich zu machen. Sie zeigten einander, wie lieb sie sich hatten. Das Thema Christoph war tabu, weder Jana noch Patrick rührten daran. Da sie nichts von ihm hörten, war es leicht, so zu tun, als sei Christoph gar nicht existent. Und wenn sich Janas Gedanken gefährlich nah an dieses Thema heranbewegten und sie ein sehnsüchtiges Ziehen im Bauch verspürte, lenkte sie sich schnell ab. Sie mieteten sich wieder ein Moped, fuhren umher, liefen durch die

Natur und suchten die nähere Umgebung nach Geocaches ab. Alles war wie früher – fast.

«Wir könnten heute Abend ein bisschen durch Matala ziehen, was meinst Du?», schlug Patrick vor. «Sehr gute Idee!», erwiderte Jana. Sie ging ins Bad und zog ihr neues Lieblingskleid an. Die Haare würde sie offen tragen. Sie betrachtete sich im Spiegel. Genauso hatte sie an dem Abend in Skourvoula ausgesehen.

«Ein Stück noch. Für die schönste Frau auf Kreta.»

Jana fasste sich an den Kopf, an die Stelle, auf die Christoph sie geküsst hatte. Sie schloss kurz die Augen. Dann schüttelte sie energisch den Kopf, um die Erinnerung zu vertreiben. Sie zog sich erneut um und steckte die Haare hoch.

«Wir können los, Schatz!»

MATALA

Matala war ein kleiner Ort und an einer Bucht mit einer ganz speziellen natürlichen Schönheit gelegen. Die Besonderheit des Ortes – und der Grund dafür, dass während der Saison jeden Nachmittag Reisebusse Hunderte von Urlaubern aus den Touristenzentren an der Nordküste in den Ort karrten – war der schräg abfallende Sandsteinfelsen an der Nordseite der Bucht, der mit Höhlen durchsetzt war wie ein Schweizer Käse mit Löchern. Diese Höhlen stammten aus der Jungsteinzeit und die Römer hatten sie als Grabstätten genutzt.

In den 60er- und 70er-Jahren hatten sich dort Aussteiger und Hippies aus aller Welt angesiedelt, manche blieben Monate oder gar Jahre in Matala. Auch bekannte Musiker waren unter ihnen und machten den Ort als

Hippie-Eldorado international bekannt. Die kanadische Sängern Joni Mitchell widmete Matala den Song «Carey», der Österreicher Georg Danzer viele Jahre später das Lied «Unterwegs nach Matala».

Auch wenn sich das Dorf schon seit vielen Jahren zu einem normalen Urlaubsort entwickelt hatte, konnte es sich einen Rest des Hippie-Flairs bewahren, und dieses Erbe wurde seit ein paar Jahren von den Einheimischen bewusst gepflegt und auch kommerziell verwertet. Seit sechs Jahren fand regelmäßig im Juni ein mehrtägiges Musikfestival am Strand statt, in den Cafés und Bars hörte man mehr Musik aus dem 60er- und 70er-Jahren als irgendwo sonst auf Kreta und die Souvenirläden verkauften neben dem gewöhnlichen Urlaubsbedarf auch Hippie-Accessoires.

Die Bucht öffnete sich nach Westen und bescherte ihren Besuchern allabendlich einen prächtigen Sonnenuntergang.

Patrick und Jana liefen durch den Ort und bummelten durch die schmale überdachte Basargasse, die sich parallel zum Strand erstreckte. Zwischen den Läden und Tavernen führten in unregelmäßigen Abständen Treppen hinunter an den Strand. Jana kaufte ein Strandtuch und probierte sich durch einen Stand mit Ledersandalen.

Die beiden setzten sich ans Wasser und betrachteten den Sonnenuntergang. Patrick rückte an Jana heran, die eifrig fotografierte.

«Das ist einfach wunderschön hier.»

«Ja, ist es.»

«Jana, ich weiß, das kommt jetzt etwas überraschend, aber der Gedanke spukt mir schon länger durch den Kopf ... Wollen wir zusammenziehen, wenn wir zurück sind?»

«Ja, ja, das will ich auch! Das fände ich schön!» Jana strahlte Patrick an.

Er lächelte. So langsam schien sie wieder die Alte zu werden. Sicherlich würde sie Christoph bald vergessen haben.

Sie schmiedeten Zukunftspläne und neckten sich gegenseitig mit ihren Vorstellungen für die Inneneinrichtung ihrer ersten gemeinsamen Wohnung.

«Und ins Wohnzimmer, so richtig mitten rein, kommt die Computerecke!», feixte Patrick.

«Kommt sie nicht!»

«Kommt sie doch!»

«Dann häkele ich lauter Deckchen wie deine Tante Anneliese und hänge den ganzen Technikkram damit zu!»

Sie brachen in schallendes Gelächter aus. Die Vorstellung von einer Deckchen häkelnden Jana war einfach zu absurd. Mit Handarbeiten konnte man sie jagen.

Patrick und Jana bekamen langsam Hunger. Sie eroberten einen Tisch in der ersten Reihe einer der Tavernen am Strand und bestellten frisches Lamm aus dem Ofen und eine Dorade.

«Die Livemusik ist nachher dahinten, glaub ich», meinte Patrick und deutete in Richtung eines großen Lokals, das sich am Ende der Bucht befand und «Akuna Matata» hieß.

Nach ihrem Essen spazierten Jana und Patrick weiter um die Bucht und kamen an der Marinero-Bar vorbei. Patrick warf einen Blick hinein. Er sah Christoph mit einer Rothaarigen im Arm auf einem Barhocker sitzen, seine Hand ruhte auf ihrem Knie. Der alte Mistkerl machte sich wohl an jede Frau heran! Ob die Rothaarige auch einen Freund hatte?

Zornig verzog Patrick das Gesicht. Er bemerkte, dass er Christoph überhaupt nicht mehr mochte. Der Mann war ihm regelrecht zuwider geworden. Patrick schaute schnell zur anderen Seite.

Jana hatte Christoph nicht gesehen, und auch dieser schien das junge Pärchen nicht zu registrieren, das an ihm vorüber lief.

Im «Akuna Matata» war es brechend voll, wie immer, wenn eine Band live spielte. Der vordere Teil des Lokals diente als Taverne, der hintere verfügte über einen Tresen in Form eines Bootes und beherbergte eine Bar. Unter einem Felsen befand sich eine kleine Bühne, im Raum daneben bot das «Akuna Matata» farbenfrohe Kleidung, Schmuck und Hippie-Taschen an.

Das ganze Lokal war in den Farben Rot, Gelb und Grün gestrichen und mit originellen Malereien und Muscheln verziert. Über dem Meer wehte eine leicht zerrissene Flagge mit dem Konterfei von Bob Marley. Passend dazu lief Reggaemusik. Die Band war noch mit dem Aufbau ihrer Instrumente beschäftigt.

«Wie heißt die Gruppe eigentlich?», fragte Jana.

«Pebble Stones», antwortete Patrick. «Steht da vorne.» Er deutete auf eine Holzwand, an der ein Aushang befestigt war.

Jana und Patrick fanden zwei freie Hocker am Tresen, an den Tischen war alles besetzt. Vor der Bühne stand eine Reihe Leute, darunter zwei Frauen mittleren Alters, die die Mitglieder der Band offenbar kannten. Die eine Frau war klein, schlank und komplett schwarz gekleidet, die andere das genaue Gegenteil, sie war groß und kräftig und trug ein langes Gewand in allen Farben, die auch die Dekoration des «Akuna Matata» zu bieten hatte. Ihre Haare waren extrem lockig und standen in alle Himmelsrichtungen. Vermutlich hatte sie afrikanische Vorfahren.

Jana beobachtete die beiden. Die kleine Schwarzgekleidete hatte offenbar Gefallen am Sänger der Band gefunden. Die

Blicke, die sie ihm zuwarf, sprachen Bände. Jana grinste, doch dann fiel ihr ein, dass sie Christoph vermutlich mit ähnlichen Blicken bedacht hatte, wenn er zur Lyra griff. Das Grinsen verschwand aus ihrem Gesicht.

Christoph. Was er wohl gerade machte? Sie stellte sich ihn in Skourvoula vor, unter der Fuchtel dieser schrecklichen Addy. In ihrem geistigen Ohr hörte sie die alte Schachtel zetern: «Bringst du deine Flittchen jetzt in unser Heim?» Ein furchtbarer Abend war das gewesen. Zuletzt. Jana schüttelte sich. Sie wollte nicht an Christoph denken.

Die Band begann zu spielen. Der Sänger erinnerte Jana ein wenig an Jon Bon Jovi. «Knocking on heaven's door» war der erste Song, danach kam ein Stück, das weder Patrick noch Jana kannten. Möglicherweise eine Eigenkomposition. Patrick wippte im Takt.

«Cocktail gefällig?», fragte er Jana. Sie nickte erfreut. Dies hier war ein schöner Abend. Mit Patrick, ihrem Freund!

MOCHLOS

Sabine irrte in einem Labyrinth aus Rosenbüschen umher und fand den Ausgang nicht. Eine Gestalt folgte ihr, ein Mann in einem schwarzen Umhang. Sie schrie, und doch war kein Laut zu vernehmen. Sie rannte, doch sie kam nicht von der Stelle. Vor ihr baute sich ein Clown mit einem verzerrten Gesicht auf, er lachte sie aus und verwandelte sich zuerst in Robert und dann in ein Pferd mit leeren Augenhöhlen.

Jetzt war Sabine plötzlich Chrissie, sie war Chrissie und gleichzeitig sie selbst, und sie schwamm in einem weiß gekachelten Becken. Die Wände des Beckens wuchsen in die Höhe und waren auf einmal mit Algen überzogen. Das

Becken wurde immer enger, und Sabine bemerkte, dass es keinen Ausgang hatte.

Die Algen bildeten eine Blase und machten ein blubberndes Geräusch, während die schwarze Gestalt aus dem Labyrinth aus ihnen herauswuchs. Der Mann im schwarzen Umhang schwamm an Sabine heran, er hatte kein Gesicht.

Dann hörte sie eine Stimme: «Sabine, Sabine, um Himmels Willen, was ist los?»

Sie wachte auf. Björn beugte sich über sie. «Ist alles in Ordnung? Du hast furchtbar geschrien!»

Sabine richtete sich auf. Sie war in Björns Wohnmobil, sie war in Sicherheit. Ganz langsam kam ihr rasendes Herz zur Ruhe.

«Ein Albtraum», murmelte sie.

Sabine sah auf die Uhr. Es war mitten in der Nacht. «Schon in Ordnung», meinte sie. «Ich schlafe einfach weiter.»

Sabine drehte sich um, doch sobald sie die Augen schloss, sah sie wieder den Gesichtslosen im schwarzen Umhang. Sie wusste, dass diese Nacht gelaufen war, sie würde kein Auge mehr zutun.

SIVAS

Robert parkte seinen Mietwagen ein Stück hinter dem Dorfplatz von Sivas. Er setzte sich vor ein Kafenion am Platz und ließ die Augen schweifen. Er streckte sich. Jetzt konnte er entspannen. Er war fast am Ziel, irgendwo hier im Ort befand sich Sabine. Sehr, sehr bald, vielleicht sogar schon heute, würde er sich zurückholen, was ihm gehörte. Er bestellte ein Glas Rotwein.

13

Der Albtraum und sein Schrecken hingen Sabine lange nach, immer wieder dachte sie an den Gesichtslosen im schwarzen Umhang. Ein eiskalter Schauer lief ihr über den Rücken. Den ganzen nächsten Tag war sie seltsam bedrückt.

«Immer noch der Traum?», fragte Björn.

«Ja. Ich fühle mich seitdem irgendwie unrund.» Sie sah Björn an. «Glaubst du an Vorahnungen?», fragte sie ihn.

«Ich weiß nicht recht», antwortete Björn. «Eher nicht. Als zwei Verbrecher in mein Haus eingedrungen sind und meine Familie ermordet haben, hatte ich keinerlei Vorahnungen. Es hat mich eiskalt erwischt. Es hat mir ... den Boden unter den Füßen weggezogen.» Tränen schimmerten in seinen Augen, er wandte sich ab.

Sabine legte ihre Hand auf seine Schulter. Was hatte Björn nur durchmachen müssen! Das musste entsetzlich gewesen sein.

«Ich glaube an so etwas wie Vorahnungen», sagte Sabine dann. «Manchmal habe ich sie, und dann passiert tatsächlich etwas Schreckliches. Vor Chrissies Unfall etwa, an dem Tag hatte ich ein ganz merkwürdiges Gefühl beim Aufwachen. Oder vor der Sache, die ihr mit sechzehn passiert ist. Ich bin damals nicht mit in diese Disco gegangen, weil wir uns gestritten hatten. Über irgendeine Nichtigkeit. Erst war ich noch sauer auf sie, aber irgendwann begann ich aus unerfindlichen Gründen, mir Sorgen um sie zu machen. Dabei war sie schon öfter allein im «Limelight» gewesen, und ich vermutete, dass sie Lisa treffen würde, das war damals unsere beste Freundin. Trotzdem – ich hatte das Gefühl, dass ihr etwas zustoßen würde – was dann ja auch geschah ...»

«Meinst Du, der Traum vom Gesichtslosen im schwarzen Umhang war auch eine Art Vorahnung?», fragte Björn. «Ich denke eher, dass deine Angst vor Robert dahintersteckt. Die Sorge, dass er schon auf der Insel sein könnte. Aber deshalb muss ja nun nicht wirklich etwas passieren.»

Was Björn sagte, klang schlüssig und plausibel, doch es beruhigte Sabine nicht. Tief im Innern wusste sie, dass der Traum sehr wohl eine Vorahnung gewesen war. Dass etwas Fürchterliches geschehen würde. Sie konnte es Björn nicht erklären, aber sie wusste es einfach.

SIVAS

Saskia und Miriam saßen am Dorfplatz von Sivas und waren in Fotos ihrer Bilder vertieft. Ein Bekannter von Miriam plante eine Kunstausstellung in Rethymnon und die Freundinnen überlegten, ob und was sie dort ausstellen wollten.

«Ich glaube, ich kann mich gerade nicht entscheiden», meinte Miriam und verzog das Gesicht. «Ich hole mir noch einen Kaffee. Magst du auch noch einen?» Saskia nickte, ohne aufzuschauen. «Ja. Obwohl – lieber einen Tee».

Miriam lief zum Kafenion hinüber, Saskia räkelte sich wohlig und schaute weiter auf die Fotos, als plötzlich etwas Feuchtes ihr Bein berührte. Ein beigebrauner Hund sprang temperamentvoll an ihr hoch und wedelte freudig mit dem Schwanz. Es war ein Golden Retriever. Bonnie.

Saskia zuckte zusammen und sah ungläubig auf. Da hatte das Scheusal es also tatsächlich geschafft, sie aufzuspüren. Wie war ihm das bloß gelungen?

«Hallo Robert», sagte sie kühl und bemühte sich, ruhig zu bleiben. Sabines Mann baute sich vor ihr auf und warf seinen Schatten über den Tisch.

«Wo ist sie?», polterte er los.

«Weg», antwortete Saskia ruhig.

«Was heißt hier weg? Verdammt, Saskia, du sagst mir sofort, wo Sabine ist!»

«Robert, sie ist nicht in Sivas. Sie ist weggefahren. Ich weiß nicht, wo sie ist, und ich weiß nicht, wann sie wiederkommt. Sie wird sich bei dir melden. Aber so oder so wird Sabine nicht zu dir zurückkehren. Deine Frau hat sich von dir getrennt, endgültig!»

«Das hast du ihr doch bloß eingeredet, du blöde Kuh!», brüllte Robert. Er fegte mit einem Handgriff die Fotos vom Tisch. «Wo ist meine Frau, verdammt nochmal?» Er stampfte auf den Boden wie ein wütender Stier.

Die Gäste an den umliegenden Tischen wurden aufmerksam, dann eilten Miriam und die Wirtin des Kafenions herbei. Saskias Tee auf dem Tablett schwappte fast aus der Tasse. Robert hob beschwichtigend die Hände und trat einen Schritt zurück, er wollte keinen weiteren Rauswurf aus einem Lokal riskieren.

Miriam hatte Robert noch nie gesehen, doch sie erkannte ihn sofort. Er war also wirklich aufgetaucht. Miriam hatte so viel über Sabines Mann gehört, dass ihr der real existierende Robert gleichzeitig vertraut und wie eine Geisterscheinung vorkam. Oder wie ein Schauspieler, den man aus dem Fernsehen kennt, und der plötzlich und unvermittelt vor einem steht. Irgendwie unwirklich, das Ganze! Wie gut, dass Sabine mit Björn weggefahren war. Miriam setzte sich zurück an ihren Platz und sah Robert herausfordernd an.

«Wer ist denn die da?», fragte Robert und warf einen abfälligen Blick auf Saskias Freundin.

«Ich glaube nicht, dass dich das was angeht, Robert. Lass uns einfach in Ruhe und warte ab, bis Sabine sich meldet.»

Saskia wandte sich demonstrativ ab und nippte an ihrem Tee. Robert blieb auf seinem Platz stehen wie angenagelt, Wut kochte in ihm hoch. Was fiel der Schnepfe ein?

Er stürmte nach vorne und schlug der überraschten Saskia mitten ins Gesicht. Saskia sprang auf und gab ihm einen kräftigen Stoß. Robert hatte nicht mit ihrer Gegenwehr gerechnet, er taumelte nach hinten, stolperte über eine Stufe und stürzte zu Boden. Irgendetwas krachte in seiner rechten Schulter.

«Ahhh, aua!» Mit schmerzverzerrtem Gesicht starrte er die entgeisterte Saskia an, die sich eine Serviette an die blutende Nase hielt. Zwei Griechen, die das Geschehen beobachtet hatten, halfen Robert auf und hielten ihn fest. Der Schreck und der Schmerz in seiner Schulter hatten Roberts Wut fürs Erste verrauchen lassen.

«Saskia ...», begann er. «Es tut mir leid, das wollte ich nicht. Es ist nur ... Sabine ... Sie kann mich doch nicht einfach verlassen, das kann sie doch nicht machen! Aua, tut das weh!»

Er jaulte auf und fasste sich an seinen rechten Arm. Die beiden Griechen verfrachteten ihn auf einem Stuhl. Ein weiterer Stich jagte durch Roberts Schulter, er konnte seinen Arm nicht mehr nach vorne bewegen. «Da ist etwas kaputt», konstatierte er.

«Robert, du bist vollkommen verrückt», rief Saskia. «Bei dir ist einiges mehr kaputt als deine Schulter!»

Sabines Mann hing mit blassem Gesicht wie ein Häufchen Elend auf dem Stuhl. Wie hatte es nur so weit kommen können? In einem ebenso seltenen wie kurzen Moment der Selbsterkenntnis bemerkte er, dass er eine Grenze überschritten hatte, die für ihn immer tabu gewesen war. Nie zuvor hatte er einen Menschen tätlich angegriffen, seine Wut hatte er bislang ausschließlich an Gegenständen ausgelassen. Sabine hatte nicht ganz unrecht, er sollte seinen Jähzorn unbedingt in den Griff bekommen, der bereitete ihm langsam ernsthafte Schwierigkeiten ... Aber seine Frau war es doch auch, die ihn erst so wütend machte! Das war alles ihre Schuld! Robert schnaubte. Ein weiterer stechender Schmerz fuhr durch seine Schulter. Er musste zum Arzt.

Saskia schaute Robert voller Verachtung mit einem scharfen Blick an.

«Wenn du mir oder Sabine noch ein einziges Haar krümmst oder auch nur daran denkst, dann rufe ich die Polizei und zeige dich an!»

«Ihr solltet jetzt wohl beide erst mal zum Arzt», meinte Miriam besorgt.

Zehn Minuten später saßen sie im Auto und fuhren nach Mires zum Kentro Ygeias, einem Gesundheitszentrum, wie es sie in einigen Kleinstädten abseits der großen Städte mit ihren Krankenhäusern gab. Im Kentro Ygeias fand die Erstbehandlung statt und jede ärztliche Versorgung, die keine technisch aufwendige Untersuchung und keinen stationären Aufenthalt erforderte.

Saskia und Miriam ließen sich auf einer wackeligen Bank vor dem Behandlungsraum nieder, Robert setzte sich auf eine andere. Sie warteten eine knappe halbe Stunde. Saskia hatte Glück. Ihre Nase war angeschwollen, aber nicht schlimmer verletzt. Die Blutung hatte inzwischen aufgehört. Roberts

Schulter wurde geröntgt. Sie war gebrochen, daher musste er zur Weiterbehandlung nach Iraklion ins Krankenhaus. Roberts Stimmung erreichte einen historischen Tiefpunkt.

Am Abend rief Saskia Sabine an, und als sie die Freundin nicht erreichte, schrieb sie ihr eine Nachricht: «Robert ist hier! Er hat mich angegriffen. Hab mich gewehrt, jetzt hat er eine gebrochene Schulter. Er ist im Krankenhaus und damit erst mal außer Gefecht gesetzt ... Der Typ ist wahnsinnig!!! Mach dir keine Sorgen, mit geht's gut. Ach ja: Bonnie ist bei mir bzw. bei Manolis, der hat einen Narren an ihr gefressen. Liebe Grüße!»

PITSIDIA

Patrick und Jana hatten einen neuen Zimmernachbarn, Carsten aus Lübeck. Wie Patrick war Carsten Informatiker und die beiden konnten Stunden damit verbringen, sich über Dinge zu unterhalten, die für Jana böhmische Dörfer waren. Schon seit einiger Zeit saßen die beiden Computerfreaks wieder eifrig in eine Diskussion über die Entwicklung von Geodatenbanken vertieft auf dem Balkon, und Jana beschloss, zum Strand zu laufen.

«Ich bleibe nicht lang weg», meinte sie, «heute Abend könnten wir doch alle zusammen essen gehen – vorausgesetzt, ihr lasst eure Bits und Bytes zu Hause.» Sie zwinkerte ihnen zu.

«Machen wir», rief Patrick und warf Jana eine Kusshand zu. «Bis nachher, viel Spaß!»

Jana packte ihre Badesachen und ein Buch ein und machte sich auf den Weg. Es war heiß und der Weg zum Komos-Strand zog sich. Kein Lufthauch war zu spüren, die Sonne brannte erbarmungslos. Jana freute sich auf die

Abkühlung im Meer. Der Weg wand sich durch sandige Hügel und war von rosa und weiß blühenden Oleanderbüschen, kleinen Bäumen und Palmen gesäumt. Etwa ab der Hälfte der Strecke war das Meer zu sehen, am Himmel schwebte ein winziges weißes Wölkchen wie eine kleine Vogelfeder.

Jana schwitzte, sie trocknete sich das Gesicht ab und blieb einen Moment stehen. Am Vorabend hatten sie mit Kostas und Evangelia zusammengesessen, Wein getrunken und Evangelias alte Fotoalben angeschaut, die auch Bilder vom Frühling auf der Insel zeigten. Nach den ersten Regenfällen im Winter wurde Kreta erstaunlich schnell wieder grün und in den Monaten März und April verwandelte es sich in ein Blütenmeer. Wer die Insel nur im Hochsommer oder Herbst kannte, wenn Braun, Ocker und das silbrige Grün der Olivenbäume die vorherrschenden Farben waren, konnte sich nur schwer vorstellen, wie grün sie zu einer anderen Jahreszeit war. Jana wollte unbedingt noch einmal im Frühjahr nach Kreta. Sie hatte ihr Herz längst an die Insel verloren.

Am Strand angekommen zog sie sich sofort um und lief zum Meer, das an diesem Nachmittag völlig glatt und ohne eine einzige Welle vor ihr lag. «Ladi» nannten die Griechen das, «Öl». Jana ließ sich auf dem Wasser treiben und träumte vor sich hin. Von den Irritationen um Christoph abgesehen war das ein toller Urlaub. Sie hatten Christoph nicht wiedergesehen und vermieden weiterhin konsequent das Thema. Ab und zu verspürte Jana ein sehnsüchtiges Ziehen und sie wusste nicht, wie sie reagieren würde, wenn sie ihn wiedersah, doch die meiste Zeit gelang es ihr, Christoph zu verdrängen.

Jana registrierte jetzt mehrere Federwölkchen am Himmel. Sie bildeten sich plötzlich und lösten sich genauso schnell wieder auf, ein faszinierendes Schauspiel war das!

Könnten sich doch bloß ihre Gefühle für Christoph ebenso in Luft auflösen … Jana wusste, dass sie noch nicht über ihn hinweg war.

Sie verbrachte den Nachmittag mit Baden, Lesen und Dösen und kaufte ein Stück selbstgebackenen Kuchen bei einem Deutschen namens Uwe, der mit einem Kuchentablett und einer Kanne Kaffee vorbeikam. Später unterhielt sie sich mit einem irischen Paar, das ebenfalls zum ersten Mal auf Kreta war und in Kalamaki Urlaub machte.

Der Nachmittag verging schnell, und Jana hatte noch keine Lust zu gehen. Sie streckte sich noch einmal auf ihrem Handtuch aus. Eine halbe Stunde noch – höchstens – bis zum Sonnenuntergang, dann würde sie aufbrechen, um zurück in Pitsidia zu sein, bevor es stockdunkel war. Die anderen Touristen hatten den Strand bereits verlassen.

Aus der Richtung Kalamaki näherte sich ein Jogger. Christoph! Janas Herz machte einen Sprung. Sie hatte ihn nicht gleich erkannt, seine langen Locken waren zu einem Pferdeschwanz gebunden. Jetzt entdeckte er sie auch, winkte ihr zu und kam herübergelaufen.

«Hi Jana!», rief er fröhlich, als hätte es den unheilvollen Abend in Skourvoula nie gegeben. «Wo ist Patrick?»

«In der Pension. Er fachsimpelt mit unserem Zimmernachbarn über irgendeinen Computerkram.»

Christoph setzte sich neben sie in den Sand. «Ich freu mich wirklich, dich zu sehen, Jana. Ihr wart lange nicht mehr da, kommt doch mal wieder vorbei!»

«Sicher», sagte Jana. Es klang nicht sehr überzeugend.

Christoph rückte ein Stück näher. «Du bist eine tolle Frau», sagte er. «Hoffentlich weiß Patrick das zu schätzen und behandelt dich immer gut!»

«Das tut er.» Jana lächelte.

Christoph legte den Arm um sie und strich ihr zärtlich über die Schulter. Eine warme Woge durchfloss Jana, sie sah ihn an. «Christoph ...», raunte sie mit rauer Stimme. Christoph beugte sich zu ihr und küsste sie, erst sanft, dann immer leidenschaftlicher. In Jana brannte ein Feuerwerk ab, sie ließ sich in den Sand gleiten.

Was in aller Welt tat er da? Und was tat sie? Sie liebte Patrick aufrichtig. Was wollte sie bloß von diesem Christoph? Er war alt, könnte ihr Vater sein. Nichts verband sie. Und doch ging von diesem Mann eine physische Präsenz und Erotik aus, wie sie sie nie erlebt hatte und der sie sich nicht entziehen konnte.

Christoph begann, Janas Brüste zu streicheln, dann zog er ihr die Bikinihose vorsichtig herunter. Ein letzter Rest von Vernunft bahnte sich seinen Weg in ihr Bewusstsein und Jana zog die Reißleine. Sie richtete sich auf.

«Ich kann das nicht tun. Tut mir leid, Christoph. Ich liebe Patrick und ich kann ihn nicht betrügen. Das könnte ich mir nie verzeihen und er könnte das auch nicht.» Sie zog die Bikinihose wieder hoch.

Christoph stand auf und zuckte die Achseln. «Kein Problem.» Er drehte sich um und joggte zurück nach Kalamaki. Ein schiefes Grinsen trat in sein Gesicht. Das nannte man dann wohl Ironie des Schicksals. Die einzige Frau, die ihm etwas bedeutete, schien tatsächlich unerreichbar für ihn zu sein. Jedenfalls noch. Doch er würde nicht so schnell aufgeben. Er wollte sie, und er würde sie bekommen.

Aufgewühlt blieb Jana im Sand sitzen. Ihr Verlangen nach Christoph war so stark, dass es ihr körperlich wehtat. Sie starrte mit glasigen Augen aufs Meer und bemerkte den lauen Wind nicht, der nach dem heißen Tag die ersehnte

Abkühlung brachte und über die Zweige der Tamarisken strich. Der Sonnenuntergang präsentierte sich in spektakulären Gelb- und Orangetönen über dem Meer und schnell senkte sich die Dämmerung herab. Erst in der völligen Dunkelheit lief Jana zurück nach Pitsidia und versuchte, sich wieder zu fangen. Patrick durfte nichts merken.

SKOURVOULA

Addy saß auf der Terrasse, als Christoph mit dem Pickup vorfuhr. Ein kleiner grüner Fiat parkte vor dem Haus.

«Hi Addy!», rief Christoph. «Haben wir Besuch?»

«Nein.»

Irritiert schaute Christoph das grüne Auto an. «Wem gehört dann der Wagen?»

«Mir.»

«Dir? Was soll das heißen, dir? Wozu brauchen wir noch ein Auto? Wir haben den Pickup!»

«Mit dem du unterwegs bist und deine Schlampen aufreißt, während ich mich hier allein ums Haus kümmere und keinen Meter vom Fleck komme, weil ich nicht mobil bin!», antwortete Addy scharf.

«Wir können uns doch absprechen, das hat all die Jahre geklappt! Wozu so viel Geld für einen Zweitwagen ausgeben? Das ist doch total bescheuert!»

«Es ist meine Sache, wofür ich mein Geld ausgebe! Das ist mein Geld, verstehst du? Meins!», keifte Addy. «Ohne mich wärst du immer noch ein armer Schlucker und hättest gar nichts! Also sei mal ganz ruhig!»

«Besser ein armer Schlucker mit einer Frau wie Jana als vollversorgt von einem Drachen wie dir!»

«Jana? Aha, darum geht es also! Du triffst dich mit ihr,

nicht wahr? Deshalb bist du ständig weg. Na, habt ihr es heute schon getrieben?»

«Wir treiben gar nichts. Du bist so primitiv! Und paranoid noch dazu. Nichts läuft mit Jana, rein gar nichts! Aber du ruinierst alles mit deiner Eifersucht. Ich ertrage dich nicht mehr, Addy, du kotzt mich an!»

Christoph verschwand im Haus. Er riss ein paar Kleidungsstücke aus dem Schrank und packte sie in einen großen Rucksack. Er würde die nächsten Tage in der Hütte verbringen. Mit kräftigen Schritten lief er zum Pickup, ohne Addy auch nur einen Blick zu widmen.

«Christoph! Christoph, bitte bleib! Bitte geh nicht! Es tut mir leid, Christoph, lass mich jetzt nicht allein, bitte ...» Sie lief über die Terrasse.

Christoph stieg in den Wagen und fuhr ab.

Als Miriam am nächsten Tag nach Mires fuhr, um ein paar Einkäufe zu erledigen, kam Addy ihr entgegen geschlurft. Die Österreicherin befand sich in einem desolaten Zustand. Das sonst so ordentlich hochgesteckte Haar hing ihr strähnig und ungekämmt auf die Schultern, ihr Kleid war fleckig und ein Schnürsenkel hatte sich gelöst. Addys Gesicht war blass und grau, tiefe dunkle Ringe hingen unter ihren verquollenen Augen. Sie begann auf erschreckende Weise, den Gespenstern auf ihren Bildern zu ähneln.

«Addy!», rief Miriam. «Im Himmels Willen, was ist mit dir?»

Addy wankte ihr entgegen. «Oh Miriam!» Sie schluchzte. «Christoph ist weg. Er hat mich verlassen!» Sie heulte laut auf.

«Komm, wir gehen etwas trinken», schlug Miriam vor. Sie setzten sich in ein Kafenion.

«Ist er wirklich richtig ausgezogen?», fragte Miriam.

Addy schüttelte den Kopf. «Nein, nicht offiziell, aber er hält sich nur noch in seiner Hütte auf. Er hat was mit einer anderen, ich bin mir sicher!» Tränen liefen über Addys Gesicht. «Es ist so schrecklich, Miriam!»

«Ach Addy, Christoph hat ständig was mit anderen Frauen. Das weißt du doch, es war nie anders. Warum sollte er dich jetzt verlassen?»

«Weil er sich verliebt hat. In so ein junges Ding. Sie wird ihn mir wegnehmen. Oh Miriam, was soll ich bloß tun?»

14

Jana fand Patrick und Carsten gemeinsam vor dessen Laptop sitzend in ihrem Zimmer vor. Sie war erleichtert, Patrick beschäftigt zu sehen.

«Hi, ich bin wieder da. Ziehe mich eben um!»

Sie verschwand im Bad, ohne die beiden anzuschauen. Als sie zurückkam – in ihrem Lieblingskleid –, war Carsten gerade aufgestanden. «Bis morgen dann, ich gehe der Sache noch weiter nach.» Er deutete auf seinen Computer und grinste. «Ciao!» Er ging.

«Geht Carsten nicht mit uns essen?»

«Nö. Der hat sich in eine Sache verbissen. Möchte wetten, er sitzt noch die halbe Nacht an seinem Laptop. Ist schon ein Nerd!»

Patrick lachte. «Carsten ist computersüchtig. Ich bin janasüchtig!»

Er sprang auf und hüpfte wie ein junger Ziegenbock auf sie zu, hob sie hoch und wirbelte sie im Kreis herum. «Hab dich schrecklich vermisst, Schatz!» Jana sah in Patricks Augen die Verliebtheit der ersten Wochen am Anfang ihrer Beziehung. Sie wandte sich ab.

«Jana?», sagte Patrick fragend. «Was hast du denn? Ist irgendwas passiert am Strand? Hast du jemanden getroffen? Du warst so lang weg.»

«Nein, nichts. Ich war allein. Es gab einen besonders

schönen Sonnenuntergang, deswegen bin ich geblieben.»

«Du bist mir doch nicht etwa böse, weil ich am Computer kleben geblieben bin, oder?»

«Nein. Alles gut. Lass uns einfach essen gehen.» Sie rang sich ein Lächeln ab und griff nach ihrer Tasche.

Patrick war verwundert und ihm kam ein Verdacht. Er sah seine Freundin prüfend von der Seite an. «Hast du Christoph gesehen? Und jetzt sag mir bitte die Wahrheit!»

«Ich hab ihn nicht gesehen. Was sollte Christoph denn am Strand? Da ist er doch nie. Ich sagte doch, ich war allein!» Ihr Ton fiel erheblich harscher aus als beabsichtigt. «Und jetzt lass uns endlich essen gehen!»

«Ich würde dir so gerne glauben, Jana ...»

«Dann tu's gefälligst!»

Sie lief zum Bad zurück, knallte die Tür zu und schloss sich ein. Jana setzte sich auf die Toilette und brach in Tränen aus. Sie war völlig durcheinander. Christophs Kuss hatte sie aus der Bahn geworfen und zum ersten Mal in ihrer Beziehung hatte sie Patrick bewusst angelogen. Es war ein scheußliches Gefühl, und Jana, sonst grundehrlich, erschrak vor sich selbst.

«Komm raus, bitte!», rief Patrick und rüttelte an der Tür. «Jana!»

Jana bediente die Klospülung und wusch sich das Gesicht. Sie kam heraus. Patrick sah sofort, dass sie geweint hatte, doch er sagte nichts.

Sie gingen zum Dorfplatz und entschieden sich für die Taverne «Meeting Place». Eine Band hatte gerade ihre Instrumente auf der Platia aufgebaut. Es waren die Pebble Stones, die sie schon in Matala gesehen hatten. Wie immer, wenn es in Pitsidia Livemusik gab, war der Platz rappelvoll. Jana und Patrick ergatterten einen der letzten freien Tische.

Auf dem kleinen, mit Natursteinen gepflasterten Dorf-platz verteilten sich die Tische zweier Tavernen und zweier Cafés. Die Platia war von Maulbeerbäumen umsäumt, ihre Blätter raschelten im Wind. Von einem Grillstand am Rand des Platzes wehte der Geruch von Souvlaki her-über. Jana und Patrick schauten auf ein weiß getünchtes Haus mit einem Holzbalkon, an dessen Wand eine riesige Bougainvillea rankte. Katzen liefen zwischen den Tischen umher und versuchten, den einen oder anderen Happen abzustauben.

Jana blickte sich um. Hoffentlich kam Christoph nicht auf die Idee, hier aufzukreuzen! An einem Tisch ganz in der Nähe der Band sah sie die beiden Frauen sitzen, die ihr schon in Matala aufgefallen waren. Die Große mit den wirren braunen Locken war heute noch bunter gekleidet als beim letzten Mal. Um ihre Haare hatte sie ein orange-grünes Tuch gewickelt, an ihrem Hals prangte eine riesige Kette mit türkisen Steinen. Irgendetwas war mit ihrem Gesicht passiert. Hatte sie sich verletzt? Neben ihrem Stuhl hatte sich ein großer beigebrauner Hund ausgestreckt.

Eine dritte Person näherte sich dem Tisch mit den bei-den Frauen. Addy!

Jana fuhr zusammen. Was machte die denn hier? Sie bemühte sich, nicht hinzusehen, und doch konnte sie den Blick nicht von Christophs Lebensgefährtin wenden. Addy sah elend aus. Sie tat Jana leid. Zwar mochte sie die Öster-reicherin nicht und Addy war ihr gegenüber alles andere als freundlich aufgetreten, aber Jana begriff, dass Addys Zustand auch mit Christophs Verhalten ihr gegenüber zusammenhing, und sie fühlte sich ein Stück weit dafür verantwortlich. Sie schaute betreten zu Boden. Diese ver-trackte Situation machte so viele Menschen unglücklich!

«Jana», sprach Patrick sie an, «du kannst mir wirklich alles sagen. Es gibt für alles eine Lösung. Ich verlange nur eins von dir: dass du ehrlich zu mir bist. Wenn du Christoph getroffen hast, wenn du noch etwas für ihn empfindest, wenn irgendwas in Bezug auf ihn vorgefallen ist oder du dich auf ihn eingelassen hast, ich will das wissen! Ich kann nicht mit dir zusammen sein und überhaupt nicht mehr wissen, was in dir vorgeht.»

Jana sah Patrick an. In diesem Moment wusste sie, dass sie eine Entscheidung getroffen hatte. Die Entscheidung für ihre Beziehung. Patrick war der Mann, mit dem sie zusammensein wollte, nicht Christoph. Aber sie würde ihrem Freund nichts vom Vorfall am Strand erzählen. Er sollte nie erfahren, wie schwer ihr diese Entscheidung gefallen war.

«Es ist jetzt alles wieder in Ordnung, ehrlich», sagte sie und lächelte ihn an. «Und ich war wirklich allein am Strand».

Die Pebble Stones begannen zu spielen.

«On a dark desert highway, cool wind in my hair ...»

«Hotel California» – Jana mochte den Song, doch sie konnte die Musik nicht genießen. Sie beobachtete, wie ein paar Leute von den Nachbartischen aufstanden, in Richtung der Musik strömten und tanzten. Der Großteil des Publikums war zwischen fünfzig und sechzig Jahre alt, doch auch ein paar junge Familien mit kleinen Kindern fanden sich darunter. Die Band spielte «Locomotive Breath» von Jethro Tull, einen schnelleren Song, und der Platz vor den Musikern füllte sich. Es folgten eine Eigenkomposition und die Ansage, dass der Schlagzeuger, ein Spanier namens Enrique, Geburtstag hatte. Das Publikum sang «Happy Birthday».

Janas Blick wanderte wieder zu Addy. Auch Patrick hatte sie entdeckt, doch er erwähnte es nicht und runzelte lediglich die Stirn. Addy unterhielt sich mit der kleineren, schwarz gekleideten Frau und schenkte der Band keinerlei Aufmerksamkeit. Nach dem vierten Stück stand sie auf und winkte der Bedienung, dabei erblickte sie Patrick und Jana. Mit düsterem Blick und energischen Schritten näherte sie sich dem jungen Paar.

«Du Schlampe!», herrschte sie Jana an. «Du lässt Christoph augenblicklich in Ruhe, sonst Gnade dir Gott! Er gehört mir, verstehst Du, mir allein!» Addy fuchtelte mit der Faust, drehte sich um und rauschte davon.

IRAKLION

Robert verbrachte einige Stunden im Krankenhaus. In den Fluren der Notaufnahme der Universitätsklinik Iraklion ging es zu wie in einem Ameisenhaufen. Unmengen von Menschen – Kranke, Verletzte, deren Familienmitglieder, Pfleger, Ärzte und Reinigungspersonal – rannten scheinbar ohne System auf den engen, stickigen Fluren hin und her, es gab viel zu wenig Sitzmöglichkeiten, und Robert hatte keine Ahnung, wohin er sich wenden musste. Das war ja das pure Chaos hier! Womit hatte er das nur verdient? Warum kümmerte sich niemand um ihn? Er war wichtig und privatversichert! Eine kräftige Welle von Selbstmitleid schwappte über ihn.

Mit bleichem, schmerzverzerrtem Gesicht schlich der schwitzende Robert durch die Gänge und versuchte, irgendjemanden auf seine Situation aufmerksam zu machen. Schließlich erbarmte sich eine junge Ärztin seiner und wies ihn in das System ein. Es schien also tatsächlich eins zu geben! Er wurde mehrmals von einer Station zur anderen geschickt, wartete insgesamt vier Stunden und saß schließlich im Behandlungsraum eines Orthopäden.

Seine Schulter war noch einmal gründlich untersucht und behandelt worden. Möglicherweise müsste sie später operiert werden, doch das würde er in Deutschland machen lassen. Am späten Abend durfte er die Klinik verlassen und nahm ein Taxi zurück nach Sivas.

SIVAS

Saskia war besorgt. Sie hatte nichts von Sabine gehört, dabei hatte sie ihr die Nachricht, dass Robert aufgetaucht war, schon vorgestern geschickt. Warum meldete sich Sabine nicht? Immer wieder wählte Saskia die Nummer ihrer Freundin, immer wieder hörte sie die Ansage, dass das Handy ausgeschaltet war.

Was war da los? War das Gerät kaputt gegangen? Verloren? Gestohlen? Hoffentlich war Sabine nichts zugestoßen! Schreckensszenarien von Unfällen und noch Schlimmerem zogen an ihrem geistigen Auge vorbei, doch sie weigerte sich, diese Möglichkeiten ernsthaft in Betracht zu ziehen. Sicherlich gab es eine harmlose Erklärung, und Sabine hatte ihre Nachricht gar nicht bekommen. Sie würde sich bestimmt bald melden.

Der Meinung war auch Miriam, auch wenn sie sich insgeheim ebenfalls um Sabine sorgte. War diesem seltsamen Björn wirklich zu trauen? Sabine hatte sich viel zu schnell auf die Reise mit ihm eingelassen!

Saskia bereute, dass sie sich Björns Nummer nicht notiert hatte. So hatte sie keine Möglichkeit, ihre Freundin zu erreichen. Sie saß auf dem Balkon der Ferienwohnung und starrte ins Leere. So lange von Sabine kein Lebenszeichen kam, vermochte sie sich auf nichts zu konzentrieren.

Robert konnte nichts damit zu tun haben. Nach seiner

Rückkehr vom Krankenhaus verbrachte er seine Zeit in Sivas mit Warten auf der Platia und trank literweise Rotwein. Er sprach andere Touristen an, denen er sein Leid klagte.

Saskia und Robert warfen sich eisige Blicke zu und sprachen kein Wort miteinander. Roberts Schulter schmerzte, doch viel mehr quälte ihn sein Ärger, der sich nur kurz gegen ihn selbst gerichtet hatte und längst wieder seiner Frau und vor allem Saskia galt. Dass diese nicht wusste, wo Sabine sich aufhielt, glaubte er ihr nicht. Er konnte nicht wissen, dass das inzwischen sogar stimmte.

PITSIDIA

Den Rest des Abends und auch am nächsten Morgen blieb Patrick distanziert und einsilbig. Er sprach nur das Nötigste mit Jana, die sich den Kopf darüber zerbrach, wie sie Patrick davon überzeugen konnte, dass sie ihn – nur ihn – liebte. Nach Addys theatralischem Auftritt glaubte er Jana nicht mehr. Sie konnte es ihm nicht verdenken. Und stimmte das überhaupt? Liebte sie wirklich nur ihn? Janas Gedanken drehten sich im Kreis und das Karussell blieb nicht stehen.

«Ich gehe gleich runter zum Strand», meinte sie. «Kommst du mit?» In ihrem Blick lag leise Hoffnung.

«Nein.»

«Sollen wir irgendwas anderes zusammen unternehmen? Ich bin zu allen Schandtaten bereit!», versuchte sie es mit einem Witz.

«Mach, was du willst, Jana. Ich gehe zu Carsten.»

Er verließ das Zimmer und Jana hörte ihn den Flur entlanglaufen. Traurig blieb sie auf dem Bett sitzen. Die Lust zum Baden war ihr vergangen. Sie erinnerte sich, dass Evangelia ihnen einmal einen Fußweg von Pitsidia nach Kalamaki gezeigt hatte. Den würde sie ausprobieren und in Kalamaki etwas trinken und die Leute beobachten. Vielleicht brachte sie das auf andere Gedanken.

Sie spazierte los. Der Sandweg verlief durch ein langes Tal mit Olivenbäumen, Bambus und Zypressen. An einem Hügel auf der linken Seite waren Überreste alter Barracken aus dem Zweiten Weltkrieg zu sehen. Kurz vor Kalamaki entdeckte Jana eine kleine, eingezäunte archäologische Ausgrabung mit ein paar Säulen auf der rechten Seite.

Der letzte Teil des Weges war sandig. Überhaupt schien der ganze Ort auf Sand gebaut zu sein. Jana steuerte die mehrere hundert Meter lange Strandpromenade mit den zwei- und dreistöckigen Gebäuden an, in deren Erdgeschossen sich Lokale, in den Stockwerken darüber zumeist Gästezimmer und Apartments befanden.

Jana setzte sich vor ein Café, gleich neben einen großen, gelb blühenden Oleanderbusch. Sie bestellte einen Cappuccino und ein Schokoladeneis im Becher, lehnte sich zurück, schaute zum Strand und versuchte, ein wenig zu entspannen.

Sie zuckte zusammen, als sie hinter der Pflanze eine Stimme vernahm, die ihr verdächtig bekannt vorkam. Das Kribbeln in ihrem Bauch setzte augenblicklich ein. Sie drehte sich vorsichtig um und blickte durch die Oleanderzweige. Jana sah die vertrauten langen grauen Locken, wieder waren sie zum Pferdeschwanz gebunden. Sie stand auf, um Christoph besser sehen zu können. Er saß mit dem Rücken zu ihr und war in ein Gespräch mit einer auffallend attraktiven dunkelhäutigen Frau um die Vierzig vertieft.

«Mein Vater stammt aus dem Sudan», erzählte die Frau ihm gerade. «Suha ist ein arabischer Name und bedeutet Stern.»

«Suha ist vor allem ein wunderschöner Name. So schön, wie die Frau, die ihn trägt», hauchte Christoph ihr zu.

Jana sah, wie er seinen Stuhl ein Stück weiter an Suha heranschob.

«Und es stand wohl in den Sternen, dass wir uns über den Weg laufen mussten. Du bist etwas ganz Besonderes, Suha, weißt du das?», fragte Christoph und strich der Frau sanft durch die Haare.

«Du aber auch ...» Suha sah Christoph mit ihren großen, dunklen Augen an.

«Lass uns gehen», hörte Jana Christoph sagen. «Ich hab dir doch von meiner Hütte erzählt. Ich möchte sie dir gern zeigen. Und dort sind wir wirklich ungestört ...»

Die beiden standen auf. Christoph fasste der schönen Suha um die Hüfte, sie schmiegte sich an ihn. Im Gleichschritt gingen sie die Promenade entlang.

Jana sank wie vom Donner gerührt zurück auf ihren Stuhl. Ein Kloß von der gefühlten Größe eines Fußballs machte sich in ihrem Hals breit. Sie kämpfte gegen die aufsteigenden Tränen und verlor den Kampf. Bittere Tränen der Enttäuschung, der Trauer, der Wut und der Scham liefen über ihr Gesicht. Scham darüber, dass sie auf diesen billigen Casanova hereingefallen war. Dass sie für Christoph beinahe ihre Beziehung aufs Spiel gesetzt und Patrick angelogen hatte. Wie konnte sie diesem verlogenen Gesülze nur Glauben schenken und nur einen einzigen Augenblick denken, er habe das ernst gemeint?

Jana schluchzte. «Du bist eine tolle Frau, Jana». «Du bist etwas ganz Besonderes, Suha.»

Wie viele Frauen hatte er wohl schon mit dieser Masche um den Finger gewickelt, um sie dann gleich wieder fallen zu lassen und durch die nächste zu ersetzen? Frauen waren für Christoph anscheinend austauschbar. Das war ekelhaft! Kannte dieser charakterlose Mistkerl überhaupt echte Gefühle?

Die Enttäuschung brannte wie Feuer in ihrem Bauch, Janas Magen war wie zugeschnürt. Sie blieb eine halbe Stunde lang regungslos sitzen. Der Cappuccino wurde kalt, das Eis zerrann unberührt.

Der Schock der Erkenntnis saß tief, doch er war auch heilsam. So quälend der Schmerz auch gerade war – und sicher noch eine Weile sein würde – jetzt konnte sie das Kapitel Christoph wirklich abschließen. Jana kannte sich. Der Ofen war aus. Sie war froh, dass sie Patrick nichts vom Kuss am Strand verraten hatte.

15

Suhas Quartier in Kalamaki war ein kleines Apartment am Ende der Strandpromenade, mit einem Balkon zur Meerseite. Sie traten ein. Suha wollte sich noch umziehen, bevor sie Christoph in seine Hütte in den Bergen begleitete. «Mit den Schuhen kommst du nicht weit», hatte er lachend gesagt und auf ihre auberginefarbenen Pumps gedeutet. «Kreta ist wild und rau und archaisch!»

Suha zog sich aus. Sie war die schönste Frau, der Christoph je begegnet war. Dass sie, wie sie ihm erzählte, viele Jahre als Model gearbeitet hatte und in diesem Beruf rund um die Welt gekommen war, überraschte ihn nicht. Sie küssten sich, dann schlüpfte Suha in bergtaugliche Kleidung und Wanderschuhe. «Wir können los», meinte sie vergnügt.

«Augenblick noch …», sagte Christoph, zwinkerte ihr zu und ging ins Bad. Er schloss energisch die Tür, die dabei ein merkwürdiges, knarrendes Geräusch von sich gab. Kurz darauf war Wasserrauschen zu hören. Christoph drückte die Türklinke nach unten, doch die Tür öffnete sich nicht. Er versuchte es noch einmal, drückte und rüttelte daran herum. Nichts. Das Ding hatte sich verklemmt.

«Suha!», rief er, «Suha! Hilfe!»

Christophs Herz raste, augenblicklich brach ihm der Schweiß aus.

«Suha! Hilf mir! Raus, raus, ich muss hier raus! Ich krieg keine Luft. Suha!!!»

Christoph wurde schwindelig, er musste sich an der Wand abstützen. Seine Ohren klingelten. Eiskalte Schauer überliefen ihn, Panik ergriff Besitz von seinem Körper. Er warf sich mit aller Kraft gegen die Tür, während Suha von außen an der Klinke zog. Schließlich öffnete sich die Tür mit einem lauten Krachen. Christoph taumelte durch den Raum und ließ sich auf Suhas Bett sinken. Er war kreidebleich.

Suha schaute ihn verwundert an. «Was war das denn?», fragte sie ihn. «Was hast du?»

Sie setzte sich zu Christoph und legte ihren Arm um seine Schultern. Langsam beruhigte sich Christophs Herz und die Übelkeit ließ nach.

«Das war entsetzlich gerade», murmelte er. «Ich leide unter Klaustrophobie. Schon seit meiner Kindheit. Ich kann es nicht ertragen, eingesperrt zu sein ... Es ist die Hölle.»

Sie fuhren nach Matala und stiegen auf den Berg. Suha setzte sich auf einen Felsen vor Christophs Hütte und lehnte sich zurück. «Ein herrliches Fleckchen Erde», sagte sie. Der Wind strich durch ihr Haar, in der Sonne hatte ihre Haut die Farbe von Bronze.

«Das mit der Klaustrophobie», setzte Suha an, «das kenne ich von meinem kleinen Bruder. Er war früher ganz schlimm davon betroffen. Wir durften zu Hause keine Tür schließen – geschweige denn abschließen. Er hat das erfolgreich behandeln lassen.»

Sie sah Christoph an. «Hast du eigentlich Geschwister?»

«Nur meine Schwester Yvonne, die in Australien lebt. Wir haben keinen Kontakt zueinander. Es sind ein paar ... sehr unschöne Dinge vorgefallen. Ist lang her und ich mag nicht darüber reden.» Er schaute zur Seite.

«Warum hast du die Hütte eigentlich direkt an der Klippe gebaut?», fragte Suha.

«Weil das meiner Art entspricht. Immer am Rande zum Abgrund ...», antwortete Christoph mit einem breiten, aber bitteren Grinsen. In seinem Blick nahm Suha ein beunruhigendes Flackern wahr, das sie nicht zu deuten wusste. Sie erschrak. Doch sofort hellte sich Christophs Miene wieder auf.

«Das war ein Scherz, Suha! Die Hütte steht an der Klippe, weil ich von hier aus den schönsten Ausblick habe. Was denkst du denn? Vom Fenster an der Rückseite schaue ich direkt runter aufs Meer. Lass uns reingehen.»

Suha war irritiert. Es war mehr als Scherz gewesen, das spürte sie. Etwas Dunkles umgab Christoph. Oder bildete sie sich das doch nur ein? Sie wollte nicht weiter darüber nachdenken und schob diese unangenehmen Gedanken beiseite. Christoph gefiel ihr, sie gefiel ihm, und sie war hier mit ihm zusammen. Das war alles, was zählte.

Er nahm Suha an der Hand und führte sie in die Hütte. Er zog sie aufs Bett. Doch noch während er mit ihr schlief, merkte Christoph, dass er ihrer schon wieder überdrüssig war. Die Droge wirkte nicht mehr. Alle Frauen der Welt konnten die Leere in seinem Inneren nicht füllen. Er sehnte sich nach Liebe. Nach Nähe.

Nach Jana.

Christoph hatte sich ernsthaft in sie verliebt. Er dachte beim Einschlafen und beim Aufwachen an sie. Wenn er die Schafe versorgte, sah er vor sich, wie sie liebevoll das kleine Lämmchen kraulte. Wenn er Lyra spielte, spielte er nur für Jana, auch wenn sie gar nicht anwesend war. Seine Gedanken waren ständig bei ihr, auch jetzt, während er mit einer Anderen das Bett teilte.

Doch Jana würde ihn niemals lieben, dachte Christoph, selbst wenn es Patrick nicht gäbe. Es war unmöglich. Sie würde ihn verachten und sich von ihm abwenden, wenn sie erführe, wer er wirklich war und was er getan hatte.

MOCHLOS

Die Sonne ging langsam unter, und Sabine und Björn kamen von einem langen Spaziergang ins Hinterland zurück zum Wohnmobil.

«Ich suche jetzt noch einmal alles durch, Björn. Irgendwo muss das blöde Ding doch stecken!»

Sabine vermisste ihr Smartphone. Vor zwei Tagen hatte sie es zuletzt benutzt und seitdem war es spurlos verschwunden. Langsam wurde sie unruhig. Sie hatte Saskias Nummer nur auf dem Handy gespeichert und konnte sie nun nicht mehr erreichen. Hoffentlich war in Sivas alles in Ordnung! Was, wenn Robert dort aufgekreuzt war? Die Ungewissheit machte sie schier wahnsinnig und zur Sorge um Saskia gesellte sich das schlechte Gewissen, weil sie ihre Freundin allein zurückgelassen und dieser Gefahr ausgesetzt hatte.

Wenn sie das Gerät nicht wiederfand, würde sie so bald wie möglich zurückfahren – notfalls auch ohne Björn.

«Ich hab auch schon überall geguckt. Es ist nicht hier», sagte Björn. «Du musst es irgendwo draußen verloren haben.»

«Ich bin mir aber sicher, dass ich am Abend nochmal draufgeschaut habe, als wir vom Essen zurück waren … Es muss im Wohnmobil sein!»

«Sabine, ein Smartphone ist keine Stecknadel und ein Wohnmobil kein Heuhaufen. Wenn das Ding hier wäre, müssten wir es auch sehen!»

«Wenn bloß der Akku nicht schon so weit runter gewesen wäre! So kann ich es nicht mal orten, indem ich es mit deinem Handy anrufe ...»

Sabine schüttelte den Kopf. Das Gerät musste einfach im Wohnmobil sein! Sie begann wieder mit der Suche. Björns Caravan war mehr als aufgeräumt, alles lag genau an seinem angestammten Platz. Irgendwie schien sie immer an Pedanten zu geraten, dachte Sabine. Ihre Gedanken wanderten wieder zu Robert. War er auf Kreta? Würde er sie aufspüren? War sie in Gefahr? Sie bekam Gänsehaut.

Sie sah Björn an. Der kleine, hobbitartige Mann wirkte so harmlos, aber eigentlich kannte sie ihn kaum. Abgesehen von der tragischen Geschichte um seine Frau und Tochter sprach er wenig über sich. Was, wenn sie sich in ihm getäuscht hatte? Wenn er gar nicht so unschuldig war und ihr Handy absichtlich beseitigt hatte, um sie zu isolieren? Warum stritt er so vehement die Möglichkeit ab, dass das Gerät im Wohnmobil war? Was, wenn er ein gefährlicher Psychopath war? Oder hatte gar Robert Björn auf sie angesetzt? War Björn am Ende ein Detektiv? Spielte er ein falsches Spiel?

Sabine erschrak, als sie sich bei diesen absurden Gedanken erwischte. Sie wurde wohl langsam paranoid! Björn war einfach Björn, und er war ein netter Kerl. Punkt. Und doch konnte sie das mulmige Gefühl nicht abstreifen, das sie seit dem Albtraum verfolgte, und die Tatsache, dass ihr Smartphone sich in Luft aufgelöst zu haben schien, machte die Sache nicht besser.

Handy hin oder her – Sabine beschloss, am nächsten Tag nach Sivas zurückzukehren.

Als Patrick aufwachte, war Janas Bett leer. Patrick rieb sich die Augen und sah ein zusammengefaltetes Blatt Papier auf dem Tisch liegen, auf dem ein großer grüner Stein ruhte. Er stand auf und griff verwundert nach dem Zettel. N 35° 09,504 E 024° 48,318 war darauf in Janas Schrift zu lesen. Koordinaten! Was sollte das? Anscheinend sollte er an diesen Platz geführt werden.

Patrick zog sich an und spazierte mit seinem Smartphone aus der Pension. Er öffnete die Geocaching-App, dann peilte er die angegebenen Koordinaten an. Sie brachten ihn zum Ortsausgang von Pitsidia in Richtung Matala, wo ein alter, knorriger Olivenbaum neben einer kleinen Kapelle stand.

Patrick war irrtiert. Hier war doch kein Cache ... Jedenfalls kein offizieller! Er stieg auf die kleine Mauer neben dem Olivenbaum und steckte seine Hand in ein Loch im Herzen des Baums. Jana war Geocacherin. Wenn sie etwas für ihn versteckt hatte, dann würde sie es sicher hier getan haben.

Bingo! Patrick fand eine kleine Plastikdose. Auf ihrem Deckel stand: «Ich liebe dich, Patrick-Cache». Er lächelte und schaute sich um. Jana war nirgends zu sehen.

Patrick öffnete den Deckel. Er fand in der Dose eine Handvoll seiner Lieblings-Karamellbonbons, ein paar besonders schöne Muscheln, ein Bild von ihm selbst und Jana und eine Nachricht.

«Lieber Patrick, wenn du diese Zeilen liest, sollst du wissen, dass ich dich über alles liebe. Egal was war und zwischen uns stand, es ist vorbei. Was zählt, bist du. Sind wir. Mit dir zusammen will ich hundert Jahre alt werden (mindestens) und zehn Kinder kriegen (mindestens). Du bist der tollste Mensch, den ich kenne! In Liebe, deine Jana».

Patrick wurde rot, er lächelte. Seine Jana! Auch wenn es ihn noch immer kränkte, dass sie ihm nicht genug vertraute, um ihm die Wahrheit über den Nachmittag am Strand zu sagen, war er gerührt und freute sich. Vielleicht würde sie es irgendwann schaffen, über ihren Schatten zu springen und es ihm erzählen, damit auch das nicht mehr zwischen ihnen stand.

Er schaute sich erneut um, dann hörte er ein leises Rascheln. Jana kam hinter der Kapelle hervor. Sie strahlte ihn an. Er ging auf sie zu und nahm sie in den Arm. «Ich liebe dich auch, Schatz».

«Lass uns einen Neuanfang wagen», meinte Jana. «Und den ganzen Mist hinter uns lassen.»

«Machen wir», erwiderte Patrick.

Eng umschlungen spazierten sie zurück zu ihrer Unterkunft.

MOCHLOS

Am nächsten Tag packte Sabine in aller Frühe ihre Sachen. Sie frühstückten noch einmal ausgiebig in ihrer Lieblingstaverne am Meer, dann rief der Wirt ein Taxi, das Sabine zur Hauptstraße durch die Berge bringen sollte. Von dort aus konnte sie mit dem Bus über Agios Nikolaos und Iraklion weiter in den Süden fahren.

«Bist du dir sicher, dass du schon abreisen willst?», fragte Björn. «In wenigen Tagen fahre ich doch sowieso zurück. In Sivas wird schon alles in Ordnung sein. Außerdem sind für heute Unwetter gemeldet.»

«Ich hab keine Ruhe mehr, Björn. Wahrscheinlich hast du ja recht, aber ich weiß es eben nicht sicher. Ich mache mir Sorgen um Saskia. Und ich möchte auch nicht, dass

Saskia sich Sorgen um mich macht. Wir haben sonst jeden Tag telefoniert ...»

«In Ordnung, ich verstehe dich ja. Trotzdem schade. Ich werde dich vermissen.»

Sabine lächelte. «Wir sehen uns doch schon bald wieder. Und wenn in Sivas wirklich alles in Ordnung ist und ich ein neues Handy habe, können wir auch sofort wieder aufbrechen und diesmal in Richtung Westen fahren.»

«Pass auf dich auf, Sabine», meinte Björn und nahm sie zum Abschied in den Arm. «Du bist ein wichtiger Mensch für mich geworden. Ich möchte die Tage mit dir nicht missen.»

«Du bist mir auch wichtig. Danke nochmal für alles!»

Das Taxi kam. Sabine griff nach dem Rollkoffer und ihrer Handtasche.

«Jetzt muss ich los. Bis bald!»

Sabine schaute nach oben. Der Himmel zog sich rasch zu, Wind kam auf. Björn hatte ihr erst vor wenigen Minuten von der Unwetterwarnung erzählt, als noch kaum eine Wolke zu sehen war, und Sabine war überrascht, wie schnell sich das Wetter auf Kreta im Herbst ändern konnte. Seit sie auf der Insel war, hatte sie noch keinen Regentropfen gesehen.

Sie stieg in das Taxi. Noch bevor sie die Straße nach Agios Nikolaos erreichten, prasselten die ersten dicken Tropfen auf die Windschutzscheibe.

«Popopo», meinte der Taxifahrer. «First rain!»

Monströse schwarze Wolken türmten sich am bleiernen Himmel auf, die Landschaft war in ein gespenstisches Gelb getaucht. Zwei grellweiße Blitze zuckten über den Himmel, gefolgt von Donnergrollen. Weniger als eine Minute später folgte ein Wolkenbruch. Sturmböen wirbelten die Wassermassen waagerecht durch die Luft. Der sintflutartige Regen verwandelte die Straßen in kürzester

Zeit in Sturzbäche. Sabine zog ihre Jacke über, sie fröstelte. Wenn Sie sich jetzt an die Bushaltestelle stellte, wäre sie in Sekunden klatschnass und würde sich unter Garantie erkälten.

Sie bat den Taxifahrer, sie nach Agios Nikolaos zum Busbahnhof zu fahren. Dort würde sie übernachten, wenn sie nicht sofort einen Bus zur Weiterfahrt nach Iraklion bekam. Eine Reise bei diesem Gruselwetter war wirklich nicht die beste Idee ... Hätte sie bloß auf Björn gehört! Doch zurück nach Mochlos wollte sie auch nicht.

Beinahe im Schritttempo rollte der Wagen in Richtung der Stadt, es regnete so stark, dass die Scheibenwischer nicht hinterher kamen. Erst als der schlimmste Guss vorüber war, gab der Taxifahrer wieder Gas. Am Horizont kündigte sich bereits die nächste Schlechtwetterfront an.

Sie erreichten Agios Nikolaos und den dortigen Busbahnhof. Sabine sah den Bus nach Iraklion gerade abfahren. Sie stöhnte, nahm ihren Rollkoffer und stellte sich unter. Der Regen wurde wieder heftiger, im Handumdrehen hatte Sabine nasse Füße. So machte das keinen Sinn. Sie würde wirklich in Agios Nikolaos übernachten und morgen weiter in den Süden fahren.

Sabine zog den Kopf ein und lief los. Nach wenigen Minuten entdeckte sie eine kleine, leicht heruntergekommene Pension in einer engen Gasse. Sie bekam ein Zimmer im zweiten Stock. Die hagere, hochbetagte Inhaberin übergab ihr den Schlüssel. Der Rücken der alten Griechin war krumm, um ihre Beine strich eine struppige rote Katze.

Wie schon die Fassade, so wirkte auch das Zimmer abgewohnt. Die Wände waren in einem Rosa gestrichen, das Sabine an Himbeerjoghurt erinnerte. Sie setzte sich aufs Bett. Sabine spürte jede Sprungfeder der verschlissenen

Matratze. Tolle Absteige! Aber sie musste sich wohl damit begnügen und sie blieb ja nur eine Nacht. Das würde schon gehen. Immerhin war es warm und trocken hier.

Sabine öffnete den Kleiderschrank und zog eine blasslila Wolldecke hervor. Brombeerjoghurt, dachte sie und grinste. Sie nahm eine erfreulich heiße Dusche, zog sich frische, trockene Kleidung an und wickelte sich in die Wolldecke. Sie setzte sich wieder aufs Bett und winkelte die Beine an. Die nassen Klamotten hatte sie über einen weißen Plastikstuhl gehängt, der in einer Ecke des Zimmers stand.

Es klopfte an der Tür. Sabine stand auf und öffnete. Die Hauswirtin stand mit einer Schale selbstgebackener Kekse im Türrahmen und strahlte sie an. Mindestens die Hälfte ihrer Zähne fehlte. Sabine bedankte sich herzlich und verkroch sich mit Keksen und Decke zurück aufs Bett. Eigentlich mochte Sabine kein Gebäck, doch diese Kekse waren ausgesprochen lecker. Sie schaute zum Fenster, gegen dessen Scheibe der Regen prasselte. Vielleicht besserte sich das Wetter ja noch, und sie konnte die Gelegenheit nutzen und sich die Stadt ein wenig anschauen.

Agios Nikolaos besaß einen hübschen kleinen Binnensee und einen Hafen, das hatte Sabine im Reiseführer gelesen. Mit Björn war sie an der Stadt nur vorbeigefahren.

Der Regen hämmerte ohne Unterlass an die Scheibe, es hatte sogar wieder angefangen zu blitzen. Bei diesem Gewitter getraute sich Sabine nicht, den Fernseher auf der klapprigen Kommode neben dem weißen Stuhl einzuschalten. Vielleicht funktionierte das Gerät auch gar nicht mehr und eine Fernbedienung sah sie auch nirgends. «Ein Königreich für ein gutes Buch», dachte Sabine. Sie durchsuchte die Nachtschränke auf den beiden Seiten des Doppelbetts und fand tatsächlich einen Roman – allerdings in holländischer Sprache. Frustriert legte sie das Buch zurück. Von irgendwoher wehte griechische Instrumentalmusik durch die Luft.

Das würde ein öder, langweiliger Nachmittag werden, aber auch der ging vorbei. Was Saskia wohl gerade machte? Ob es in Sivas auch regnete? Sabine vermisste ihr Smartphone. Ohne es fühlte sie sich von der Welt abgeschnitten. Unglaublich, wie sehr man sich an diese technischen Errungenschaften gewöhnen konnte! Sie verstand noch immer nicht, wie sie das Handy hatte verlieren können.

Am Abend regnete es immer noch. Sabine huschte aus der Pension zu einer nahegelegenen Grillstube und schlang ein Pita-Gyros hinunter. Anschließend stürmte sie zurück zur Pension. Zum zweiten Mal musste sie sich umziehen, der weiße Plastikstuhl füllte sich mit weiterer nasser Kleidung. Die Stadtbesichtigung musste wohl ausfallen.

Sabine verkroch sich früh unter die Bettdecke. Sie schlief ein und wurde von einem seltsamen Geräusch wieder geweckt. Sie schlurfte zum Fenster und schaute auf die Straße. Hagel. Das wurde ja immer besser! Hoffentlich besserte sich das Wetter bis morgen, sie wollte so bald wie möglich weiterfahren. Sie legte sich wieder ins Bett, zog sich die Decke über die Ohren und versuchte wieder einzuschlafen. Diesmal fiel es ihr wesentlich schwerer, abzuschalten. Die Sprungfedern stachen in ihren Rücken. Sie wälzte sich hin und her und dachte an die anstehende Konfrontation mit Robert, an Saskia, die sich sicher inzwischen Sorgen machte – und an Chrissie.

Chrissie ... Wie gern hätte Sabine sie jetzt bei sich gehabt. Ihre Schwester fehlte ihr furchtbar. Die lebensfrohe Chrissie hätte auch dieser Situation etwas abgewinnen können. «Ein Abenteuer!», würde sie rufen und durchs Zimmer tanzen, die alte krumme Hauswirtin einladen und eine Party feiern. So war Chrissie. So war Chrissie gewesen.

«Chrissie ... Warum bist du nicht mehr da? Ich packe das nicht ohne dich», murmelte Sabine in die Bettdecke. Dicke Tränen strömten über ihr Gesicht. Es war so ungerecht. Warum hatte ihre Schwester so früh sterben müssen? Chrissie, die sowieso schon so viel in ihrem Leben hatte durchmachen müssen, durfte nicht einmal fünfzig Jahre alt werden.

Sabine dachte an den geheimnisvollen Tom, den Chrissie in der fatalen Nacht der Katastrophe in Heidelberg kennengelernt hatte. War er in dieser Nacht ums Leben gekommen oder gab es ihn noch irgendwo? Und wenn ja, wie war sein Leben weiter verlaufen?

Sie schaute auf die Uhr. Kurz nach zwei. Langsam ließ der Regen nach. Sabine drehte sich wieder um. Sie fühlte sich einsam. Seit Chrissies Tod war dies die erste Nacht, die sie allein verbrachte. Erst waren Robert – leider keine große Hilfe – oder Saskia bei ihr gewesen und zuletzt der gutmütige Björn. Ein Lächeln huschte über Sabines Gesicht. Björn war ein netter Kerl, Sabine freute sich auf das Wiedersehen mit ihm. Er konnte ein richtig guter Freund werden.

Erst gegen vier Uhr schlief Sabine wieder ein. Sie träumte. Sie stand in einem Ballsaal, ein überdimensionaler Kronleuchter schwang an der Decke hin und her, daran hing ein Affe. Sabine trug ein Abendkleid und Samthandschuhe. Ein langer Tisch mit einer goldenen Tischdecke war reichlich gedeckt. Ihr Hund Bonnie, in einen Anzug gekleidet, bediente sich am kalten Buffet. Sabine versuchte, sich dem Tisch zu nähern, doch ihre Füße waren mit Wurzeln am Boden festgewachsen. Sie schrie, ein Glas zersprang und der Affe lachte sie aus. Dann watete sie durch einen Sumpf, der voller Stechmücken war. Sie schlug um sich, doch die

Biester fielen in Schwärmen über sie her und stachen sie tausendfach. Sie ging durch eine mittelalterliche Stadt, die Stadtmauer war mit Moos bewachsen. Sabine lief im Kreis, immer wieder kam sie an derselben Stelle vorbei. Nebel waberte durch die verwinkelten Gassen der Stadt, und aus dem Nebel stieg eine Nonne, die aussah wie Saskia. Die Saskia-Nonne hielt ihr ein goldenes Kreuz entgegen und rief: «Verdammt bist du, Sabine Fischer!», nahm einen Regenschirm und flog davon. Dann befand sich Sabine wieder im Ballsaal vom Anfang des Traums, und der Affe am Kronleuchter hatte sich in den Gesichtslosen im schwarzen Umhang aus ihrem letzten Albtraum verwandelt. Er verfolgte sie mit einem glühenden Messer.

Sabine schreckte hoch. Die Nacht war gelaufen. Sie stand auf, öffnete das Fenster und starrte in die Dunkelheit. Ihr Herz raste. Ein schmerzliches Gefühl der Einsamkeit erfüllte sie und der irrationale Gedanke, dass sie Saskia, Björn, Miriam und all die anderen Menschen, die ihr etwas bedeuteten, niemals wiedersehen würde. Sabine atmete tief durch, schloss das Fenster und hüllte sich in die brombeerjoghurtfarbene Wolldecke.

Der Regen ließ erst am nächsten Mittag nach. Da sie sowieso der einzige Gast in der Pension war, konnte Sabine ohne Aufpreis länger in ihrem Zimmer bleiben. Als sie später auf den Bus nach Iraklion wartete, schien bereits wieder die Sonne vom makellos blauen Himmel, alles war getrocknet und die Schrecken der Nacht fern und schon fast wieder vergessen.

SKOURVOULA

Addy saß in ihrer Küche und stützte den Kopf in die Hände. Sie war verzweifelt. Wie sollte es nur weitergehen ohne

Christoph? Allein würde sie den Hof nicht bewirtschaften können. Und sie würde auch das Leben selbst allein nicht aushalten. Andererseits, wie sollte es mit ihm weitergehen? Ihre Beziehung war zerrüttet, daran gab es keinen Zweifel. All die Jahre hatte sie seine Seitensprünge toleriert, auch wenn es ihr im Laufe der Zeit immer schwerer gefallen war. Doch sie hatte gewusst, dass er ihr gegenüber im Grunde genommen loyal war und jedes Mal zu ihr zurückkehrte – auch wenn sie nicht recht verstand, warum er das tat. Christoph liebte sie nicht, das wusste sie seit Langem, er zeigte es ihr jeden Tag deutlich. Und vielleicht hatte sie sich tatsächlich in den Drachen verwandelt, den er in ihr sah, doch daran war er nicht unschuldig. Jetzt schien er auf dem Absprung zu sein, und das nur, weil ihm diese dumme kleine Schlampe, mit der er rummachte, den Kopf verdreht hatte!

Das Telefon klingelte. Brigitte.

Addy nahm ab und brach augenblicklich in Tränen aus. «Gitte, er ist weg! Christoph hat mich verlassen!»

«Ach Adriane», sagte Brigitte und seufzte. Ihre Schwester war die einzige Person, die Addy immer bei ihrem vollständigen Namen nannte. «Ich weiß, dass das jetzt ganz hart für dich ist, aber die Trennung von Christoph ist überfällig. Du bist besser ohne ihn dran. Christoph ist kein guter Mensch!»

«Du konntest ihn noch nie leiden!»

«Das stimmt. Aber darum geht es nicht. Schau, wie er mit dir umgeht. Und das schon seit langer Zeit. Komm doch zurück nach Österreich, du musst dir das alles nicht mehr antun! Du wirst auch nicht jünger. Die viele harte Arbeit … Schmeiß den Schmarotzer raus, denn nichts anderes ist er, verkauf das Haus und komm heim!»

«Kreta ist meine Heimat, Brigitte. Und ich dulde nicht, dass alles den Bach runtergeht, was ich mir in Jahrzehnten aufgebaut habe», sagte Addy mit fester Stimme. Sie trocknete die Tränen und putzte ihre Nase. «Ich lasse es nicht zu!»

«Adriane, dir ist nicht zu helfen.»

Addy legte den Hörer auf.

16

Miriam schlief schlecht. Der kleine rote Kater, den sie vor wenigen Wochen bei sich aufgenommen hatte, als er maunzend vor ihrer Tür saß und nicht mehr von ihr weichen wollte, war krank. Er lag apathisch auf ihrem Sessel und mochte nicht fressen. Seine Augen waren getrübt. Von Zeit zu Zeit gab er ein herzerweichendes Fiepsen von sich.

Miriam liebte Tiere und konnte es nicht ertragen, eine Kreatur leiden zu sehen, sei es Mensch oder Tier. Sie wälzte sich hin und her. Immer wieder stand sie auf, streichelte den Kleinen und nahm ihn schließlich mit in ihr Bett, wo sie ihn auf ein Handtuch neben ihrem Kopfkissen bettete. Der Kater rührte sich nicht von der Stelle. Miriam beschloss, ihn am nächsten Tag nach Mires zum Tierarzt zu bringen. Mit der Vespa konnte sie den Katzenkorb nicht transportieren, daher rief sie gleich am Morgen Micha an, der fast täglich in der Stadt zu tun und sie schon oft mitgenommen hatte.

«Fährst du heute nach Mires?»

«Erst gegen Abend. Brauchst du was? Soll ich dir was mitbringen?»

«Mein kleiner Kater ist krank, er muss dringend zum Tierarzt. Nimmst du uns mit?»

«Klar!»

Miriam verabredete sich mit Micha für sechs Uhr. Er holte sie pünktlich ab. Vorher schrieb sie Saskia eine Nachricht:

«Fahre mit Micha nach Mires, meine Fellnase kränkelt. Später essen in Sivas? Ich melde mich, wenn ich zurück bin. LG Miri» .

Sie fuhren los.

KALAMAKI

Am frühen Abend brachte Christoph Suha zurück zu ihrer Unterkunft in Kalamaki. Sie tranken noch einen Kaffee auf ihrer Terrasse und schauten aufs Meer. Die Luftfeuchtigkeit war extrem hoch, die Berge und die der Bucht der Messara vorgelagerten, unbewohnten Paximadia-Inseln hatte der Dunst verschluckt. Alles klebte, und die Luft schmeckte salzig.

Christoph stand auf, es war Zeit für ihn zu gehen. Er würde in Skourvoula nach dem Rechten sehen, Addy besänftigen und später schauen, ob er Jana abpassen konnte. Er musste sie wiedersehen! Er würde Jana anrufen, sich mit ihr verabreden und ihr seine Liebe gestehen. Auch wenn er sich keine großen Chancen ausrechnete, konnte er sie nicht einfach ziehen lassen. Jana hatte sein Gefühlsleben gründlich auf den Kopf gestellt.

«Wann sehen wir uns wieder?», fragte Suha.

«Ich rufe dich die Tage an», antwortete Christoph lapidar. Er hatte keinesfalls vor, sich wieder bei ihr zu melden.

«Ich möchte mich aber lieber gleich mit dir verabreden! Sonst gehst du mir noch durch die Lappen.» Sie lachte. «Sehen wir uns heute Abend nochmal?», fragte sie.

«Heute Abend hab ich keine Zeit.»

Christoph lief zum Pickup, Suha folgte ihm. Er stieg ein und schloss die Tür.

«Aber dann sehen wir uns doch ganz sicher morgen,

oder?» Suha öffnete die Tür an der Fahrerseite, zog sich hoch und schmiegte sich an Christoph. «Es ist so schön mit dir!»

«Suha, es war auch schön mit dir, ehrlich. Ich hab es genossen. Aber das war eine einmalige Sache. Ich bin vergeben, habe seit über dreißig Jahren eine feste Beziehung und werde mich ganz sicher nicht von meiner Freundin trennen. Tut mir leid.»

Suhas Augen füllten sich mit Tränen. «Warum hast du mich dann überhaupt angesprochen in dieser Bar? Was bin ich denn dann für dich? Ich dachte, das mit uns sei was ganz Besonderes! Das hast du gesagt.»

«Es war schön mit dir», wiederholte Christoph gereizt. «Du bist eine äußerst attraktive und begehrenswerte Frau. Die Männer müssen doch Schlange bei dir stehen! Ich hab dich angesprochen, weil du mir gefallen hast. Es war eine Affäre, verstehst du? Ich wollte dich, du wolltest mich. Wir hatten Sex. Das war's. Mach's gut, Suha!»

«Christoph, nein, das kannst du nicht so meinen! Da ist doch so viel mehr zwischen uns, das spürst du doch auch! Christoph!»

Christoph schob Suha nach draußen, knallte die Tür zu und fuhr los. Was für eine Klette, dachte er. Das hatte ihm gerade noch gefehlt! Er war es gewohnt, sich nach Belieben Frauen zu nehmen und sie hinterher wieder abzustreifen. Darüber, was er ihnen damit antat, hatte er nie nachgedacht. Er wollte auch nicht darüber nachdenken.

Christoph fuhr direkt nach Pitsidia und parkte den Pickup am Ortsrand. Skourvoula konnte warten! Er wählte Janas Nummer. Sie drückte den Anruf weg. Christoph versuchte es ein zweites Mal. «The subscriber you have called is unavailable ...» Offenbar hatte Jana das Handy jetzt ausgeschaltet. Christoph verzog das Gesicht. Damit hatte er nicht gerechnet, jetzt musste er sie wohl doch persönlich aufsuchen.

Er lief zur Pension Anemos. Kostas und Evangelia saßen auf dem Hof und begrüßten ihn freundlich. Er erfuhr, dass das junge Pärchen einen Ausflug machte und eventuell sogar außerhalb übernachten wollte. Christoph war enttäuscht und gekränkt, ihn quälte der ihm bislang unbekannte Stachel der Eifersucht. Er wollte Jana, er liebte sie! Er stellte sich vor, mit ihr statt mit Addy in Skourvoula zu leben. Morgens neben ihr aufzuwachen und durch ihr wunderschönes langes Haar zu streichen. Mit ihr die Tiere zu versorgen und die Oliven zu ernten. Abends mit Jana auf der Terrasse den Sonnenuntergang zu beobachten und im Winter mit ihr am Kamin zu sitzen und nur für sie Lyra zu spielen. Und mit ihr all die Dinge zu tun, die er mit Addy schon lange nicht mehr tat.

Jetzt mochte er sich erst recht nicht mehr mit Addy herumschlagen. Er würde wohl noch eine weitere Nacht in der Hütte verbringen und beschloss, vorher Miriam einen Besuch abzustatten, die er eine Weile nicht gesehen hatte. In die Bars von Matala zog ihn heute nichts.

Christoph stellte schnell fest, dass Miriam nicht zu Hause war. Er war enttäuscht. Heute klappte aber auch gar nichts! Frustriert setzte er sich auf den alten, klapprigen Holzstuhl vor ihrem Haus und wartete. Vielleicht kam sie ja gleich wieder. Christoph wollte jetzt nicht alleine sein. Er mochte Miriam, vielleicht konnte sie ihn auf andere Gedanken bringen. Christoph konnte sich sogar vorstellen, Miriam sein Herz auszuschütten und ihr von seiner Liebe zu Jana zu erzählen, auch wenn er sonst ein Mensch war, der nie über persönliche Dinge sprach. Er schaute sich um und beobachtete ein paar ungestüme junge Ziegen auf dem Nachbargrundstück. Eine halbe Stunde verging.

Wie so oft in letzter Zeit dachte Christoph über sein Leben nach. Das war bereits aus den Fugen geraten, bevor er Deutschland verließ, und es war nie wieder ins Lot gekommen. Er konnte nur existieren, weil er eine Rolle spielte, die ihm langsam zuwider wurde. Er hatte sich schon lange selbst verloren. Christoph seufzte.

Sein Handy klingelte. Suha. Christoph verdrehte die Augen und schaltete das Gerät ab. Diese sinnlosen Affären mussten aufhören, sie wuchsen ihm langsam über den Kopf.

Voller Abscheu dachte er an Addy und stellte sich vor, sie zu ermorden. Wie er diese Frau hasste! Er war kräftig und könnte sie ohne Probleme erwürgen. Seine Hände um ihren dünnen, faltigen Hals ... Es würde ganz schnell gehen. Die Leiche würde er verschwinden lassen und danach allen erzählen, sie sei zu ihrer Schwester nach Österreich gezogen. Und zu Brigitte könnte er sagen, Addy sei auf dem Weg zu ihr gereist und dabei spurlos verschwunden. Warum eigentlich nicht? Er wäre sie ein für alle Mal los ...

Christoph schüttelte den Kopf. Es würde nicht funktionieren, und er wollte nicht noch mehr Schuld auf sich laden. Er sehnte sich nach einem anderen Leben, einem kompletten Neuanfang. Er musste aufhören, Christoph zu sein, doch er hatte nicht die geringste Ahnung, wie er das anstellen sollte.

Nach einer Stunde war Miriam immer noch nicht zurückgekehrt. Christoph gab das Warten auf und ging.

AGIOS PAVLOS

Janas und Patricks Wahl für ihr Ausflugsziel war auf Agios Pavlos gefallen. Es lag am Meer, war nicht zu weit weg und sie konnten sich dort ein Zimmer nehmen, wenn sie wollten. Mit dem gemieteten Moped durchquerten sie die Berge und das idyllische Bergdorf Saktouria, das aus zwei Teilen bestand und malerisch am Hang gelegen war. Hier hatte es in der Nacht geregnet, die Luft war frisch und würzig.

Agios Pavlos selbst bestand nur aus einer Handvoll Häusern mit Zimmervermietungen und Tavernen, die sich um eine hübsche Bucht gruppierten. Die Besonderheit des Ortes war eine Gesteinsfaltung auf dem westlich der Bucht gelegenen Kap Melissa. Zu dieser Felsformation führte eine steile Treppe hinauf. In der Nachbarbucht zog sich eine gewaltige Sanddüne den Berg hinauf, am dortigen Strand standen ein paar Liegestühle und Sonnenschirme.

Jana und Patrick mochten Agios Pavlos auf Anhieb.

«Wow», sagte Patrick, «so richtig was zum Chillen!»

«Lass uns bis morgen hierbleiben», meinte Jana. «das ist bestimmt auch am Abend toll.»

Sie fanden schnell ein Zimmer, machten sich frisch und gingen zum Strand. Das Wasser war aufgewühlt, doch in der geschützten Bucht von Agios Pavlos würde es trotzdem möglich sein zu baden. Auf dem offenen Meer tanzten Schaumkronen.

«An der Nordküste sollen heftige Unwetter gewütet haben, hat Evangelia heute Morgen erzählt. War sogar im Fernsehen.»

Die beiden stiegen die dreiundfünfzig Stufen hoch und fotografierten sich gegenseitig vor der berühmten Felsformation, einem der beliebtesten Motive der Südküste.

«Jetzt noch ein Selfie», rief Jana, sprang zu Patrick, warf ihren Arm um ihn und hielt das Smartphone in die Selfie-Position.

Patrick lachte. Er sah Jana an. «Es ist wunderschön mit dir», sagte er.

«Und mit dir erst!», meinte Jana, «vor allem mit dir allein, ohne den bärtigen Dozenten!» Sie verzog das Gesicht. «Du hattest recht, Patrick. Christoph ist ein Armleuchter. Langsam verstehe ich wirklich nicht mehr, was ich an ihm gefunden habe!»

«Das hab ich auch nie verstanden. Wobei ich zugeben muss, dass ich ihn am Anfang auch interessant fand. Aber je länger wir ihn kannten, desto mehr kam mir sein ganzes Gewese vor wie eine Show. Das war doch total aufgesetzt! Na ja, und als ich dann mitgekriegt habe, wie er sich an dich rangemacht hat – leider mit Erfolg –, war er bei mir unten durch.»

Er schaute finster zu Boden.

Jana strich Patrick über den Arm. «Ich hab dir so wehgetan ... Sorry! Ich schwör's, das kommt nie, nie, nie wieder vor!»

Sie nahm tief Luft, um Patrick den Kuss am Strand zu beichten, der ihr noch immer schwer auf der Seele lastete, als ein österreichischer Tourist mit Strohhut sie ansprach.

«Kann einer von euch zweien mal ein Bild von mir machen? Da am Faltfelsen?»

Er wedelte mit seiner Digitalkamera.

«Klar!», antwortete Patrick und fotografierte ihn. Als der Österreicher sich entfernte, hatte Jana wieder der Mut verlassen. Sie sagte nichts.

Sie hoben einen nahegelegenen Cache auf der Rückseite der Felswand, badeten noch einmal und tranken Frappé in einem Café auf dem östlichen Felsen, wo Hängematten im Wind schaukelten.

Als sie sich am Abend gerade in der benachbarten Taverne

niedergelassen hatten, klingelte Janas Handy. Jana erkannte Christophs Nummer auf dem Display und wies den Anruf ab. Zwei Minuten später klingelte das Gerät erneut. Jana schaltete es aus.

«Christoph?», fragte Patrick.

«Ja. Ich will nichts mehr mit ihm zu tun haben. Nie mehr!»

Sie lehnte sich zu Patrick und gab ihm einen Kuss. «Und am liebsten will ich vergessen, dass ich jemals mit ihm zu tun hatte.»

PITSIDIA

Als der Bus aus Iraklion Pitsidia erreichte, dämmerte es schon. Sabine stieg aus. Hoffentlich traf sie Miriam zu Hause an! Wenn sie Glück hatte, war sogar Saskia bei ihr. Sie zog den Rollkoffer hinter sich her und bog in die kleine Gasse ein, an deren Ende Miriam wohnte. Sie dachte an Robert. War er hier irgendwo? Der Gedanke, dass er in der Zwischenzeit aufgetaucht sein könnte, in der sie Saskia nicht erreichen konnte, ließ sie erschaudern.

Ein Mann Mitte Fünfzig kam ihr entgegen, er trug einen Bart und lange graue Haare, die ihm in weichen Locken auf die Schultern fielen. Eine imposante Erscheinung, groß und durchtrainiert, sein Gesicht war braungebrannt. Etwas Verwegenes ging von ihm aus.

«Auf den Typen wäre Chrissie garantiert geflogen», schoss es Sabine durch den Kopf.

Chrissie, immer wieder Chrissie ... In den letzten Tagen spukte ihr die verstorbene Schwester wieder verstärkt im Kopf herum.

Der bärtige Mann kam ihr vage bekannt vor. War das nicht dieser Christoph, der Lebensgefährte der durchgeknallten

Malerin mit den Totenköpfen? Saskia hatte ihn ihr mal von weitem gezeigt. «Der größte Weiberheld der Messara», hatte sie in der Strandbar gesagt. Sabine war sich nicht sicher, sie hatte kein gutes Gedächtnis für Gesichter und ihn nur einmal aus der Ferne gesehen.

Der Mann blieb stehen und starrte Sabine an. Sie konnte den Ausdruck in seinem Augen nicht deuten und schaute irritiert zurück. Hatte der Typ etwa Interesse an ihr und wollte Kontakt aufnehmen? Doch Sabine sah in seinen Augen etwas anderes. Ein Erschrecken. Oder ein Erkennen. Und Angst. Sein Blick klebte an ihrem Gesicht. Sabine bemerkte, dass sie ihn jetzt auch anstarrte. Der Unbekannte senkte den Kopf und ging schnell an ihr vorüber. Er verschwand hinter der nächsten Straßenecke. Sabine schüttelte den Kopf. Wahrscheinlich hatte sie sich getäuscht und das war doch ein Einheimischer gewesen.

Sie öffnete das Tor zu Miriams Hof. «Miriam?», rief sie. «Miriam, bist du da? Ich bin's, Sabine! Ich bin zurück.»

Sie erhielt keine Antwort.

«Miriam?», rief sie noch einmal.

Anscheinend war das Haus leer und Miriam unterwegs. «Schade», murmelte Sabine. Sie zog den Rollkoffer hinter das Haus und stellte ihn in den kleinen Holzschuppen, den Miriam gebaut hatte. Sie würde zu Fuß nach Sivas laufen und den Koffer später mit dem Auto abholen.

Sie hinterließ der Freundin eine Nachricht auf einem Blatt Papier: «Bin wieder da! Melde mich später und hole mein Gepäck ab. Bin auf dem Handy nicht mehr erreichbar, ich hab es verloren. Liebe Grüße, Sabine».

Sabine freute sich auf Sivas und auf ihre Freundinnen, die sie vermisst hatte. Ein, zwei Tage Ruhe und Rückkehrfreude noch, dann würde sie Robert anrufen. Jetzt war sie so weit.

Sie machte sich auf den Weg. Sabine kannte sich aus und folgte der Gasse, die aus Pitsidia heraus in Richtung Sivas führte. Schnell verwandelte sich die asphaltierte Straße in einen Feldweg, und nach mehreren hundert Metern hatte sie den ersten Hügel erreicht. Sabine drehte sich um. Sie genoss den Blick auf das vertraute Dorf. In dieser Gegend von Kreta fühlte sie sich inzwischen zu Hause, es war schön, wieder hier zu sein.

Langsam wurde es dunkel, die Straßenlaternen in Pitsidia waren bereits eingeschaltet und hinter den Fenstern der Häuser brannte Licht. Ein leichter Wind strich durch die Bäume. Von Zeit zu Zeit gaben die Wolken den Blick auf den Mond frei. Eine weiße Eule flog an Sabine vorbei, sie streifte sie fast. Majestätisch hob das Tier seine Flügel und entfernte sich.

Sabine packte ihre Taschenlampe aus. Eine halbe Stunde Weg lag noch vor ihr. Zügig passierte sie Orangenplantagen und Olivenäcker. Ihre Gedanken waren bei Saskia. Hoffentlich war bei ihr alles in Ordnung, und Robert hatte sich nicht blicken lassen.

Und wenn doch? Saskia hatte es ausgeschlossen, dass er ihr gefährlich werden könnte, doch Sabine war sich nicht so sicher. Sie traute ihrem Mann alles zu. Wenn Robert in Rage war, vergaß er sich, und es war wohl nur eine Frage der Zeit, wann er zum ersten Mal einen Menschen angreifen würde. In den letzten Jahren hatte sich seine Wut kontinuierlich gesteigert. «Ich hätte ihn schon lange verlassen sollen», dachte Sabine. Doch erst jetzt fand sie die Kraft dazu.

«Er ist hier», schoss es ihr plötzlich durch den Kopf. «Robert ist in Sivas. Er wird ausrasten, wenn er mich sieht, und dann wird er mir was antun.» Sabine blieb stehen. Am liebsten wäre sie umgekehrt und fortgelaufen, zurück nach

Pitsidia, zurück nach Mochlos, zurück zu Björn. Doch das konnte sie nicht tun. Sie musste sich ihrem Problem stellen.

Langsam ging sie weiter. Sie erreichte die Stelle, an der die Häuser von Sivas zum ersten Mal zu sehen waren. Eine einzelne Zypresse stand dort zwischen den Oliven. In der Dunkelheit war sie kaum zu erkennen, doch Sabine konnte sie erahnen. Der markante Baum war ihr im Hellen mehrmals aufgefallen. «Zu den Zypressen gehen», fiel ihr ein. So sagten die Griechen manchmal, wenn sie vom Sterben redeten, das hatte ihr Vermieter Manolis den Frauen erzählt. Tatsächlich waren viele Friedhöfe auf Kreta mit Zypressen bepflanzt. Sabine bekam eine Gänsehaut und versuchte, die morbiden Gedanken zu vertreiben.

Sie sang leise ihr Lieblingslied: «I am far away, I am somebody new. Forget your yesterday and be somebody new ...»

Sabine hatte sich noch nie in der Dunkelheit gefürchtet, doch plötzlich war ihr mulmig zumute, sie fühlte sich verfolgt. Waren das Schritte hinter ihr? Was hatte vorhin so verdächtig geknackst? Sabine hörte auf zu singen. Sie drehte sich um und leuchtete den Weg mit der Taschenlampe ab. Ein Schatten huschte hinter einen Olivenbaum.

Sabine erschrak. Also doch! Robert. Das musste Robert sein, er hatte sie gefunden und war ihr gefolgt. Aber warum polterte er dann nicht einfach los, wie es sonst seine Art war? Sabine riss die Augen auf und versuchte, hinter dem Geäst irgendetwas zu erkennen.

«Robert?», rief sie. Ihre Stimme bebte.

Nichts. Eine Wolke verdunkelte den Mond. War da wirklich ein Schatten gewesen oder spielten ihr nur ihre angeschlagenen Nerven einen Streich? Sabine ging ein paar Schritte weiter und drehte sich erneut um.

«I am far away, I am somebody new ...»

Der Schatten trat zurück auf den Sandweg. Er war real. Es war ein Mann, jedoch nicht Robert, sondern der Bärtige, der sie in Pitsidia so merkwürdig gemustert hatte.

«Was wollen Sie?», fragte Sabine.

«Chrissie. Ich hätte nicht gedacht, dass wir uns wiedersehen. Ich dachte, du wärest tot ... Der Stein ... Du hast mich auch erkannt, nicht wahr?»

Chrissie? Sabine war verwirrt. Woher kannte der Typ Chrissie? Und von welchem Stein war da die Rede?

«Chrissie ist tot», sagte Sabine. «Ein Autounfall im letzten Winter, sie hatte keine Chance. Ich bin Sabine.»

Jetzt war Christoph irritiert. «Sabine? Welche Sabine?»

«Sabine Fischer, geborene Habold. Ich bin Chrissies Zwillingsschwester!»

«Was? Chrissie hat eine Zwillingsschwester?!»

Sabine und Christoph starrten einander an. Eiskaltes Entsetzen überkam sie beide, als sie begriffen.

«Tom», sagte Sabine leise. «Du bist Tom.»

Christoph zuckte zusammen und drehte sich weg. Seit dreiunddreißig Jahren hatte ihn niemand mehr mit diesem Namen angesprochen, zumindest nicht auf Kreta. Von Sabine ausgesprochen klang er seltsam fremd und falsch in Christophs Ohren.

Er konnte es einfach leugnen, er war schließlich Christoph Seiler. Jeder hier kannte ihn unter diesem Namen. Wer sollte ihm schon das Gegenteil beweisen?

Man konnte ihm das Gegenteil ganz leicht beweisen, das wusste Christoph genau. Seine Fingerabdrücke waren bei der deutschen Polizei gespeichert, nach ihm wurde seit Jahrzehnten gefahndet und Mord verjährte nicht. Wenn sie nun zur Polizei ging? Wenn alles aufflog? Doch Leugnen machte keinen Sinn. Sabine hatte Lunte gerochen und sie würde nicht mehr locker lassen, das spürte er. Er sah sie an.

«Du hast recht, ich bin Thomas Berger. Vielmehr der war ich. Seit nunmehr dreiunddreißig Jahren bin ich Christoph Seiler. Tom, das ist ... das war ein anderes Leben. Ich habe nichts mehr mit Tom gemein.»

Sabine war fassungslos. Da stand er nun vor ihr, der mysteriöse Mann, nach dem sie so lange gesucht hatten – Chrissie, ihre ganze Familie, die Polizei ... Das Phantom. Der Mensch, der das Schicksal ihrer geliebten Schwester maßgeblich bestimmt hatte. Da war er, an einem kühlen, dunklen Abend, auf einem Feldweg mitten auf Kreta. Konnte das wahr sein? Oder befand sie sich wieder in einem ihrer Albträume? Nein, das hier passierte wirklich. Und der Mann, der ihr gegenüber stand, kannte als Einziger die Wahrheit über die Nacht der «Katastrophe».

«Was ist an jenem Abend passiert?», fragte Sabine. «Ich muss das wissen.»

Christoph zögerte einen Moment, dann begann er langsam zu erzählen - fast so, als spräche er zu sich selbst.

«Wir waren in diesem Schuppen in Heidelberg, dem «Limelight». Chrissie war mächtig scharf auf mich und ich fand sie auch niedlich.» Er lächelte traurig. «Wir hatten einiges getrunken und irgendwelche Trips eingeworfen, keine Ahnung. Ich hab damals ständig Drogen genommen, sie waren halt immer verfügbar. Markus – mein Bruder – hat mit dem Zeug gedealt. Ich hab alles ausprobiert außer Heroin. Keine Ahnung, was ich an dem Abend intus hatte.»

Er dachte an den unglückseligen Abend zurück. Die Erinnerung erschien ihm tatsächlich wie aus einem anderen Leben und gleichzeitig war sie absolut präsent. Kein Tag war ohne diese Bilder in seinem Kopf vergangen.

«Wir sind mit diesem Taxi gefahren, Richtung Neckargemünd», fuhr er fort. «Da hab ich damals gewohnt. Unterwegs musste Chrissie sich übergeben, wir haben angehalten. Dieser Taxifahrer war arrogant, der ging mir mächtig auf den Sack. Er laberte irgendwas von Verantwortung und so … Na ja, irgendwo hatte er wohl recht, aber damals hab ich das nicht so gesehen. Ich war furchtbar wütend. Da hab ich gedacht, dem knöpfe ich seine Kohle ab, soll er mal sehen, was er davon hat, wenn er mich provoziert!»

Christophs Stimme war lauter geworden. Sabine starrte ihn entgeistert an.

«Ich hab den Kerl mit dem Messer bedroht», sagte Christoph jetzt wieder leiser. «Ich hab das nicht wirklich ernst gemeint mit der Drohung – dachte halt, der macht sofort einen Rückzieher –, aber er sagte einfach ‹Nein›! Darauf war ich nicht gefasst. Ich bin ausgerastet, ich weiß auch nicht warum. Ich war einfach nicht mehr bei Sinnen, völlig im Rausch. Und plötzlich war da dieses ganze Blut, und Chrissie hat geschrien wie am Spieß, total hysterisch …»

Wieder wendete er sich ab. Warum erzählte er Chrissies Zwillingsschwester das alles? Als hätte sich eine Schleuse geöffnet, strömte die Wahrheit aus ihm heraus. Er konnte es nicht mehr länger zurückhalten, sein dunkles Geheimnis, das er all die Jahre niemandem anvertrauen konnte, das er so lange in sich verschlossen hatte, bis er fast daran erstickt wäre. Christoph war nicht religiös, doch er hatte das Gefühl, eine Beichte abzulegen. Nur war Sabine keine Geistliche und sie würde ihm keine Absolution erteilen.

In Sabines Augen standen Tränen. Sie konnte sich denken, wie die Geschichte weiterging.

«Du hast ihr also einen Stein … Du hast sie fast umgebracht!», brüllte sie Christoph an.

«Verdammt, ja, ja, ja, sie hat so geschrien, ich wollte, dass sie aufhört, dass endlich Ruhe ist ... Und ... sie hatte doch alles gesehen! Da hab ich diesen Stein genommen und zugeschlagen ... Es ging alles so verdammt schnell!»

«Du Schwein! Du hast ihr Leben zerstört! Sie war schwer verletzt, lag im Koma, hatte bleibende Schäden! Hast du irgendeine Vorstellung davon, was du angerichtet hast?»

«Ja, Sabine, das hab ich. Es tut mir unendlich leid. Glaub mir, es ist seitdem kein Tag vergangen, an dem ich das nicht bitterlich bereut habe, an dem ich nicht die Uhr zurückdrehen wollte», erwiderte Christoph. «Aber ich kann es nicht ungeschehen machen.»

Er sah zu Boden. Es stimmte, er würde alles darum geben, wenn er den 18. Juni 1983 noch einmal erleben dürfte, eine zweite Chance bekäme. Ganz und gar anders würde der Abend dann verlaufen, niemand käme zu Schaden, kein Blut würde an seinen Fingern kleben. Aber es war unmöglich.

«Wie ging es weiter?» Sabines Stimme zitterte. Sie hatte Mühe, die Fassung zu bewahren, aber sie wollte die ganze Geschichte hören, endlich die Wahrheit.

Auch in Christophs Augen standen jetzt Tränen, als die Erinnerung ihn überrollte wie ein Tsunami. Die Ungeheuerlichkeit dessen, was er getan hatte, wurde ihm umso mehr bewusst, als er es in Worte fasste.

«Ich hab mich mit meinem Messer in den Arm geritzt und mein Blut auf den Beifahrersitz geschmiert. Ich wusste, dass die Polizei auf meine Spur kommen würde, schließlich hatten uns alle zusammen im «Limelight» gesehen. Dann bin ich abgehauen, bin querfeldein nach Neckargemünd gerannt. Wir waren nicht mehr weit davon entfernt. Ich war mal Triathlet, und auch, wenn die Drogen schon angefangen hatten, meinen Körper aufzuweichen, war ich noch gut in Form. Ich bin zu Markus gelaufen, der hatte eine Wohnung am Ortsrand. Anscheinend hat mich keiner gesehen. Den Stein und das Messer hab ich mitgenommen und irgendwo entsorgt.»

Christoph machte eine Pause, er atmete tief durch, dann setzte er seinen Bericht fort.

«Mein Bruder hat mich bei einem Kumpel untergebracht, den er aus dem Knast kannte, irgendein Harry. Der hatte Kontakt zu Passfälschern. Sie haben mir falsche Papiere besorgt, und ich bin mit dem nächsten Flieger nach Athen geflogen und von dort weiter nach Kreta. Kreta war Harrys Idee, er kannte die Insel und hielt sie für geeignet ... Seitdem bin ich hier untergetaucht. Im zweiten Jahr lernte ich Addy kennen, meine Lebensgefährtin, und hab bei ihr meinen perfekten Unterschlupf gefunden – bis heute. Griechenland habe ich in all den Jahren nicht einmal verlassen. Ich hab doch keine gültigen Papiere ...»

Sabine starrte Christoph an. Das durfte doch alles nicht wahr sein!

«Drogen hab ich seitdem nie wieder angerührt», ergänzte Christoph. «Trinke auch kaum noch Alkohol. Ich hab mir nie wieder was zuschulden kommen lassen ...»

«Was erwartest du von mir?», schrie Sabine. «Verständnis? Mitleid? Vergebung?»

«Nein, Sabine. Ich weiß, dass ich das alles nicht von dir erwarten kann. Aber du wolltest die Wahrheit hören.»

Christoph stand regungslos vor Sabine. Wie sollte es nun weitergehen? Sabine würde die Polizei auf ihn ansetzen, daran bestand wohl kein Zweifel. Er würde verurteilt werden und für lange Zeit ins Gefängnis wandern, auch das war sonnenklar. Und genau das durfte nicht passieren. Auf gar keinen Fall! Christoph brach der kalte Schweiß aus, sein Herz raste bei der reinen Vorstellung. Man durfte ihn nicht einsperren, niemals! Es gab nur eine Lösung: Chrissies Schwester musste weg.

Sabine wich einen Schritt zurück. Was würde Tom nun tun? Sie war eine Gefahr für ihn, jetzt, wo sie die Wahrheit wusste. Würde er sie so einfach gehen lassen? Angst schnürte ihr fast die Kehle zu. Tom hatte schon einmal getötet. Würde er es wieder tun? Er war ihr körperlich deutlich überlegen, das wusste sie.

«Tom, ich, ich ...» Sabines Stimme krächzte, sie schluckte. «Ich gehe jetzt einfach weiter, okay? Ich werde mit niemandem über das sprechen, was du mir erzählt hast, ganz sicher nicht. Ich gehe nicht zur Polizei. Ich schwör's! Ich wollte wirklich nur wissen, was damals passiert ist. Und Chrissie ist tot ... Ich gehe jetzt einfach weiter ...»

Sie drehte sich um und entfernte sich langsam und mit zitternden Knien. Auch Christoph setzte sich verzweifelt in Bewegung. Vor seinem geistigen Auge sah er Chrissie vor sich herlaufen, jetzt verfolgte er ihre Zwillingsschwester. Nein, er konnte das nicht tun. Nicht noch einmal! Aber er musste.

«Sabine!», rief er. «Es tut mir leid. Ich schwöre dir, ich will das nicht ...»

Sie drehte sich noch einmal um, dann hatte sie Gewissheit. Sie hörte es an seiner Stimme, sie sah es an seinem Blick. Ihr Traum, ihre Vorahnung, der Gesichtslose im schwarzen Umhang – das war nicht Robert, das war Tom. Sabine schrie auf und rannte los.

«Hilfe! Hilfe!»

Wie einst Chrissie, hatte Christoph auch Sabine schnell eingeholt. Er rang sie nieder und hielt sie fest.

«Ich kann dich nicht am Leben lassen! Das Risiko kann ich nicht eingehen. Du würdest sofort zur Polizei rennen, natürlich würdest du das tun. Aber ich gehe nicht ins Gefängnis. Niemals! Das kann ich nicht, niemand darf mich einsperren, ich leide unter Klaustrophobie. Ich würde das nicht überleben, verstehst du? Und ich will leben!»

Sabine wehrte sich und versuchte, sich aus Christophs Umklammerung zu befreien. Sie schlug wild um sich, doch gegen seine Kraft kam sie nicht an. Christoph hielt ihr erst den Mund zu, dann drückte er ihr auf die Kehle. Und dann war alles schwarz.

Christoph sank neben der toten Sabine auf den Boden und weinte. Nahm dieser Albtraum denn nie ein Ende? Warum nur hatte er sie mit Chrissie angesprochen? Aber er war sich so sicher gewesen, dass sie es war und dass sie ihn erkannt hatte. Und wie hätte er auch ahnen können, dass Chrissie eine Zwillingsschwester hatte? Sabine wäre nie eine Gefahr für ihn gewesen, sie hatte ihn doch noch nie gesehen und hätte ihn nicht mit Tom Berger in Verbindung gebracht. Sie hätte ihren Urlaub hier verbracht und wäre wieder nach Hause geflogen, und er hätte sie nie wiedergesehen. Es war alles so sinnlos. So absurd!

An dem Tag, als Chrissie Tom im «Limelight» begegnete, war das Schicksal beider Schwestern besiegelt.

Christoph blieb noch eine Weile neben der toten Sabine sitzen, dann stand er auf. Er musste jetzt einen kühlen Kopf bewahren und die Leiche wegschaffen. Als Erstes schleifte er sie auf den Olivenacker. Er lief zurück nach Pitsidia zu seinem Pickup. Mit dem Wagen war er nur wenige Minuten später wieder am Ausgangspunkt. Er verfrachtete den toten Körper in einen Sack und hievte ihn auf die Ladefläche. Er würde in die Berge fahren, es gab dort eine unbekannte Höhle, die ihm sein Nachbar Stefanos vor vielen Jahren mal gezeigt hatte.

Der Aufstieg zur Höhle war anstrengend, vor allem mit dieser schweren Last. Christoph trug den Sack in die Höhle und legte ihn ab. Dabei riss das Seil, mit dem er den Sack verschnürt hatte. Sabines blonde Haare ergossen sich aus der Öffnung. Christoph zuckte zusammen. Egal, jetzt nichts wie weg! Er rannte zurück zum Pickup, so schnell das in der Dunkelheit möglich war, und fuhr nach Skourvoula. Addy war nicht zu Hause.

17

Christoph rannte ins Wohnzimmer und ließ sich aufs Sofa fallen. Er war nassgeschwitzt. Noch am Morgen hatte er gedacht, seine Lage könnte nicht mehr schlimmer werden. Das Leben hatte ihn eines Besseren belehrt. Doch er konnte nicht das Leben für den Schlamassel verantwortlich machen, in dem er jetzt steckte, dafür war er selbst ganz allein verantwortlich.

Mit fahrigen Händen griff er nach seinem Handy und rief seinen Bruder an. Christoph brauchte dringend dessen Hilfe. Er benötigte neue Papiere und dann musste er sich so schnell wie möglich absetzen und in einem anderen Land untertauchen. Möglichst noch, bevor Sabines Leiche gefunden wurde. Christoph rechnete nicht damit, dass dies sehr schnell geschah, denn es verirrte sich selten jemand in die abgelegene Höhle.

Die beiden Brüder telefonierten nur sporadisch miteinander, und immer war es Christoph, der mit seinem Handy den Kontakt aufnahm und anschließend den Anrufverlauf löschte. Markus' Nummer war einzig und allein in seinem Kopf gespeichert. Die Brüder hatten seit drei Jahren nichts voneinander gehört.

Markus' irische Freundin Sybil, mit der er seit vielen Jahren zusammenlebte – wenn er nicht gerade im Gefängnis saß – nahm das Gespräch an.

«Hi Sybil, hier ist Tom.»

«Tom! Wie geht es dir? Bist du noch auf Kreta?»

«Ja. Gib mir bitte Markus, es ist dringend!»

«Was willst du von ihm?», fragte Sybil misstrauisch. «Bist du in Schwierigkeiten?»

«Frag mich nicht, gib mir einfach meinen Bruder!»

«Ich glaube nicht, dass das eine gute Idee ist ...»

«Sybil, verdammt, er ist mein Bruder und ich brauche seine Hilfe. Sofort! Bitte ruf jetzt Markus an den Apparat!»

«Er ist nicht da.»

«Was heißt das, er ist nicht da? Wann kommt er wieder? Oder ... sitzt er etwa gerade ein?»

«Nein, er ist nicht im Knast. Und da will er auch nie wieder hin. Tom, dein Bruder ist schon lange sauber, er hat sich verändert. Keine krummen Dinger mehr. No way. Und er ist sehr krank.»

«Was hat er?», fragte Christoph erschrocken.

«Es ist Leukämie. Er hat nur noch wenige Wochen zu leben, sagen die Ärzte. Jetzt ist er gerade wieder im Krankenhaus, sie können nicht mehr viel für ihn tun.»

Christoph verschlug es die Sprache. Er starrte mit offenem Mund an die Wand. Ein kalter Windstoß fuhr durch die noch immer offene Eingangstür. Christoph erschauderte.

«Also», fuhr Sybil fort, «wenn du in irgendwelchen Schwierigkeiten steckst, musst du selber sehen, wie du wieder rauskommst. Und bitte ruf uns nicht mehr an.»

Sie beendete das Gespräch. Frustriert donnerte Christoph das Handy auf den Tisch. Was sollte er jetzt bloß tun? Zwei Minuten später klingelte sein Gerät. Er sprang auf.

«Sybil?», rief er in die Leitung.

«Christoph, mein Liebster, hier ist Suha, dein arabischer

Stern. Weißt Du, wo ich gerade bin?» Sie kicherte. «Ich bin nach Matala gefahren und zu deiner Hütte gelaufen, ganz allein, mit der Taschenlampe. Hab dein Häuschen sofort wiedergefunden. Soll ich das Bett schon mal vorwärmen?» Sie gab einen kehligen Laut von sich.

Christoph knallte das Handy in die Ecke. Er sank zurück aufs Sofa, direkt unter den «Tod in Blau», und weinte hemmungslos.

SIVAS

Miriams kleiner roter Kater befand sich in einem dramatisch schlechten Zustand. Sie musste ihn beim Tierarzt lassen, der ihn über Nacht überwachen wollte. Mit gesenktem Kopf und Tränen in den Augen verließ Miriam die Tierarztpraxis. Sie hatte ihr Herz an den verschmusten kleinen Streuner gehängt. Sie telefonierte mit Saskia, die ihr vorschlug, nach einem gemeinsamen Essen in Sivas zu übernachten. Sabines Bett war ja frei. Micha brachte Miriam zu Saskia und fuhr anschließend nach Matala, wo die Pebble Stones am Abend einen Auftritt hatten.

«Das mit deinem roten Kuschelmonster tut mir leid», meinte Saskia. «Hoffentlich packt er es, der Süße. Was hat er eigentlich? Irgendwo Gift erwischt?»

«Der Tierarzt meint, er hat sich einen fiesen Virusinfekt eingefangen. Wenn er es bis morgen früh schafft, hat er gute Chancen.»

«Katzen sind zäh, und der Kleine ist ein Kämpfer. Er packt das bestimmt!», versuchte Saskia ihre Freundin aufzuheitern. Als wollte sie Saskias Worte bekräftigen, schlug Bonnie kräftig mit dem Schwanz auf den Boden.

«Hast du was von Sabine gehört?», fragte Miriam.

«Nichts, absolut nichts. Irgendwas stimmt da nicht, ich mache mir die totalen Sorgen!»

«Es ist wirklich eigenartig», stimmte Miriam ihr zu. «Aber was sollte sein? Björn ist doch bei ihr.»

«Und wenn die beiden doch einen Unfall mit dem Wohnmobil hatten und im Krankenhaus liegen? Oder noch Schlimmeres?»

«Saskia, du kannst im Augenblick nichts tun. Lass uns noch einen Tag abwarten, dann können wir die Krankenhäuser abtelefonieren und notfalls die Polizei alarmieren, wenn wir immer noch kein Lebenszeichen von Sabine bekommen haben.»

«Du hast recht. So machen wir das. Wenigstens kann das Ekelpaket Robert ihr nichts getan haben. Der Idiot sitzt nämlich wie festgetackert auf der Platia, besäuft sich und tut sich selbst leid. Und mit seiner gebrochenen Schulter kann er sie unmöglich angreifen.»

Die beiden Frauen spielten Karten, um sich von kranken Katzen und verschollenen Freundinnen abzulenken, dann tranken sie noch ein letztes Glas Wein auf der Dachterrasse und gingen schlafen.

Am nächsten Morgen bekam Miriam die erlösende Nachricht, dass es ihrem kleinen Kater schon viel besser ging und er abgeholt werden konnte. Saskia fuhr sie zum Tierarzt und anschließend nach Pitsidia. Miriam legte den kleinen Roten behutsam auf ein Kissen und brachte den Katzenkorb zurück in ihren Schuppen.

«Saskia!», rief sie aufgeregt, «komm mal her. Das musst du dir anschauen!»

Saskia eilte in den Schuppen und blieb jäh stehen, als sie Sabines Rollkoffer erkannte.

«Sabine ist hier?», fragte sie überrascht.

«Sabine war hier», entgegnete Miriam mit Betonung auf «war». Sie reichte Saskia Sabines Nachricht. «Aber wir wissen nicht wann.»

«Das muss jetzt gerade gewesen sein. Als wir in Mires waren. Hätte sie die Nachricht gestern oder heute morgen schon geschrieben, dann wäre sie ja bei uns in Sivas aufgetaucht. Das heißt, sie ist jetzt irgendwo zwischen Pitsidia und Sivas. Oder sie ist schon drüben angekommen … Und Robert sitzt auf der Platia! So ein Mist! Ich muss sofort los und sie vorwarnen, wenn es nicht schon zu spät ist!»

Saskia hastete zum Auto und raste nach Sivas. Sie sah Sabines Mann am Dorfplatz sitzen, ausnahmsweise in Gesellschaft einer Tasse Kaffee anstelle des obligatorischen Glases Rotwein. Sabine war nicht bei ihm. Saskia ignorierte Robert, parkte den Wagen und lief zur Ferienwohnung.

«Sabine?», rief sie, «bist du hier?»

Saskia erhielt keine Antwort. Sie schloss auf und setzte sich auf den Balkon. Ihre Freundin musste jeden Moment eintreffen. Saskia überlegte. Eigentlich führte Sabines Weg von Pitsidia nicht an der Platia vorbei … Trotzdem. Wahrscheinlich war es besser, Sabine schon auf dem Weg abzupassen, um jede Gefahr auszuschließen, dass Sabine unvorbereitet auf ihren Mann traf … Wegen des verlorenen Handys hatte sie die Nachricht über Roberts Ankunft vermutlich gar nicht bekommen.

Saskia rannte die Treppe hinunter und eilte zum Feldweg nach Pitsidia, den auch sie gut kannte. Sie lief die Schotterpiste entlang und freute sich auf Sabine. Sie hatte sich sehr um ihre Freundin gesorgt. Gut, dass doch alles eine harmlose Erklärung hatte.

Saskia genoss die Sonne in ihrem Rücken. Zwar hatte es in Kretas Süden keine Unwetter gegeben, doch war die Luft auch hier um ein paar Grad abgekühlt. Langsam hielt der Herbst Einzug, die Tage wurden kürzer, die Nächte kälter, die Touristen weniger.

Nach der Hälfte der Strecke blieb Saskia stehen. Wie würde das Wiedersehen zwischen Sabine und Robert ausfallen? Konnten sie friedlich miteinander reden, sich irgendwie einigen? War Robert dazu überhaupt in der Lage? Beim Gedanken an ihn rümpfte Saskia die Nase. Ihr war selten ein solch egozentrischer Unsympath begegnet wie Sabines Ehemann. Der wurde nur noch von diesem grässlichen Christoph getoppt, den unverständlicherweise neunzig Prozent aller Frauen anhimmelten.

«Brr!», murmelte Saskia vor sich hin. Sie war schon immer lieber allein geblieben, als sich mit einem Mann einzulassen, der nicht wirklich integer war. Die Egomanen, Neurotiker und Idioten der Welt konnten ihr gern vom Leib bleiben. Mit Achim hätte das funktionieren können, wenn ihm seine Aufbauarbeit in Afrika nicht wichtiger gewesen wäre als seine Familie … Lange her, dachte Saskia und seufzte.

Sie ließ die Gedanken weiter schweifen und landete schließlich bei Sabines Zwillingsschwester. Auch Saskia hatte die Nachricht von Chrissies Unfalltod schwer getroffen. Sie war mit beiden Zwillingen befreundet gewesen, auch wenn ihr schon allein wegen der räumlichen Distanz zur in Frankfurt lebenden Chrissie deren Schwester Sabine immer wesentlich näher gestanden hatte. Im Winter würde sich Chrissies Todestag jähren, und noch vorher war Sabines Geburtstag.

Saskia erreichte den letzten Hügel vor Pitsidia. Sabine war ihr noch nicht entgegengekommen. Saskia wunderte sich. War ihre Freundin etwa einen anderen Weg gegangen? Das konnte sie sich nicht vorstellen. Dies war die schnellste Verbindung, und so, wie sie Sabine kannte, würde sie keine unnötigen Umwege machen. Ausgeschlossen war das natürlich nicht. Saskia rief Miriam an, vielleicht war Sabine ja aus irgendeinem Grund noch einmal nach Pitsidia zurückgekehrt.

Zwei Stunden später durchkämmten Saskia, Miriam, Micha, der Schwede Frederik und seine englische Freundin Sally sowie Althippie Jannis das Gebiet zwischen Pitsidia und Sivas. Sie wanderten oder fuhren alle erdenklichen Verbindungswege zwischen beiden Dörfern ab, immer wieder. Von Sabine fehlte jede Spur.

PITSIDIA

Am frühen Nachmittag kehrten Jana und Patrick zur Pension Anemos zurück und begrüßten freudig ihre Vermieter, die mit einer vierzigjährigen Frau auf der Terrasse saßen.

«I kori mas», stellte Evangelia sie vor, «our daughter!»

Ihre Tochter Charoula war aus Athen angereist und würde fürs Erste bei ihren Eltern wohnen bleiben. Die Wirtschaftskrise hatte zugeschlagen, Charoulas Firma musste schließen, und sie verlor ihren Job. Eine eigene Wohnung würde sie sich vorerst nicht mehr leisten können.

Jana und Patrick setzten sich und tranken Kaffee mit der griechischen Familie. Evangelia schnitt ein paar Granatäpfel auf.

«Difficult», meinte sie seufzend und legte ihre Hand auf die der Tochter.

Patrick unterhielt sich eine Weile auf Englisch mit Charoula, während Jana ihren Gedanken nachhing. Auch sie ließ das Schicksal der Griechin nicht kalt, doch plagte sie gerade mehr denn je das schlechte Gewissen wegen ihrer Lüge über den gewissen Nachmittag am Strand. Seit der verpassten Gelegenheit der Beichte in Agios Pavlos konnte sie an nichts anderes mehr denken. Sie würde platzen, wenn sie Patrick nicht endlich die Wahrheit sagte! So war sie erleichtert, als er ihr ein Zeichen zum Aufbruch gab.

Die beiden betraten ihr Zimmer, packten ihre Sachen zurück in den Kleiderschrank und setzten sich auf den Balkon.

«Patrick …», begann Jana, «ich muss dir noch was sagen. Ich wollte es schon lange tun, aber mir fehlte einfach der Mut dazu. Also, an diesem einen Nachmittag am Strand – du weißt, welchen ich meine … – bin ich Christoph begegnet …»

«Ich weiß das.»

Jana schaute Patrick verwundert an. «Du weißt es?»

«Ich bin nicht dumm, Jana. Dein Blick und dein ganzes Verhalten an dem Abend sprachen Bände. Weißt Du, was mich wirklich verletzt hat, ist die Tatsache, dass du mir nicht die Wahrheit gesagt hast. Dass du mir nicht genug vertraut hast. Ich hab dir goldene Brücken gebaut, Jana!»

«Ich weiß», erwiderte Jana zerknirscht. «Und es tut mir so leid. Ich hatte einfach solche Angst, es dir zu sagen …»

Patrick machte ein angespanntes Gesicht und sah Jana in die Augen. «Hast du mit ihm geschlafen?»

«Nein. Er wollte es, und einen Moment lang wollte ich es auch, wirklich nur ganz kurz, aber dann nicht mehr. Wir haben uns geküsst da unten am Strand. Dann ging er mir an die Wäsche, aber ich hab ihn nicht gelassen, ich hab ihn ganz klar abgewiesen. Ich hab mich für dich entschieden, Patrick, und das hab ich ihm auch so gesagt. Und dann ist er gegangen.»

«Das Ekel wollte dir an die Wäsche, und jetzt ruft er dich immer noch an, obwohl du ihn in die Wüste geschickt hast? Obwohl er weiß, dass wir zusammenbleiben werden?»

«Ja.»

«Das ist so ein Schwein!»

Mit hochrotem Kopf sprang Patrick auf.

«Der versucht es bei jeder, Jana, ich sag's dir, wahrscheinlich braucht er das für sein Ego. Was für ein armes Würstchen! Und ob er dabei Beziehungen zerstört, ist ihm egal. Der Typ weiß doch gar nicht, was Liebe ist!»

Jana nickte. «Du hast recht. Ich hab ihn schon mit einer anderen gesehen in Kalamaki. – Patrick, kannst du mir verzeihen, dass ich dich angelogen habe? Bitte! Es wird nie wieder vorkommen.»

Patrick zögerte einen Moment, dann entgegnete er: «Ich denke schon, dass ich das irgendwann kann. Gib mir noch ein wenig Zeit. Aber Christoph werde ich das niemals verzeihen! Der muss mal gehörig einen auf den Deckel kriegen!»

Dem gutmütigen Patrick schwoll bei der Vorstellung von Christoph und Jana am Strand der Kamm. Das ließ er nicht auf sich sitzen. Er würde es Christoph heimzahlen!

Den Rest des Nachmittags verbrachte Jana mit Lesen, während Patrick überlegte, wie er sich an Christoph rächen konnte. Ihm fehlte jegliche Idee, zum Racheengel war er wohl nicht geboren. Aber er würde dem Mistkerl gehörig den Marsch blasen!

Patrick wählte Christophs Nummer und bekam die Ansage zu hören, dass der Teilnehmer zurzeit nicht erreichbar war. Vielleicht hielt sich Christoph in seiner Hütte auf und hatte dort keinen Empfang? Einen Versuch war es wert. Patrick griff seinen Rucksack und den Helm. «Ich dreh noch eine Runde!», rief er Jana zu.

Er fuhr nach Matala und stieg auf den Berg. In eiligen Schritten näherte er sich der Hütte. Diesmal kam ihm der Weg viel kürzer vor. Auch brannte die Sonne nicht so unbarmherzig wie damals, als er mit Christoph hier oben war. Die Tür der Hütte stand offen, doch Christoph war nicht zu sehen.

Patrick setzte sich auf einen Felsen. Er bezweifelte, dass es viel Sinn machte zu warten, Christoph konnte schließlich überall sein.

Patrick dachte an seinen ersten Besuch in Christophs Hütte. Wie anders hatte er Christoph damals empfunden, ihn bewundert und völlig falsch eingeschätzt. Eine Auszeichnung für gute Menschenkenntnis gebührte ihm schon mal nicht. Aber wenigstens war er damit nicht allein. Bei dieser bitteren Erkenntnis verzog Patrick das Gesicht.

Plötzlich schoss ihm eine Idee durch den Kopf. Da hatte es doch diese geheimnisvolle Holzkiste gegeben, die Christoph so schnell vor ihm in Sicherheit bringen wollte! Patrick überkam eine unbändige Neugier und Lust, Christophs Geheimnis zu lüften. Er betrat erneut die Hütte. Wo hatte Christoph die Kiste wohl versteckt und was verbarg sich darin? Vielleicht verhalf ihm ihr Inhalt dazu, es Christoph heimzuzahlen ... Er sah sich um. Viele Möglichkeiten, einen Gegenstand von der Größe dieser Kiste zu verstecken, gab es hier nicht, die Hütte war übersichtlich. Patrick sah unter dem Bett nach und fand einen roten Damenslip. Er schnaufte verächtlich. Noch einmal ließ er den Blick schweifen, dabei erspähte er zwei lockere Holzbohlen in einer Ecke des Fußbodens. Sein Geocacherinstinkt sagte ihm, dass dies das Versteck sein könnte. Patrick grinste. Er hob die Bretter hoch. Bingo! Zufrieden nahm er den Behälter heraus und stellte ihn auf den Tisch. Er öffnete den Deckel. Ein altes, verstaubtes, blassblaues Fotoalbum kam zum Vorschein. Patrick blies den Staub zur Seite.

Er öffnete das Album und blätterte durch die Seiten. Familienbilder. Ein Mann, eine Frau und zwei Jungs mit einem Fußball. Den Frisuren nach zu urteilen, mussten die Fotos aus den sechziger Jahren stammen. Der jüngere der beiden Brüder konnte Christoph sein, eine gewisse Ähnlichkeit war vorhanden. Seltsam, dachte Patrick, hatte Christoph Jana nicht erzählt, er hätte nur eine Schwester, die in Australien lebte? Ein Mädchen war auf keinem der Bilder zu sehen.

Patrick blätterte weiter. Auf einem Bild stand der kleine Junge lachend mit einer Schultüte im Arm vor einem Baum. Ein anderes zeigte noch einmal die ganze Familie im Zoo, die Kinder waren inzwischen etwas älter. Diesmal war das Bild beschriftet: «Mama, Papa, Markus und Tom».

Tom? Wieso Tom? War das Christophs Spitzname gewesen?

Im hinteren Drittel des Fotoalbums steckte ein Zeitungsausschnitt, ein Artikel mit dem Titel «18-jähriger aus Neckargemünd gewinnt München-Triathlon». Darunter ein Foto des Gewinners – Patrick erkannte ihn ganz eindeutig als Christoph – und die Bildunterschrift «Der glückliche Sieger Thomas Berger mit dem Pokal».

So hieß er also in Wirklichkeit. Thomas Berger. Christoph lebte hier unter falschem Namen. Das war ja hochinteressant! Warum tat er das? Womöglich hatte er Dreck am Stecken und war auf Kreta untergetaucht? Patrick schaute noch einmal in die Holzkiste und entdeckte etwas kleines Metallisches. Es war eine Kette mit einem Anhänger, einem goldenen Schmetterling, der mit einem violetten Stein verziert war. Er nahm das Fotoalbum, den Zeitungsausschnitt und die Halskette mit dem Schmetterling an sich und lief zurück nach Matala. Noch hatte er keine Ahnung, was er mit seiner überraschenden Entdeckung anfangen sollte, doch ihm würde schon noch etwas einfallen.

Sein Handy piepste. Patrick fand eine Nachricht von Jana, sie war zum Meer gelaufen. Patrick brachte Christophs Sachen zur Pension und verstaute sie unter dem Bett, dann machte er sich auf den Weg zu seiner Freundin.

MOCHLOS

Björn überlegte, ebenfalls in die Messara zurückzufahren. Ohne Sabine gefiel es ihm in Mochlos nicht mehr und er fühlte sich einsam. Sie würde mit ihm auch den Westen der Insel bereisen, das hatte sie ihm gesagt. Sabine war die ideale Reisebegleitung, angenehm, nicht aufdringlich und sie teilten viele Interessen. Also, worauf wartete er noch?

Mit Elan begann er, das Wohnmobil mit seinem Camping-Staubsauger zu reinigen, danach wollte er aufbrechen. Er saugte die Polsterbank ab, als er gegen etwas Hartes in einer der Ritzen stieß. Björn schaltete den Staubsauger ab und zog den Gegenstand hervor. Sabines Handy! Er nahm sein Ladegerät zur Hand, es passte. Nach kurzer Zeit hatte der Akku genug Kapazität, um einen kurzen Anruf zu ermöglichen.

Björn rief Saskia an.

«Sabine!», hörte Björn Saskias erleichtert klingende Stimme, «Gott sei Dank! Du hast dein Handy wieder? Wo bist du?»

«Hallo Saskia. Hier spricht Björn. Ich hab Sabines Handy gefunden, es war im Wohnmobil. Ich bin noch in Mochlos, fahre aber heute zurück, dann kriegt sie es spätestens morgen wieder. Wie geht es Sabine? Ist sie gut angekommen? War ja scheußliches Wetter ...»

«Björn, Sabine ist weg!», schluchzte Saskia, die ihre Tränen nicht mehr zurückhalten konnte. «Sie war kurz hier, hat bei Miriam in Pitsidia eine Nachricht hinterlassen und seitdem ist sie spurlos verschwunden. Wir suchen sie schon den ganzen Tag!»

Er wurde blass. Sabines Vorahnungen. Ihr Albtraum. Zwar glaubte der nüchterne Björn nicht an solchen Hokuspokus, doch auch ihm war plötzlich unwohl. Hatte dieser Robert ihr etwas angetan? Konnte das sein?

«Ich fahre sofort los», sagte Björn und legte auf.

MATALA

Addy saß auf dem Bett ihres Hotelzimmers in Matala. Sie wusste, sie sollte zurück nach Skourvoula fahren, die Tiere mussten dringend versorgt werden und Berge von Hausarbeit warteten darauf, abgetragen zu werden. Doch ihre Beine wollten ihr einfach nicht gehorchen und sie aus diesem Raum tragen. Sie rührte sich nicht vom Fleck und starrte auf ein Bild an der Wand, das ein rotes Fischerboot vor einer felsigen Küste darstellte.

Am Abend zuvor war sie nach Pitsidia gefahren, um ein paar Gläser ihrer beliebten selbstgemachten Orangenmarmelade an einen der kleinen Gemischtwarenläden im Dorf auszuliefern. Sie hatte den Fiat am Ortsrand abgestellt. Da war ihr der silberne Pickup aufgefallen, der in verdächtiger Nähe zur Pension Anemos parkte. Addy hatte ihn schon von weitem als ihren eigenen identifiziert, zurzeit besonders deutlich zu erkennen an der großen Beule an der linken Seite der Ladefläche. Dort hatte ihn vor ein paar Tagen ein anderer Wagen beim Ausparken gerammt.

Hier war Christoph also. Bei ihr! Bei Jana, seinem Flittchen. Die ihre dreckigen kleinen Finger nicht vom ihm lassen konnte. Trieben sie es gleich in der Pension miteinander oder nahm er sie wie alle seine Gespielinnen mit in die Hütte, sein Lotternest? Addy verzog angewidert das Gesicht. Sie war nur ein oder zwei Mal in Christophs Hütte gewesen, ganz am Anfang, nachdem er sie gebaut hatte. Wegen der Bienen und um den Kopf frei zu bekommen, hatte er die Bude errichtet – angeblich. Doch schon seit Jahren war es ein offenes Geheimnis, was Christoph dort oben wirklich trieb.

Alle redeten darüber. Sie tuschelten und lachten, wenn sie Addy sahen, und sie sah in ihren Blicken, was sie von ihr hielten. Sie war das Gespött der Messara geworden.

Addy hatte die Marmelade zu ihrem Bestimmungsort gebracht und war nach Matala gefahren, um Christoph und Jana auf dem Weg zum Lotternest abzufangen. Sie ließ sich das nicht mehr gefallen, genug war genug! Brigitte hatte recht, vielleicht war sie ohne Christoph wirklich besser dran. Sie würde ihm alles wieder entziehen, was sie ihm so großzügig gegeben hatte, denn alles in Skourvoula gehörte ihr. Arm wie eine Kirchenmaus würde er sein, dieser Schnorrer, und auf der Straße stehen. Dann konnte ihn die kleine Schlampe aushalten. Jana würde schon sehen, was sie davon hatte. Auch ihr würde Christoph nicht treu sein, das konnte er gar nicht. Es würde nicht lange gut gehen mit den beiden und dann käme er wieder bei ihr, Addy, angekrochen und würde um Wiederaufnahme flehen. Im Staub kriechen würde er vor ihr! Er brauchte sie genauso sehr wie sie ihn, so war das immer gewesen. Ein gutes Team waren sie, das hatte er selbst gesagt. Doch erst einmal würde sie ihn radikal rausschmeißen!

Sie hatte bis zum Einbruch der Dunkelheit auf dem Weg zur Hütte gewartet, doch Christoph und Jana waren nicht erschienen. Anscheinend wohnte er jetzt schon bei ihr! Den netten Patrick hatten sie dann wohl auch hinauskomplimentiert. Diese Jana war keinen Deut besser als Christoph. Machte einen auf niedlich und harmlos und servierte ihren Freund dann eiskalt ab!

Addy hatte sich spontan entschieden, in Matala zu übernachten. Nichts zog sie zurück in das einsame Haus in Skourvoula, wo sie alles an Christoph erinnerte. Ein Zimmer für eine Nacht war schnell gefunden. Sie würde ein wenig durch den Ort bummeln, vielleicht tauchten ihr Lebensgefährte und dieses Weib ja später noch in Matala auf.

Es war nur mehr wenig los in dem kleinen Touristenort, die Luft hatte sich stark abgekühlt und für ein paar Lokale war die Saison bereits beendet. Addy schlurfte über die Reste der Streetpainting-Veranstaltung, die alljährlich im Juni eine Woche vor dem Musikfestival in Matala stattfand. Verblasste Ornamente auf dem Asphalt, ein Peacezeichen, eine Meerjungfrau, ein Schiff. Sie verlor rasch die Lust am ziellosen Umherlaufen und außerdem fror sie. Addy presste die Lippen zusammen. Diesem Ort hatte sie noch nie etwas abgewinnen können.

Am nächsten Morgen kam ihr die ganze Aktion sinnlos und kindisch vor. Sie brauchte Christoph gar nicht mehr rauszuwerfen, er war ja schon ausgezogen! Er hatte sie verlassen, das war eine Tatsache. In den letzten Tagen hatte er sich nicht einmal in Skourvoula blicken lassen und sich auch nicht telefonisch bei ihr gemeldet, er war nicht bei den Schafen gewesen. Ohne Stefanos' tatkräftige Hilfe hätte Addy die viele Arbeit nicht geschafft. Sie seufzte und schaffte es endlich, aufzustehen. Sie bezahlte die Übernachtung und stieg in den Fiat. Den Pickup müsste Christoph ihr schleunigst zurückzugeben. Noch heute würde sie ihm den Wagen abnehmen!

Robert verbrachte seine Zeit ein weiteres Mal auf dem Dorfplatz. Er wusste nicht, was er sonst mit sich anfangen sollte. Ein dumpfer Schmerz hämmerte in seinem Kopf. Robert hatte schon mehrere Schmerztabletten genommen und zwei Tassen starken griechischen Kaffee getrunken. Das war entschieden zu viel Rotwein gewesen in den letzten Tagen! Auch die Schulter quälte ihn.

Wo war Sabine? Warum tauchte sie nicht hier auf? Hatte sie sich mit Saskia zerstritten? Ein Wunder wäre das nicht bei ihrem Eigensinn! Missbilligend zog Robert die Stirn in Falten. Was war nur aus dem sanften blonden Lämmchen geworden, das er vor vielen Jahren geheiratet hatte?

Ein älterer, langhaariger Grieche näherte sich seinem Tisch. Er trug ein Stirnband und weite, bunte Kleidung. Der war wohl in denselben Farbtopf gefallen wie Saskia! Und ein paar Jahrzehnte zu spät dran in seiner Aufmachung.

Der Hippie-Grieche sprach ihn auf Englisch an: «Excuse me, can you help us please? We miss a friend. Have you seen this woman?»

Er hielt Robert ein Foto vor die Nase. Dieser zeigte wenig Interesse. Was scherte es ihn, dass der Unbekannte eine Frau vermisste? Er selbst vermisste auch eine. Seine eigene! Er wollte den bunten Griechen schon unwirsch abweisen, als sein Blick kurz auf das Foto fiel.

Robert fiel aus allen Wolken. Er riss Jannis das Bild aus der Hand und sprang auf.

«She is my wife!»

Offenbar hatte sich Sabine jetzt wirklich in Luft aufgelöst.

Robert erfuhr von Jannis, dass sie ein paar Wochen mit einem anderen Deutschen in dessen Wohnmobil im Osten der Insel verbracht hatte, dann aber zurückgekehrt war.

Das musste gestern Abend oder heute Morgen gewesen sein. Und danach verlor sich ihre Spur irgendwo zwischen Pitsidia und Sivas.

Mit einem anderen Deutschen in dessen Wohnmobil? Was denn noch alles? Nicht nur, dass sie ihn aus heiterem Himmel sitzen gelassen hatte, jetzt hatte sie sich auch noch auf der Stelle einen neuen Lover zugelegt! Und den anscheinend auch schon wieder abgelegt. Verdammt, was war nur in Sabine gefahren? Das alles sah ihr überhaupt nicht ähnlich. Seine Frau musste den Verstand verloren haben. Und wie in aller Welt konnte man zwischen zwei kretischen Dörfern einfach verschwinden? Wollte der andere sie vielleicht nicht gehen lassen? Auf wen hatte sie sich da eingelassen?

«Wenn der Wohnmobil-Fatzke meiner Sabine auch nur ein Haar gekrümmt hat, dann wird er das bitter bereuen!», ereiferte sich Robert und ballte die Faust. Er stand auf, bezahlte und steuerte Sabines und Saskias Unterkunft an.

SKOURVOULA

Christoph schaute auf die Uhr. Es war kurz nach zehn. Er hatte die ganze Nacht mit Grübeln auf dem Sofa verbracht. In welche Lage hatte er sich da bloß gebracht? Jetzt war eingetreten, wovor er sich am meisten gefürchtet hatte: Seine Vergangenheit hatte ihn eingeholt. Doch noch war es nicht zu spät. Es hatte ihn niemand gesehen. Wie sollte die Polizei ausgerechnet auf ihn kommen? Es gab keine Verbindung zwischen Christoph Seiler und Sabine ... wie hatte sie gleich geheißen? Fischer? Und vielleicht würde ihre Leiche nie gefunden. Er musste ein anderes Versteck für sie finden, ein noch besseres als die Höhle. Darum würde er sich in den nächsten Tagen kümmern.

Ob Sabine wohl schon vermisst wurde? Hatte sie allein hier Urlaub gemacht oder war sie in Gesellschaft gewesen? Wie lange würde es dauern, bis auffiel, dass sie verschwunden war? Er brauchte ein Alibi – für alle Fälle. Als Erstes würde er sich mit Addy versöhnen. Er musste wieder viel mehr Zeit in Skourvoula verbringen. Keine Frauengeschichten mehr. Und so unauffällig wie möglich leben. Auch Jana durfte er nicht wiedersehen. Der Gedanke an sie versetzte ihm einen schmerzhaften Stich.

Und dann musste er sehen, woher er neue Papiere bekam, um so schnell wie möglich das Land zu verlassen. Doch wie stellte man so etwas an? Christoph hatte keine Ahnung von diesen Dingen und keinerlei einschlägige Kontakte. Markus war der Kriminelle in seiner Familie, nicht er. Wirklich? Markus war der Kriminelle?, fragte eine mahnende Stimme in seinem Kopf. Markus hatte niemanden umgebracht ...

«Ich bin Tom Berger, und ich habe zwei Menschen getötet und einen dritten schwer verletzt», murmelte er. «Und ich will irgendwie aus der Nummer raus. Ich muss!»

Er ging ins Bad und spritzte sich kaltes Wasser ins Gesicht. Er schaute in den Spiegel. Sein Gesicht hatte eine unnatürlich graue Farbe, unter seinen Augen hingen dunkle Ringe.

Christoph hörte Motorengeräusche, dann knallte eine Autotür. Das musste Addy sein. Wo kam sie jetzt her, wo hatte sie die Nacht verbracht? Christoph wusste nicht mehr, was Addy umtrieb, er hatte sich in den letzten Wochen und Monaten nicht im Geringsten für ihre Belange interessiert. Er stand auf. Das durfte er jetzt nicht vermasseln!

Addy betrat das Haus. «Christoph?» Ihre scharfe Stimme zerschnitt die Luft. «Bist du im Haus?»

Christoph ging ihr entgegen. Er nahm tief Luft.

«Addy», sagte er mit sanfter Stimme. «Ich bin gestern

Abend zurückgekommen, um mit dir zu reden. Ich habe mich die letzten Wochen unmöglich verhalten. Ich war ein Scheusal und hab dir wehgetan, immer und immer wieder. Das tut mir leid. All die Frauen haben mir nichts bedeutet. Auch Jana nicht. Ich … ich hab das bloß gemacht, um mich noch einmal jung zu fühlen, verstehst du? Es hatte nichts mit uns zu tun.»

Er nahm all seine Willenskraft zusammen und zauberte ein Lächeln in sein Gesicht. «Ich war so dumm, Addy, so unglaublich dumm.»

Er ging auf sie zu … Addy wich zurück und musterte ihn skeptisch.

«Und woher kommt jetzt dieser plötzliche Gesinnungswandel? Was führst du im Schilde, Christoph Seiler?»

Es gelang ihm nur mühsam, das Lächeln aufrechtzuerhalten.

«Ich habe nachgedacht, Addy. Über mein Leben, über uns. Ich hatte mich da in was verrannt … Ich hatte eine Krise, hab mit meinem Alter gehadert. Ganz schön blöd, was? Und du musstest es ausbaden. Ich war so gemein zu dir. Bitte, Addy, lass es uns noch einmal miteinander versuchen. Ich möchte, dass alles wieder gut wird zwischen uns. So wie früher!»

Er näherte sich ihr um weitere zwei Schritte. Addy blieb stehen und hielt sich am Türpfeiler fest. Noch immer beäugte sie ihn misstrauisch.

«Ich kann dir nichts mehr glauben, Christoph, du hast den Bogen weit überspannt. Genug ist genug. Ich möchte, dass du ausziehst, heute noch! Und der Pickup bleibt hier!»

Christoph trat die Flucht nach vorne an. Er nahm die verblüffte Addy in den Arm und küsste sie, wie er es seit Jahren nicht getan hatte.

«Du bist die einzige Frau, mit der ich zusammen sein

will», flüsterte er. «Kannst du mir noch einmal verzeihen? Ich tue alles für dich, Addy, wirklich alles!»

Addy wand sich aus seiner Umarmung. Sie schwieg.

«Wir kriegen das wieder hin, versprochen», meinte Christoph und strich ihr sanft übers Haar.

«Das ist deine letzte Chance, Christoph, die allerletzte. Ich möchte, dass du das weißt.»

«Ich weiß es».

Christoph küsste Addy erneut und fragte sich einen Augenblick, ob diese Hölle wirklich so viel besser war als der Knast.

18

In der darauffolgenden Nacht besuchte Christoph Addy in ihrem Bett und schlief mit ihr, zum ersten Mal seit Monaten. Am Morgen stand er früh auf, bereitete das Frühstück zu und schmückte den Tisch mit Blumen. Als Addy die Küche betrat, hatte ihr Gesicht einen weichen und entspannten Ausdruck, sie lächelte dünn.

«Du meinst das wirklich ernst, nicht wahr? Dass wir es noch einmal miteinander versuchen?»

«Ja. Alles wird gut, Addy.»

Christoph ging ins Wohnzimmer, hob sein Handy auf, das noch immer in der Ecke auf dem Boden lag, und schaltete es ein. Er registrierte siebenundzwanzig unbeantwortete Anrufe von Suha und einen von Patrick. Was der wohl von ihm wollte? Das Handy klingelte erneut, diesmal erschien Miriams Name auf dem Display. Christoph meldete sich.

«Hi Miriam!»

«Christoph, wir brauchen deine Hilfe. Eine Freundin von mir ist spurlos verschwunden. Sie war unterwegs von Pitsidia nach Sivas, wahrscheinlich zu Fuß, das muss gestern Morgen oder vorgestern am Abend gewesen sein. Wir wissen es nicht genau. Sie macht mit ihrer Freundin Saskia Urlaub in Sivas.»

Miriam setzte ab, ihre Stimme klang brüchig.

«Ihr Mann ist auch hier, aber das ist eine andere Geschichte», fuhr sie fort. «Ihr muss etwas zugestoßen sein, ich hab ein ganz schlechtes Gefühl ... Saskia, Micha, Frederik, Sally, Jannis und ich haben sie stundenlang gesucht, die ganze Umgebung abgegrast, aber Sabine ist wie vom Erdboden verschluckt ...»

Christoph wurde kreidebleich. Seine Knie drohten, ihm den Dienst zu verweigern. Er stützte sich an der Wand ab und verscheuchte dabei einen kleinen Gecko, der sich hinter das «Verderben» flüchtete. Er setzte sich auf die Couch. Das durfte doch nicht wahr sein: Sabine war eine Freundin von Miriam gewesen!

«Wir brauchen deine Unterstützung», sagte Miriam. «Du und Addy, ihr beiden sprecht mit Abstand am besten Griechisch – außer Jannis natürlich, aber der versteht kein Deutsch. Wir wollen gleich zur Polizei nach Mires fahren. Kannst du bitte mitkommen und übersetzen?»

«Ich bespreche das mit Addy», erwiderte Christoph mit belegter Stimme. «Ich kann jetzt nicht weg hier und muss mich später dringend um die Schafe kümmern, aber Addy wird euch sicher helfen.»

«Du bist in Skourvoula?»

«Ja, seit vorgestern bin ich wieder hier. Addy und ich haben uns versöhnt.»

Miriam war überrascht, doch waren Christophs und Addys Beziehungsturbulenzen heute nicht das Thema des Tages.

«Danke, Christoph. Wir treffen uns in einer Stunde vor dem Polizeirevier in Mires.»

Christoph schaute aus dem Fenster und sah Addy mit dem Gartenschlauch die Blumen wässern. Sein Puls raste. Er schloss die Augen und atmete tief durch. Jetzt bloß nicht die Nerven verlieren. Keinen Fehler machen.

Er ging auf die Terrasse und berichtete Addy von Miriams Anruf.

«Oh Gott, das ist ja schrecklich!», kommentierte Addy die Lage. «Hoffentlich ist der Sabine nichts passiert. Ich hab sie mal irgendwo gesehen und ihre Freundin Saskia kenne ich ebenfalls flüchtig. Sie ist auch Künstlerin und hängt viel mit Miriam zusammen. Schlimme Geschichte.»

Sie schaute Christoph an und bemerkte überrascht, dass die Nachricht ihn regelrecht aus der Bahn geworfen zu haben schien. Er war blass, seine Augen flackerten, die Hände zitterten. Dabei hatte er diese Sabine gar nicht gekannt! Vielleicht war Christoph doch sensibler, als sie dachte.

«Kannst du dich hier um alles kümmern und später die Schafe übernehmen? Dann fahre ich jetzt nach Mires. Ich möchte Miriam unterstützen», sagte Addy.

«Selbstverständlich! Ich finde es gut, dass du das machst, Addy. Ich komme hier zurecht, hab sowieso einiges an Arbeit nachzuholen.»

Christoph hatte sich wieder gefangen. Er küsste sie auf die Wange und ging zurück ins Haus.

PITSIDIA

Patrick und Jana saßen auf ihrem Bett, zwischen ihnen das blassblaue Fotoalbum ausgebreitet. Janas Finger spielten mit der Schmetterlingskette.

«Ich fass es nicht», meinte Jana zum wiederholten Male und schüttelte den Kopf. «Der Kerl hat sich eine falsche Identität zugelegt! Warum macht man so was? Das muss doch bedeuten, dass er sich vor irgendwem versteckt. Aber vor wem? Und warum?»

«Na, vor der Polizei natürlich! Ich wette, der hat was auf dem Kerbholz und müsste eigentlich im Bau sitzen ...»

«Vielleicht ist es auch umgekehrt. Er hat was beobachtet oder kennt Fakten, die eine andere Person belasten und ins Gefängnis bringen könnten. Oder es hängt sogar noch mehr dran, die Mafia oder so. Es gibt doch dieses Zeugenschutzprogramm, ich hab mal was darüber im Fernsehen gesehen.»

«Papperlapapp, Zeugenschutzprogramm!», meinte Patrick und schnaufte verächtlich. «Nimmst du das alte Ekel etwa immer noch in Schutz?»

«In keiner Weise! Ich mag Christoph auch nicht mehr und halte nicht viel von ihm, aber es ist völlig unklar, was hinter der ganzen Sache steckt. Und es geht uns auch nichts an. Wir dürften diese Sachen gar nicht hier haben, sie gehören uns nicht.»

«Willst du Christoph einfach so davonkommen lassen?»

«Wir wissen doch gar nicht, ob er irgendwas Widerrechtliches getan hat, Patrick. Wir wissen nur, dass er ein Schwätzer ist und ein Weiberheld, der nicht treu sein kann. Das ist nicht strafbar! Ich möchte nicht in Geschichten reingezogen werden, die nichts mit uns zu tun haben. Und ich will auch gar nicht mehr an Christoph denken. Lass uns doch einfach unseren Urlaub fortsetzen ...»

«Okay, du hast ja recht. Aber ich wüsste so gern, was dahinter steckt! Im Gegensatz zu dir kann ich mir nämlich sehr gut vorstellen, dass der tolle Christoph-Tom Seiler-Berger Dreck am Stecken hat!»

«Vielleicht hat er, vielleicht hat er nicht. Es ist nur einfach nicht unsere Baustelle, Schatz!»

Jana reichte Patrick die goldene Kette. «Nachher fahren wir nach Matala und bringen das Zeug zurück in die

Hütte. Wir haben kein Recht darauf und handeln uns nur Ärger ein, wenn wir die Sachen behalten. Welche Gründe Christoph auch immer haben mag – und auch, wenn wir sauer auf ihn sind – wir dürfen ihm sein Eigentum nicht einfach wegnehmen. Unrecht bleibt Unrecht.»

Widerstrebend nickte Patrick und steckte Christophs Sachen in eine Plastiktüte. Auch er selbst wollte das Thema Christoph eigentlich hinter sich lassen, aber in seinem tiefsten Inneren wühlte Groll gegen den Widersacher und der Wunsch, ihm aus der ebenso unverhofften wie brisanten Entdeckung einen Strick zu drehen, war übermächtig. Ob Addy wohl wusste, mit wem sie da ihr Leben teilte? Patrick würde noch einmal alle Handlungsoptionen gegeneinander abwägen.

«Lass uns doch morgen eine richtig tolle Cachingtour in die Berge machen», schlug er vor und wechselte das Thema. «Es gibt da einen interessanten neuen Cache in einer Höhle, der ist erst zweimal gehoben worden. Es ist übrigens die Höhle, von der Christophs Nachbar uns erzählt hat.» Er grinste.

«Klingt extrem machbar», stimmte Jana ihm zu und strahlte. «Vielleicht können wir den mit ein paar anderen Dosen in der Region verbinden oder wenigstens mit einer schönen langen Wanderung und einem Picknick ...»

Patrick schob die Tüte mit Christophs Utensilien zurück unters Bett.

MIRES

Addy traf Miriam und Saskia vor der Polizeistation in Mires, die sich in einem dreistöckigen weißen Kasten am westlichen Ende der Stadt befand, gleich hinter der Kirche

Agios Nektarios. Auf der gegenüberliegenden Straßenseite parkte eine Reihe Polizei-Motorräder.

«Gibt's irgendetwas Neues?», fragte Addy.

«Nichts», antwortete Miriam. «Sabine ist wie vom Erdboden verschwunden. Ich kann mir das einfach nicht erklären ...»

Sie erzählte Addy die Geschichte von Sabines Nachricht und dem Rollkoffer in ihrem Schuppen. «Aber wir haben keinen Plan, wann sie in Pitsidia war! Ich hab bei Saskia in Sivas übernachtet ...»

Addy schaute besorgt. Das hörte sich alles überhaupt nicht gut an.

Die drei Frauen betraten das Gebäude und sprachen einen jungen Polizisten an, der ihnen auf der Treppe entgegenkam. Er führte sie in ein Büro, in dem zwei ältere Beamte und eine junge blonde Polizistin an ihren Schreibtischen saßen.

«Ja sas», begrüßte sie die Blondine freundlich. «Parakalo? You need help?»

Addy brachte ihr Anliegen vor. Die Polizistin und ihre beiden Kollegen hörten sich mit ernsten Gesichtern die Geschichte an. Sie fragten nach Sabines Ehemann und ihrer Reisebegleitung mit dem Wohnmobil.

«Sag ihnen, dass ich Robert alles zutraue!», sagte Saskia zu Addy gewandt.

«Und auch, dass mir dieser Björn äußerst suspekt ist», meinte Miriam. «Und vergiss nicht die Sache mit Sabines Handy, das verschwunden war und plötzlich bei Björn wieder aufgetaucht ist ...»

Als hätte er auf seinen Einsatz gewartet, rief Björn bei Saskia an.

«Hallo Saskia, habt ihr was von Sabine gehört? Ich mache mir schreckliche Sorgen ...»

«Nein, nichts», antwortete Saskia. «Wo bist du? Wir sind gerade bei der Polizei in Mires. Wenn du kannst, komm bitte sofort hierher!»

«Ich hänge in Agios Nikolaos fest. Mein Wohnmobil hatte eine Motorpanne, es steht in der Werkstatt. Wir warten auf ein Ersatzteil aus Athen ...»

Saskia gab die Nachricht weiter, Björn war noch in der Leitung.

Die Polizistin fragte etwas und Addy übersetzte es mit «Welche Werkstatt? Wo hält er sich auf?»

Sie notierte die Angaben.

Jetzt erkundigte sich einer der älteren Beamten nach einem Foto von Sabine. Saskia hatte ein paar aktuelle Bilder auf ihrem Smartphone gespeichert, von denen die Polizistin das aussagekräftigste ausdruckte. Sabines strahlendes Gesicht auf dem Foto gab Saskia einen Stich.

Die Polizisten berieten sich.

«Sie sagen, dass Sabine erwachsen ist und ihre Gründe haben kann, warum sie sich noch nicht gemeldet hat. Vielleicht hat sie einen Bekannten getroffen und ist mit ihm irgendwo versackt. Oder sie hat jemanden kennengelernt. Sie scheint sich ja schnell Männern anzuschließen wie diesem Björn, meint die junge Polizistin», berichtete Addy.

«Wie bitte? Was hat die blöde Kuh denn für ein Bild von Sabine?», eiferte sich Saskia. «Sabine schließt sich nicht leichtfertig Männern an. Ihr ist etwas passiert! Wieso tun die nichts?»

Miriam strich Saskia sanft über die Schulter. «Wir müssen jetzt ganz ruhig bleiben. Ich denke schon, dass sie die Sache Ernst nehmen. Sie kennen Sabine nicht und müssen alle Möglichkeiten in Betracht ziehen ...»

«Es gibt nur eine Möglichkeit! Sabine ist etwas zugestoßen

und sie meldet sich nicht, weil sie es nicht kann. Weil sie irgendwo liegt, schwer verletzt oder ... tot!» Saskia brach in Tränen aus.

Addy wendete sich betreten ab. Mit Gefühlsausbrüchen anderer Menschen konnte sie nicht umgehen. Mit finsterem Blick und schmalen Lippen lauschte sie weiter dem Gespräch der Polizisten. Der älteste der drei Polizeibeamten wandte sich nun wieder an Addy und besprach das weitere Vorgehen mit ihr. Wenn sie in den nächsten Stunden nichts von Sabine hörten, würde die Polizei sich vor Ort umschauen und nach ihr suchen, sie würden dann auch Robert und Björn auf den Zahn fühlen. Saskia, Miriam und Addy sollten sich für weitere Fragen bereithalten.

Die drei Frauen bedankten und verabschiedeten sich. Schweigend verließen sie die Polizeistation, jede mit ihren eigenen Befürchtungen im Kopf.

SIVAS

Robert war unterwegs zur Platia, als der alte Jannis erneut seinen Weg kreuzte. Immer wieder hatte Robert an Saskias Tür geklopft, um mit ihr zu sprechen und Genaueres über Sabines Verschwinden zu erfahren, doch seine Versuche waren vergeblich. Der Vogel war ausgeflogen. Warum musste er eigentlich permanent irgendwelchen Frauen hinterherjagen?

«They are in Mires», meinte Jannis, als er Roberts fragenden Blick bemerkte, «at the police station.»

So, so, sie waren also zur Polizei gefahren. Ohne ihn. Welch eine Unverschämtheit! Sabine war immerhin seine Frau, und es war ein Unding, ihn aus allem auszuschließen! Er schnaufte verärgert. Wer konnte schon wissen, was die dreiste Saskia der Polizei erzählt und wie sie die Tatsachen

verdreht hatte. Die log doch, sobald sie den Mund aufmach-
te! Er musste die Sache selbst in die Hand nehmen. Robert
rief ein Taxi und fuhr nach Mires zur Polizei.

SKOURVOULA

Mechanisch erledigte Christoph die Arbeiten im Haus und
fuhr zu den Schafen. Seine Gedanken kreisten um sein
Problem, doch einer Lösung kam er nicht einen Zenti-
meter näher. Er hatte Angst. Wenn ihn nun doch jemand
in Pitsidia gesehen hatte? Wenn irgendwem der silberne
Pickup aufgefallen war, der im Schutz der Dunkelheit auf
dem Sandweg in Richtung Sivas gerollt war? Er wusste,
dass er kein wasserdichtes Alibi vorweisen konnte. Addy
konnte nicht guten Gewissens bezeugen, dass er sich zur
Tatzeit in Skourvoula aufgehalten hatte. Sie war selbst
unterwegs gewesen, er wusste nicht einmal wo. Würde
sie im Falle eines Falles für ihn lügen? Nach allem, was er
ihr angetan hätte? Fürs Erste hatte er sich wieder gut mit
ihr gestellt, doch wie lange würde die positive Stimmung
anhalten? Konnte er Addy hinhalten, bis er eine Möglichkeit gefunden hatte, sich abzusetzen? Und wann würde
sie wieder beginnen, ihm mit der Österreichreise in den
Ohren zu liegen, was unweigerlich zu neuem Streit führte?

Christoph stöhnte, sein Kopf brummte. Er versorgte die
Tiere und setzte sich in den Wagen. Er würde zur Hütte
laufen und alle Hinweise auf seine wahre Identität besei-
tigen. Jetzt sofort! Sicher war sicher. Christoph startete
den Motor, als sein Handy klingelte. Ein weiterer Anruf von
Suha. Er verdrehte die Augen. Konnte ihn diese furchtbare
Nervensäge nicht einfach in Ruhe lassen? Er schleuderte
das Gerät auf den Beifahrersitz und fuhr los.

Unterwegs dachte er wieder an Addy, für die er nur noch Abscheu und Verachtung empfand. Wirklich gemocht hatte er sie nie und lange würde er ihr das Theater von der heilen Beziehung nicht vorspielen können. Auch deswegen musste er so schnell wie möglich abhauen. Christoph hatte Addy all die Jahre schlecht behandelt und sich ihrer nur bedient, weil er einen Unterschlupf brauchte, das war ihm bewusst. Aber sie hatte ihn ebenfalls benutzt, hatte ihn als ihren Ersatz-Andreas an sich gekettet, von sich abhängig gemacht und seine Notlage für ihre Zwecke ausgenutzt – ohne wirklich zu wissen, worin diese Notlage bestand. «Alles in Skourvoula gehört mir, Christoph.» Wie sehr er diesen Spruch hasste. Dabei hatte er den Hof zu dem gemacht, was er war. Niemals wäre sie ohne ihn so weit gekommen! Nein, sie waren sich nichts schuldig.

In Matala parkte er den Pickup in einer Seitenstraße, die zum vorderen der beiden Trampelpfade zum Red Beach führte. Christoph bevorzugte eigentlich die andere Route, doch dazu müsste er zuerst den Ort durchqueren, und etwaige Begegnungen mit Bekannten wollte er unbedingt vermeiden. Zu Smalltalk war er jetzt nicht in der Lage.

Es wehte ein kräftiger Wind und Christoph hörte das Grollen der tosenden Wellen in der Bucht. Die Luft schmeckte salzig. Seine langen Haare flogen ihm ins Gesicht. Christoph band sie zusammen und stürmte den Berg hoch. Niemand kam ihm entgegen, heute war kein Badewetter, und der Red Beach erschien von oben betrachtet beinahe verwaist.

Die Vorstellung, seine Fotos vernichten zu müssen, machte Christoph traurig. Sie stellten die letzte Verbindung zu seinem alten Leben dar, neben dem spärlichen Kontakt zu seinem Bruder Markus, den er nie wiedersehen sollte. Der bald sein Leben verlieren würde an eine heimtückische

Krankheit. Markus war immer sein Vorbild gewesen, er hatte den großen Bruder bewundert und war von klein auf seiner Spur gefolgt – leider auch auf die schiefe Bahn.

Christoph dachte an Chrissies Goldkette. Auch die musste er jetzt verschwinden lassen, er würde sie im Meer versenken. Chrissie hatte ihm das Schmuckstück an jenem Abend in Heidelberg geschenkt. «Für dich, Tom», hatte sie gesagt und ihm die Kette in die Tasche seiner Lederjacke gesteckt. «Damit sie dich immer an mich erinnert.» Warum er die Kette behalten hatte, konnte er sich selbst nicht recht erklären. Und ob ich mich an dich erinnert habe, Chrissie, dachte Christoph bitter, jeden Tag meines Lebens, seit dem 18. Juni 1983.

Er erreichte die Hütte und hechtete zu seinem Versteck. Er hob die losen Holzbohlen im Fußboden an. Sein Griff ging ins Leere, die Kiste war nicht an ihrem Platz. Christoph riss die Augen auf. Das konnte nicht sein, das durfte nicht sein! Er fuchtelte wie wild in dem Loch herum, panisch suchten seine Augen den Raum ab. Sein Blick blieb am Regal hängen. Da stand sie ja! Warum hatte er die Kiste denn dort verstaut? Das tat er doch sonst nie ... Erleichtert stand Christoph auf und öffnete den Kasten. Er war leer.

Christophs Herz pochte wie wild, eiskalter Schweiß rann über sein Gesicht. Er setzte sich aufs Bett. Seine Gedanken überschlugen sich. Suha! Konnte das sein? Sie war in der Hütte gewesen und hatte dort auf ihn gewartet, das hatte sie ihm am Telefon gesagt. «Ich wärme das Bett schon mal vor.» Sie musste das Versteck im Boden entdeckt und sein Geheimnis gelüftet haben. Deshalb rief sie ständig bei ihm an! Sie wusste Bescheid und sie war mit Sicherheit wütend auf ihn, weil er sich nicht bei ihr meldete. Wenn das stimmte, hatte Suha ihn in der Hand mit ihrem Wissen, und sie würde nicht locker lassen, bis sie ihr Ziel erreicht hatte. Die Frau war eine tickende Zeitbombe! Die er um jeden Preis entschärfen musste. Doch was bedeutete das konkret? Christoph weigerte sich, das Undenkbare zu denken, und doch lief er mit entschlossenem Blick zurück nach Matala, stieg in den Wagen und lenkte ihn nach Kalamaki, zu Suhas Unterkunft.

Mit grimmiger Miene stürmte Christoph die Treppe hinauf. Die Tür des Apartments stand offen, das Zimmer war leer. Abgezogene Bettwäsche und zwei schmutzige Handtücher lagen auf dem Fußboden. Christoph schaute in den Kleiderschrank und fand darin lediglich eine zusammengefaltete Wolldecke. Offensichtlich war Suha ausgezogen. Und sie hatte seine Sachen mitgenommen.

Was hatte sie vor? Würde sie versuchen, ihn zu erpressen? Wollte sie Geld? Oder ihn zwingen, mit ihr zusammen zu sein, war das ihr Plan? Er musste wissen, womit er es hier zu tun hatte. Sich mit ihr treffen. Christoph rief Suha an, doch sie hatte ihr Handy jetzt ausgeschaltet.

PITSIDIA

Am Nachmittag beschlossen Patrick und Jana, auf einen Kaffee nach Matala zu fahren und Christophs Utensilien zurück zur Hütte zu bringen. Doch es kam anders. Als sie gerade aufs Moped steigen wollten, kam Evangelia aus dem Haus gelaufen, winkte sie herbei und rief über die Terrasse: «Elate, paidia! Come, come!» Ihre Tochter Charoula hatte gekocht und Patrick und Jana waren herzlich eingeladen. Wenig später saßen sie mit ihrer Wirtsfamilie am Tisch und genossen Charoulas Kochkünste, die die ihrer Mutter Evangelia noch bei weitem übertrafen.

Jana war begeistert. «Mmhmm, ist das lecker», schwärmte

sie und griff nach dem dritten Stück Lamm aus dem Ofen. «Nostimo, very delicious!»

Evangelia strahlte. «Charoula good cook!»

Patrick grinste. Es war ihm schleierhaft, wo die zierliche, schlanke Jana all die Berge von Essen hinsteckte, die sie so gerne verdrückte.

Ihre neuen Zimmernachbarn, ein älteres Paar aus Frankfurt, gesellten sich zu ihnen. Computerfreak Carsten war inzwischen abgereist. Der Nachmittag ging schnell vorbei und nahtlos in einen feuchtfröhlichen Abend über. Für ein paar Stunden vergaß Charoula ihre Sorgen, und auch Patrick und Jana dachten nicht mehr an Christoph und sein brisantes Geheimnis. Erst als sie zurück in ihrem Zimmer waren, fiel ihnen ein, dass eine gewisse Plastiktüte noch immer unten auf der Terrasse stand. Sie schauten sich an.

«Och nee, Jana, jetzt nicht mehr. Es ist dunkel, und nach dem vielen Wein und Raki kann ich nicht mehr fahren und den halsbrecherischen Weg zur Hütte laufen …»

«Stimmt, das geht jetzt wirklich nicht mehr. Auf ein paar Stunden kommt es wohl auch nicht an. Wir bringen das Zeug aber gleich morgen früh zurück, ich will es los sein!»

«Klar! Und bis dahin kann sich der Armleuchter Christoph-Tom ruhig ein paar Sorgen um seine Sachen machen, das hat er nicht anders verdient!», feixte Patrick. Er holte die Tüte zurück ins Zimmer und stopfte sie in den Kleiderschrank.

SKOURVOULA

Christoph kehrte nach Skourvoula zurück. Er durfte nicht zu lange wegbleiben, sonst würde Addy misstrauisch werden. Sicher war sie schon wieder zu Hause.

Wie erwartet, stand der Fiat im Hof.

«Wart ihr bei der Polizei?», fragte Christoph Addy. «Gibt

es etwas Neues von Miriams Freundin? Und wie geht es Miriam?»

«Miriam ist völlig fertig, genau wie Saskia. Es gibt noch keine Spur. Die Polizei wartet noch ein wenig ab, bevor sie aktiv wird. Überhaupt ist die Geschichte sehr verworren. Sabines Ehemann ist hier, sie hatte ihn in Deutschland verlassen und war vor ihm geflüchtet. Er muss ein brutaler, jähzorniger Mensch sein – das sagt zumindest Saskia, die er anscheinend geschlagen hat. Mitten in Sivas! ... Und dann ist noch ein anderer Mann im Spiel, irgendein Björn, mit dem Sabine wochenlang unterwegs war. Dem traut Miriam nicht über den Weg. Ich wette, einer der beiden hat was mit ihrem Verschwinden zu tun! Ehrlich gesagt glaube ich sogar, dass er Sabine umgebracht hat. Aber das habe ich Miriam nicht gesagt.»

Addy holte tief Luft und sah Christoph scharf an. Sie wechselte unvermittelt das Thema: «Warum bist du zu mir zurückgekehrt, Christoph? Hat sie dich rausgeworfen an dem Abend? Hat sie genug von dir? Du warst bei ihr, ich weiß das!»

«Bei Sabine?», fragte Christoph entsetzt und riss die Augen auf. Sein Herz blieb beinahe stehen, die Stimme überschlug sich.

«Bei Jana natürlich», entgegnete Addy, «deiner kleinen Schlampe! Hat sie dir den Laufpass gegeben vorgestern Abend? Sie ist gerade mal halb so alt wie du, was hast du denn anderes erwartet? Und Patrick ist ein fescher Kerl! Du warst bei ihr vorgestern. Ich hab den Pickup in Pitsidia stehen sehen, gleich um die Ecke vom Anemos!»

Christoph erstarrte. Addy war in Pitsidia gewesen an dem Abend, an dem er ... Sabine ermordete. Er hatte sie begangen, diese schlimmste aller Taten, daran gab es nichts zu rütteln. Und ausgerechnet Addy hatte den Pickup gesehen! Christoph lief puterrot an.

«Ich war nicht bei Jana!», rief er empört. «Ich hab sie seit dem schrecklichen Abend hier in Skourvoula nicht mehr gesehen. Es läuft nichts mit ihr, Addy, wirklich nicht! Ich war auch nicht in Pitsidia. Keine Ahnung, was du da gesehen hast, aber es war nicht unser Pickup. Ich war bei den Bienen und dann bin ich sofort nach Skourvoula gefahren.»

«Christoph, ich bin nicht blöd! Ich weiß, was ich gesehen habe. Ich bin durchaus in der Lage, meinen eigenen Wagen zu erkennen. Also lüg mich nicht an!»

«Addy, ich bin zu dir zurückgekehrt, aus freien Stücken. Ich möchte, dass unsere Beziehung wieder in Ordnung kommt. Ehrlich. Ich habe Jana weder gesehen noch mit ihr gesprochen seit dem Abend, an dem du sie beleidigt hast. Du kannst sie gerne fragen! Du hast vielleicht einen silbernen Pickup gesehen, aber es war nicht unserer. Du warst eifersüchtig und hast dir das eingebildet. Bitte mach mit deiner verrückten Eifersucht nicht gleich wieder alles kaputt!»

Addy drehte sich um und begann, das Geschirr abzuwaschen.

ATHEN

Suha stieg aus dem Flieger und durchquerte die Ankunftshalle des Athener Flughafens. Sie hatte sich spontan entschlossen, Kreta zu verlassen, nachdem Christoph ihr den Laufpass gegeben und auf ihre Anrufe nicht reagiert hatte. Der deutsche Kreter war genau ihr Typ, und sie war Zurückweisungen durch Männer nicht gewohnt. Die Abfuhr nagte massiv an ihrem Ego. Christoph wusste nicht, was ihm entging, dachte sie trotzig. Aber das Licht würde ihm schon noch aufgehen, wenn sie weg war. Er würde sie vermissen und sich nach ihr verzehren – nach der leidenschaftlichen Nacht in seiner Hütte konnte es gar nicht anders sein. Dann würde er sie anrufen und sie ihn eine Weile schmoren lassen, bevor sie schließlich in seine Arme zurückkehrte. Sie war etwas Besonderes, das hatte er ihr mehr als einmal gesagt.

Suha schaltete ihr Handy ein. Na also, Christoph hatte angerufen! Ihr Plan ging auf, und zwar schneller als erwartet. Zufrieden steckte Suha das Handy weg und steuerte mit erhobenem Haupt den Ausgang an. Bald würde es ihr zuwinken, das Happy End.

19

Die Polizisten in Mires staunten nicht schlecht, als nur wenige Minuten, nachdem Saskia, Miriam und Addy das Gebäude verlassen hatten, Sabine Fischers Mann Robert auf der Matte stand, um seine Frau als vermisst zu melden. Die Beamten schauten sich vielsagend an. Da war er also, der gewalttätige Ehemann. Sie erklärten ihm, dass sie bereits über Sabines Verschwinden informiert waren und am Nachmittag beginnen würden, nach ihr zu suchen.

Er suche seine Frau bereits seit Wochen, ereiferte sich Robert. Wenn die blöde Kuh ihn nicht Hals über Kopf verlassen hätte, dann säße sie jetzt wohlbehalten in ihrem Haus in Leimen oder sie lägen gemeinsam Cocktails schlürfend an irgendeinem sonnigen Strand. Auf jeden Fall müsste sie nicht von der Polizei gesucht werden. Warum hatte sie sich auch mit dem nächstbesten hergelaufenen Campingfritzen eingelassen? Dem sollten sie mal auf den Zahn fühlen, solche Typen seien ganz gewiss nicht sauber, meinte Robert. Sein Kopf lief vor Zorn puterrot an. Er trippelte nervös auf der Stelle.

«What happened to your shoulder?», fragte die blonde Polizistin und deutete auf Roberts verbundene Schulter.

«It's broken. A silly accident …», antwortete Robert verlegen und grinste dümmlich.

Wieder blickten sich die Polizeibeamten an. Sie hatten Saskias Version des «dummen Unfalls» gehört.

Was für ein Trottel, dachte Eleni, die junge Polizistin, aber mit seinem Jähzorn war Robert Fischer sicher nicht ungefährlich. Sie würden ihn genauer unter die Lupe nehmen, auch wenn sie sich nicht vorstellen konnte, dass Robert mit dieser lädierten Schulter in der Lage gewesen sein könnte, seine Frau tätlich anzugreifen. Auszuschließen war das natürlich nicht. Er hätte sie mit seinem gesunden Arm stoßen können, und vielleicht war sie einfach unglücklich gefallen und hatte sich dabei ernsthaft verletzt. Er selbst hatte sich die Schulter gebrochen, als Saskia ihn schubste ... Nein, das passte nicht. Ihr Gefühl sagte Eleni, dass Robert nichts mit der Sache zu tun hatte und er wirklich nicht wusste, was mit seiner Frau geschehen war. Sie hielt ihn nicht für einen so guten Schauspieler.

Natürlich mussten sie auch Björn überprüfen, sollte Sabine nicht doch in letzter Minute wieder auftauchen und sich die ganze Sache als ein harmloses Missverständnis herausstellen. Dies hoffte sie inständig, doch sie konnte es nicht recht glauben.

ATHEN

Suha stand vor dem Spiegel ihres Hotelzimmers in der Athener Altstadt und zelebrierte ihre private Modenschau. Sie hatte ordentlich zugeschlagen in der kleinen Boutique in der Nähe des Omonia-Platzes und sich drei schicke neue Kleider gegönnt. Als Model hatte sie einige Jahre sehr gut verdient, und auch wenn ihre Ersparnisse allmählich zu schmelzen begannen, konnte sie sich diese Art von Luxus noch eine Weile leisten. Sie drehte sich im Kreis und räkelte sich wohlig wie eine Katze in der Sonne. Zufrieden lächelnd registrierte sie, dass ihr alle drei Kleider vorzüglich standen.

Suha schminkte sich aufwendig die Augen und betrachtete freudestrahlend das Ergebnis. Sie zog sich die Lippen nach. Sie war immer noch eine wunderschöne Frau. Das sagten alle, und sie selbst fand das auch. Christoph hatte recht, sie war etwas ganz Besonderes, und die Männer standen sehr wohl Schlange bei ihr. Aber sie hatte sich nun einmal ihn, den geheimnisvollen wilden Mann aus den Bergen mit der schönen Stimme und den schmalen und doch so kräftigen Händen ausgesucht. Suha schnurrte wohlig.

Wann Christoph sie wohl wieder anrief? Sicherlich konnte er nicht so handeln wie er wollte, schließlich lebte er noch in einer festen Beziehung. Doch er würde sich in Kürze von seiner Freundin trennen, daran hatte Suha keinen Zweifel. Ein, zwei Tage ließ sie ihn noch zappeln, das sollte reichen. Dann würde er wieder ihre Stimme hören und sie die seine. Schnell wäre sie dann zurück auf Kreta, läge in seinen Armen, in der romantischen Hütte in den Hügeln über Matala. Bald, sehr bald schon würde das sein.

MIRES

Der nächste Tag war ein Samstag und in Mires fand wie jede Woche der Wochenmarkt statt. Christoph fuhr in die Stadt, um einen neuen Toaster zu kaufen, der alte hatte am Morgen den Geist aufgegeben. Doch Toastbrot mit Butter und Marmelade gehörte zu den Dingen, auf die Addy nicht einen Tag verzichten konnte. Und Christoph konnte es sich nicht leisten, ihr diesen Wunsch abzuschlagen.

Darüber hinaus war er froh, einen Vorwand gefunden zu haben, um das Haus zu verlassen. Er musste dringend seine Flucht vorbereiten. Noch immer hatte er keine Idee, wie er an neue Papiere kommen sollte. Er würde sich in Iraklion danach umschauen müssen, vielleicht waren seine Chancen im Umfeld des Hafens am größten? Zumindest würde er seine Recherchen dort beginnen. Vielleicht gab es in Iraklion auch ein Rotlichtviertel, wo er sich umhören konnte. Nun kannte er sich so gut auf der Insel aus, doch danach hatte er nie Ausschau gehalten ... Warum auch, an Frauen hatte es ihm nie gemangelt.

Christoph vermisste schmerzlich den Rat seines Bruders. Markus. Wie es ihm wohl gerade ging?

Er musste sich optisch verändern, das war Christoph klar. In Mires würde er Haarfärbemittel besorgen und eine Brille für einen Euro, wie es sie auf dem Wochenmarkt gab. Christoph hatte Augen wie ein Luchs und noch nie eine Brille gebraucht, doch veränderten Augengläser das Aussehen, und eine leichte Brille würde ihn bei der Flucht nicht behindern. Später konnte er sie wieder ablegen. Die langen Locken mussten weichen und ebenso der Bart, entschied Christoph seufzend.

Er beschloss, es noch einmal bei seinem Bruder zu versuchen. Vielleicht war Markus inzwischen zurück aus dem Krankenhaus, und Christoph bekam ihn diesmal direkt ans Telefon. Markus hatte seine Verbindungen. Auch wenn er vielleicht keinen Kontakt mehr zu Harry hatte, würde er Christoph weiterhelfen können. Gewiss, Markus hatte jetzt andere Sorgen, aber er war sein Bruder, und hätte er den kleinen Bruder damals nicht mit Drogen in Berührung gebracht, dann säße Christoph jetzt nicht in dieser Patsche!

Drogen. Sie waren der Ursprung der ganzen Misere. Mit klarem Kopf hätte Christoph den Taxifahrer nicht umgebracht und auch Chrissie nichts getan. Den unangenehmen

Gedanken, dass er sich freiwillig zugedröhnt und die Drogen vielleicht nur etwas hervorgeholt hatten, das bereits in ihm gewesen war, verjagte er schnell. Ebenso die Erinnerung daran, dass er völlig nüchtern gewesen war, als er Sabine ermordete.

Christoph wählte Markus' Nummer.

«Hi, hier spricht Sybil.»

«Sybil, hier ist Tom. Bitte, ich ...»

«Lass uns in Frieden, Tom!», rief Sybil und hängte den Hörer ein.

Verflixt, sie stellte ihn einfach nicht zu Markus durch! Das konnte er vergessen.

Christoph dachte an Suha. Warum ging sie nicht ans Telefon? Selbst wenn ihn niemand in Pitsidia beobachtet hatte und die Polizei nicht auf seine Spur kam, stellte Suha eine Gefahr für ihn dar. Er musste jetzt noch schneller verschwinden als geplant. Die Tatsache, dass er identisch mit Tom Berger war, durfte keinesfalls an die Öffentlichkeit gelangen, bevor er sich abgesetzt hatte.

Abgesetzt – doch wohin eigentlich? Darüber hatte er sich noch keine Gedanken gemacht. Je weiter weg, desto besser, dachte er. Südamerika? Asien? Europa war nicht mehr sicher für ihn. Sollte die griechische Polizei ihm auf die Schliche kommen, würde er schon in zwei europäischen Ländern gesucht werden ...

Christoph stellte sich vor, wie er im Flieger saß, eingehüllt in eine neue Identität wie in einen schützenden Mantel. Er war dankbar, dass sich seine Klaustrophobie in größeren Flugzeugen in Grenzen hielt. Er dachte an das aufregende Bauchgefühl, wenn das Flugzeug den Boden verließ, an das Dröhnen der Motoren. Fliegen. Freiheit. Über den Wolken ... Und Kreta noch einmal von oben sehen – die Insel, die ihm Heimat und Gefängnis zugleich geworden war, die er ebenso liebte wie er sie hasste. Ihre archaische Landschaft, die hohen Berge und schroffen Felsen, die versteckten Buchten und die großen und kleinen Orte mit ihren weißen, in die Landschaft gesprenkelten Häusern.

Er musste irgendwo auf der Welt ein komplett neues Leben beginnen. Christoph war geschickt und fleißig, er wusste, dass er es schaffen konnte, auch wenn ihm die Kraft und der Elan der Jugend abhandengekommen waren. Den Mann, der Lyra spielte, Schafe züchtete und den kretischen Dialekt sprach wie ein Einheimischer, würde er komplett hinter sich lassen. Und Jana ... Nein, er konnte nicht gehen, ohne sie wenigstens noch einmal zu sehen. Er musste einen Weg finden, sich mit ihr zu treffen.

PITSIDIA

Jana und Patrick packten alles für ihren Ausflug in die Berge ein. Voller Vorfreude auf einen perfekten Cachingtag stürmte Patrick aus dem Zimmer.

«Hopp, hopp, Jana, los geht's!»

Jana deutete mahnend auf die Plastiktüte mit Christophs Eigentum, die auf einem Stuhl lag.

«Die bringen wir aber vorher noch zurück!»

Patrick verzog das Gesicht.

«Ach Jana, ich hab so gar keine Lust, vor unserer Tour noch zu Christophs Hütte zu laufen. Lass uns lieber gleich losfahren, damit wir später nicht in die Dunkelheit kommen. Das Zeug werfen wir unterwegs einfach irgendwo in den Müll. Christoph wird nie erfahren, dass wir den Kram bei uns hatten, und wir sind ihn los. Wenn wir zu seiner Hütte gehen, laufen wir nur Gefahr, dass wir ihn dort treffen.»

Jana überlegte.

«Mir ist nicht wohl dabei, Patrick. Das ist einfach nicht richtig ... Aber Christoph begegnen möchte ich natürlich auch nicht. Was hältst du davon, wenn wir ihm die Sachen anonym nach Skourvoula schicken? Dann hat er sie wieder, er weiß nicht, wo sie waren, und wir kommen nicht mit ihm in Berührung?»

Patricks Miene hellte sich schlagartig auf.

«Das ist es!», rief er fröhlich. «Jana, du bist ein Genie!»

Er stopfte die Tüte in den Kleiderschrank. Von Christoph wusste er, dass Addy sich um alle Postangelegenheiten kümmerte. Also würde sie und nicht er das Päckchen in Empfang nehmen, und so eifersüchtig, wie sie war, würde sie es öffnen, auch wenn es an Christoph adressiert war. Und dann ... Patrick frohlockte beim Gedanken an das Donnerwetter, das Christoph dann erwartete. Dass Addy über seine falsche Identität Bescheid wusste, glaubte er nicht. Da war sie endlich, die perfekte Rache! Christoph würde den Ärger seines Lebens bekommen und Fräulein Rottenmeier, die Jana so unverschämt behandelt hatte, bekam gleich auch noch ihr Fett weg.

«Heute ist Samstag», sagte Patrick, «und die Post ist geschlossen. Am Montagmorgen fahre ich als Erstes nach Mires und schicke das brisante Material ab.» Er zwinkerte Jana zu. «Großes Indianerehrenwort!»

Bester Laune stiegen die beiden aufs Moped und fuhren los, in Gedanken bereits beim Geocaching.

MIRES

Robert verließ das Polizeigebäude, nachdem er sich – ebenso wie Miriam, Saskia und Addy – bereit erklärt hatte, jederzeit für weitere Fragen zur Verfügung zu stehen.

Die Polizisten berieten sich. Der älteste Beamte im Büro, ein hagerer grauhaariger Mann mit Schnurrbart namens Stavros, spielte mit seinem Kugelschreiber, verjagte eine lästige Fliege und starrte mit gerunzelter Stirn auf seinen Schreibtisch, während er laut nachdachte. Er stimmte seiner Kollegin Eleni zu. Der Verdacht gegen Robert war nicht aufgehoben, doch würden sie sich zunächst auf Sabines Reisebegleitung, den dubiosen Björn, konzentrieren.

Eleni rief Björn auf dem Handy an. Dieser erklärte sich bereit, so schnell wie möglich mit dem Bus nach Mires zu kommen und die Polizeistation aufzusuchen. Er klang extrem besorgt. Eleni stand auf und gab ihrem Kollegen ein Handzeichen.

«Ela Stavro, pame!»

Sie stiegen ins Auto und fuhren nach Pitsidia, wo sich Sabines Spur bei Miriams Haus verlor.

PITSIDIA

Saskia saß in Miriams Küche, den Kopf in die Hände gestützt, das Gesicht verweint.

«Sabine, bitte, bitte melde dich!», schluchzte sie, «wo bist du nur, wo?»

Sie stand auf.

«Ich gehe sie noch einmal suchen!»

Miriam legte den Arm um ihre Freundin.

«Ich verstehe dich so gut! Aber es macht einfach keinen Sinn, all diese Feldwege noch einmal abzulaufen. Wenn Sabine irgendwo dort draußen wäre, hätten wir sie bereits gefunden. Wir müssen jetzt der Polizei vertrauen. Sie werden Sabine finden. Das ist ihr Job! Wir dürfen die

Hoffnung nicht aufgeben, Saskia, vielleicht ist doch alles ganz harmlos, und sie taucht von selbst wieder auf …»

Saskia setzte sich zurück auf den Küchenstuhl.

«Du hast ja recht. Aber es macht mich wahnsinnig, dass ich nichts tun kann!»

Schweigend saßen die Frauen am Tisch und starrten vor sich hin. Keine der beiden glaubte mehr an eine harmlose Erklärung, auch wenn sie sich gegenseitig immer wieder das Gegenteil beteuerten. Es klopfte an der Tür. Miriam sprang so plötzlich auf, dass sie beinahe über ihre eigenen Füße stolperte. Sie öffnete, und der Polizist Stavros betrat den Raum, gefolgt von seiner Kollegin Eleni.

Eine Viertelstunde später hatten sich die Polizeibeamten im Haus und um das Haus herum umgesehen, Sabines Rollkoffer inspiziert und das Blatt Papier mit Sabines Nachricht, die Miriam übersetzte, eingesteckt. Die Nachricht über Sabines Verschwinden war inzwischen an den obersten Richter in Iraklion und die EMAK, die Spezialeinheit für Vermisstenfälle, weitergegeben worden.

Stavros sagte etwas, das Miriam für Saskia mit «Wir tun, was wir können» übersetzte, und die Polizisten verabschiedeten sich. Vor dem Haus sahen sie sich an. Eleni zuckte die Achseln. Der Besuch bei Miriam hatte sie nicht weitergebracht. Nichts dort erschien in irgendeiner Weise verdächtig. Der Fall war mysteriös, und bis jetzt gab es keinerlei Anhaltspunkte. Die blonde Touristin war wie vom Erdboden verschluckt. Vielleicht konnte Sabine Fischers Reisebegleitung Björn Licht ins Dunkel bringen.

Stavros und Eleni begannen, Miriams Nachbarschaft nach Sabine zu befragen. In den ersten beiden Häusern trafen sie niemanden an. Eine ältere Griechin saß vor ihrem Haus und beaufsichtigte ihr Enkelkind, das auf einer rostigen

Schaukel saß. Die Schaukel quietschte in den höchsten Tönen, als der kleine Junge sie in Bewegung setzte. Eleni verzog das Gesicht. Das alte Ding müsste dringend mal geölt werden! Sie konzentrierte sich auf ihre Aufgabe und zeigte das Bild von Sabine vor. Die alte Frau vertiefte sich lange in das Foto, dann lächelte sie.

«Nai, nai, tin xero!»

Sie konnte sich erinnern, Sabine schon häufig zusammen mit der Deutschen mit den kurzen schwarzen Haaren gesehen zu haben. Das war eine nette Frau, meinte sie, die immer freundlich gegrüßt habe. Ob sie Sabine am Tag ihres Verschwindens gesehen hatte, wusste sie nicht mehr. Sie sah die Polizisten entschuldigend an und fasste sich an den Kopf. Das Gedächtnis ... Sie bot ihnen ein paar Weintauben an. Stavros und Eleni bedankten sich und zogen weiter. Der nächste Nachbar, den sie befragten, kannte Sabine nicht.

Die nächste halbe Stunde verlief auf ähnliche Weise, sie kamen nicht weiter. Als die beiden Beamten gerade eine Pause einlegen wollten, landeten sie einen unerwarteten Treffer. Sie befragten einen jungen Mann, der an einem Motorrad herumschraubte. Er schaute sich das Foto an. Nein, die hatte er noch nie gesehen. Eine Frau mittleren Alters kam aus dem Haus gestürmt, seine Mutter. Eleni erfasste sofort, dass sie es hier mit dem Spiontyp zu tun hatte – einer äußerst neugierigen Person, die es liebte, ihre Umwelt genau zu beobachten und zu kontrollieren, und der nichts verborgen blieb. Solche Leute waren wertvolle Zeugen. Eleni setzte ihr freundlichstes Gesicht auf und hielt ihr das Foto vor die Nase. Die Frau reagierte sofort. Ja, sie konnte sich gut an die blonde Touristin erinnern, die am vorletzten Abend mit ihrem Rollkoffer an ihrem Haus vorbeigekommen war. Kurz darauf hatte sie Sabine noch einmal gesehen, diesmal ohne Koffer, und die Touristin hatte den Feldweg Richtung Sivas eingeschlagen.

Stavros und Eleni schauten sich an. Jetzt konnten sie den Zeitraum eingrenzen, in dem Sabine in Pitsidia angekommen war und sich auf den Weg nach Sivas gemacht hatte. Es war tatsächlich schon am Abend gewesen. Und Sabine somit länger verschwunden als sie gehofft hatten, was ein schlechtes Zeichen darstellte.

SKOURVOULA

Auf dem Rückweg von Mires hielt Christoph kurz an und rief noch einmal bei Suha durch. Überrascht hörte er gleich nach dem ersten Durchwahlton ihre Stimme.

«Christoph, Liebster! Ich wusste, dass du dich melden würdest. Sicher war dir das nicht schneller möglich, ich nehme dir das nicht übel», säuselte sie. «Aber über eine klitzekleine SMS hätte ich mich gefreut, du Schlingel!»

«Wo bist du, Suha?»

«Ich sitze gerade auf meinem Balkon und sehe auf die Akropolis. Was hältst du davon: wir beide auf der Akropolis, zum Sonnenuntergang? Heute noch. Oder morgen? Bummeln, Essen in der Plaka, ein gutes Glas Wein? Und dann ...»

Akropolis? Sie war in Athen?

«Suha, lass die Spielchen. Wo sind meine Sachen aus der Hütte? Was hast du vor? Geht es dir um Geld? Ich kann welches auftreiben, wenn es das ist. Ich brauche die Sachen. Sofort. Keine krummen Touren, sonst wirst du das bitter bereuen, ich schwör's dir!»

Einen Moment lang herrschte Stille am anderen Ende der Leitung, dann kam Suhas Ausbruch: «Wovon in aller Welt redest du? Welche Sachen denn? Ich will doch kein Geld von dir, ich hab selbst genug. Ich will dich! Du und ich, so wie in deiner Hütte. Wir gehören zusammen, versteh das doch!»

Darum ging es ihr also. Christoph hatte es befürchtet. Er musste das Spiel vorläufig mitspielen, doch er konnte jetzt unmöglich nach Athen fliegen. Er würde sie nach Kreta zurücklocken, um an sein Eigentum zu kommen, alles Weitere würde sich dann ergeben. Er wusste genau, dass das auch bedeuten konnte, sie aus dem Weg zu räumen. Sicher war sicher ...

«In Ordnung. Wir sehen uns wieder. Ich mag dich ja auch. Leider kann ich hier nicht weg. Komm doch zurück auf die Insel! Du kannst in meiner Hütte bleiben, so lang du willst. Und ich werde bei dir sein, so viel es mir nur möglich ist. Ich werde mich auch von meiner Lebensgefährtin trennen, weißt du? Es hat ein wenig gedauert, bis ich diesen Entschluss fassen konnte, aber jetzt habe ich mich entschieden. Du bist so eine tolle Frau, Suha. Bitte komm zurück zu mir!»

Suha gab eine Art Gurren von sich.

«Ich buche noch heute meinen Flug. Ich sehne mich so sehr nach dir, Christoph! Wir sehen uns ganz bald wieder.»

Sie legte auf. Christoph ließ sich zurück auf den Fahrersitz fallen. Er fragte sich, wann sie vorhatte, die Bombe platzen zu lassen.

PITSIDIA

Die Kunde von der verschwundenen Touristin machte die Runde und war im Nu Gesprächsthema Nummer eins. Viele kannten Sabine zumindest vom Sehen. Auch Evangelia hörte davon. Eine schlimme Geschichte! Pitsidia und Sivas waren friedliche Orte, an denen so etwas einfach nicht passierte.

Patrick und Jana verbrachten einen wunderbaren Tag in den Bergen. Sie wanderten, picknickten an einem wild-romantischen Platz in der Nähe einer kleinen byzantinischen Kapelle und suchten zwei Caches, von denen sie nur den einen fanden. Nur ein Programmpunkt stand jetzt noch aus: die Höhle, von der ihnen Christophs Nachbar erzählt hatte und die einen nagelneuen Geocache beherbergte. Sie ahnten nicht, was sie stattdessen dort finden würden …

20

Nach dem grausigen Leichenfund in der Höhle kehrten Patrick und Jana verstört nach Pitsidia zurück. Alexa Petridou von der Mordkommission Iraklion drückte Jana ihre Visitenkarte in die Hand und notierte sich Janas und Patricks Handynummern. Die energische kleine Polizistin mit den rotgefärbten Haaren hatte eine warme und einfühlsame Art und Jana fand sofort einen Draht zu ihr. Sie versprach Alexa, sich umgehend zu melden, sollte ihr oder Patrick noch irgendetwas einfallen, das für die Ermittlung von Belang sein könnte.

Die Leiche war schnell identifiziert. Es handelte sich um die deutsche Urlauberin Sabine Fischer, die vor drei Tagen als vermisst gemeldet worden war.

Robert und Saskia verließen die Gerichtsmedizin in Iraklion gemeinsam und begaben sich schweigend zurück nach Sivas. Für einen kurzen Moment war der gegenseitige Groll vergessen. Saskia packte ein paar Sachen zusammen und fuhr zu Miriam. Sie wollte jetzt nicht allein sein. Sie telefonierte mit Jenny, die sofort einen Flug nach Kreta buchte, um ihrer Mutter beizustehen. Jenny war schockiert über die schreckliche Nachricht. Sie hatte Sabine sehr gemocht und noch immer plagte Jenny ein schlechtes Gewissen, weil sie die beiden Frauen an Robert verraten hatte – auch wenn dieser nachweislich unschuldig war an Sabines Tod.

Der Mordfall Sabine Fischer bestimmte die kretischen Medien tagelang. Zeitungen, Radio und Fernsehen waren voll davon. Der Fernsehsender Kriti TV rief zur Mithilfe der Bevölkerung bei der Lösung des Falls auf. Die Polizei gab eine Pressekonferenz und musste zugeben, noch keine heiße Spur zu verfolgen. Kommissar Georgios Kalemakis, der die Pressekonferenz leitete, wischte sich den Schweiß von der Stirn, als er die unbequemen Fragen der Reporter beantwortete. Roberts und Björns Alibis waren ebenso überprüft worden wie Saskias und Miriams. Soweit die Polizei das zu diesem Zeitpunkt überschauen konnte, hatte Sabine nur zu wenigen Personen auf Kreta näheren Kontakt gehabt. War sie ein zufälliges Opfer? Handelte es sich um einen Raubüberfall? Die Polizei tappte im Dunkeln. Kalemakis wusste, dass sie auch Sabines Hintergrund in Deutschland beleuchten mussten. Vielleicht war der Schlüssel zur Lösung dieses Falls dort zu finden.

Am nächsten Tag bekam die Nachrichtenredaktion von Kriti TV einen Anruf. Dem Grundschullehrer Stelios Mavrakis aus Gergeri, einem größeren Dorf unweit der Höhle, in der das junge Touristenpärchen Sabines Leiche entdeckt hatte, war am Abend von Sabines Verschwinden ein silberner Pickup aufgefallen, der ihm kurz vor Gergeri mit überhöhter Geschwindigkeit entgegengekommen war und dabei die Kurve geschnitten hatte. Mavrakis hatte scharf abbremsen müssen, um nicht mit dem Wagen zu kollidieren. Kriti TV gab die Information umgehend an die Polizei weiter, und Stelios Mavrakis wurde zur Befragung ins Polizeirevier in Mires geladen. Der silberne Pickup war der erste Hinweis, den sie hatten – auch wenn es tausend Gründe geben mochte, weshalb der Fahrer zu schnell unterwegs gewesen war und es auf Kreta gefühlt fast so viele silberne Pickups gab wie

Olivenbäume. Immerhin hatte der Lehrer eine Besonderheit registriert: eine große Beule an der Seite des Wagens.

SKOURVOULA

Auf dem Weg nach Skourvoula telefonierte Christoph noch zweimal mit Suha. Sie hatte inzwischen einen Flug nach Kreta für den nächsten Tag gebucht, und Christoph bot ihr an, sie am Flughafen abzuholen. Er musste das Suha-Problem – auf welche Weise auch immer – so schnell wie möglich lösen.

«Liebster, jetzt trennen uns nur noch wenige Stunden ...», gurrte Suha in ihrer unnachahmlichen Art ins Telefon.

Christoph rollte die Augen. Ihn überkam eine Wut, wie er sie lange nicht verspürt hatte. Warum in aller Welt musste er sich auch noch mit dieser grässlichen Klette auseinandersetzen? Als hätte er nicht genug Probleme ... Er ballte die Fäuste, schloss die Augen und atmete tief durch. Die Wut ebbte ab. Er musste jetzt einen klaren Kopf behalten. Christoph suchte verzweifelt nach einem Vorwand, unter dem er nach Iraklion fahren konnte, ohne dass Addy misstrauisch wurde. Ihm fiel keiner ein, sein Kopf war wie leergefegt.

Als Christoph mit dem Pickup auf den Hof rollte, sah er Addy zusammen mit Stefanos auf der Terrasse sitzen, vor beiden stand eine Tasse griechischer Kaffee.

«Ja sou file, ti kaneis?», fragte Stefanos, sprang auf und klopfte Christoph auf den Rücken.

«Kala, kala, esy?» Christoph setzte sein breitestes Grinsen auf. Stefanos war ein feiner Kerl und ein echter Freund. Christoph würde ihn vermissen. Neben Miriam, die er sehr schätzte, und natürlich Jana gehörte Stefanos zu den wenigen Menschen, an denen Christoph etwas lag.

«Addy, ich fahre morgen nach Iraklion. Hab ein paar Erledigungen dort. Brauchen wir noch was aus der Stadt?»

«Iraklion?», fragte Addy mit spitzer Stimme und hob die Augenbrauen. «Was hast du da zu erledigen?» Sie sah ihn scharf an.

Da war er wieder, der Blick, den Christoph so fürchtete. Und er hatte keine Antwort auf Addys Frage. Christoph entschied sich erneut zur Flucht nach vorn. Vor den Augen des erstaunten Stefanos nahm er Addy in den Arm, wirbelte sie im Kreis herum, küsste sie und rief: «Addy, ich hab mich entschieden, mit dir nach Wien zu fliegen! Du kannst Flüge für uns beide buchen. Ich wollte in Iraklion nach einem Geschenk für Brigitte suchen, einem Geschenk nur von mir allein. Ich will endlich unser Verhältnis verbessern. Schließlich ist sie deine Schwester. Ich hab viel nachgedacht, weißt du, und ich will auch mit Yvonne Frieden schließen. Sobald wir von Österreich zurück sind, versuche ich, Kontakt zu meiner Schwester aufzunehmen, versprochen!»

Der überraschten Addy blieb der Mund offen stehen. Noch bevor sie reagieren konnte, lief Christoph ins Haus und kam mit einer Flasche Raki und drei Gläsern zurück.

«Das muss begossen werden!»

Christoph dachte, dass dies vermutlich der letzte Raki war, den er in seinem Leben trank. Er würde morgen nach Iraklion fahren, sich Suhas entledigen und sich anschließend so lange in Iraklion verstecken, bis er eine Möglichkeit gefunden hatte, die Insel zu verlassen. Und überhaupt – Raki hatte er eigentlich noch nie gemocht.

PITSIDIA

Jana saß auf dem Bett und starrte an die Wand.

«Das Schlimmste sind die Bilder», meinte sie zu Patrick. «Ich hab heute Nacht kein Auge zugetan. Sobald ich einschlafen wollte, war da wieder dieser Sack vor meinen Augen ...»

Sie schüttelte sich. Patrick setzte sich zu ihr und legte seinen Arm um sie.

«Ach Schatz, ich weiß, es ist wirklich gruselig, und für dich muss es noch schlimmer sein, weil du sie entdeckt hast. Ich muss auch dauernd dran denken ... Aber das ist jetzt Sache der Polizei. Wir haben mit dem Ganzen nichts zu tun, wir haben sie nur zufällig gefunden.»

Es klopfte an der Tür. Evangelia brachte eine große Schale Weintrauben. Sie stellte sie auf den kleinen runden Tisch und wandte sich an Jana, die sich nicht von der Stelle gerührt hatte.

«Popopo koritsi mou. Ti kaneis? Oh, oh, so schlimm what happen!»

Sie schaute Jana besorgt an, dann wandte sie sich an Patrick.

«Maybe you two better make little volta?»

Patrick nickte. «Good idea!»

Er schlug Jana vor, mit dem Moped auf einen Kaffee nach Kamilari zu fahren, und sie nahm den Vorschlag gern an. Sie griff nach ihrer Tasche. An Christoph und das brisante Material, das noch immer in eine Plastiktüte eingewickelt in ihrem Kleiderschrank lag, dachten sie beide nicht mehr.

Patrick und Jana parkten das Moped am Ortseingang von Kamilari, oberhalb des kleinen Friedhofs, und liefen zu Fuß durch das malerische Dorf. In Kamilari führten alle Wege entweder bergauf oder bergab, die schmalen Gassen waren von alten, weiß getünchten Häusern mit blauen oder grünen Fensterläden und Türen gesäumt, dazwischen standen ein paar Gebäude in traditioneller Natursteinoptik. Die Bewohner von Kamilari schienen sich in Sachen

Blumenschmuck gegenseitig übertrumpfen zu wollen, und dem ganzen Ort wäre ein Preis in der Kategorie «Unser Dorf soll schöner werden» sicher, wenn es einen solchen Wettbewerb auf Kreta gäbe. Ein paar Hauswände zierten Malereien mit Szenen aus der griechischen Mythologie. Zum ersten Mal seit dem Moment des Schreckens in der Höhle lächelte Jana. Ein wunderschönes Fleckchen Erde, dieses Dorf!

Sie ließen sich durch das Gewirr von Gässchen treiben, kamen an einem kleinen Platz mit einer Kirche im landestypischen Stil und einem Supermarkt vorbei und entdeckten ein Kafenion und eine Snack Bar. Ein paar Ecken und unzählige Bougainvilleabüsche weiter ließen sie sich an einem Tisch einer Taverne mit dem Namen «Loggia» nieder. Das «Loggia» verfügte über eine Reihe von Tischen mit grünen Tischdecken entlang der kaum befahrenen Straße und einer weiteren Handvoll im winzigen Gastraum. Außer einer holländischen Familie mit drei strohblonden Kindern und einem alten, vor sich hin dösenden Einheimischen waren sie die einzigen Gäste. Die Saison neigte sich ihrem Ende zu.

Dem Lokal gegenüber trafen zwei Straßen in spitzem Winkel aufeinander, und in der Spitze befand sich ein besonders hübsches altes Haus mit einem Hof voller Geranien in blauen Blumentöpfen. Die alte, grüne Holztür stand offen. Ein Türsturz und die gemauerten Rahmen um die Fenster strahlten in Ockergelb. Vor dem Haus wiesen Plakate an einem Strommast auf Konzerte mit kretischer Musik in der Region hin. Jana stand auf und fotografierte. Es tat so gut, wieder einfach Touristin zu sein!

«Schade, dass es heute so bewölkt ist», sagte sie. «Bei blauem Himmel sieht das sicher noch viel schöner aus.»

«Ich glaube, es gibt heute noch Regen», meinte Patrick.

Wenige Minuten später fielen die ersten Tropfen. Patrick und Jana zogen in den Gastraum um. Das «Loggia» wurde vom ehemaligen Polizisten Kostas und seiner deutschen Frau Alexandra geführt. Kostas schaltete den großen Fernseher ein, der auf einem Kühlschrank mit Getränken stand. Es lief eine Nachrichtensendung. Auch wenn Patrick und Jana kein Griechisch verstanden, begriffen sie schnell, dass der Sprecher vom Mord an Sabine Fischer berichtete. Alexandra übersetzte. Nicht einmal hier konnten sie dem Thema entgehen. Jana seufzte. Mit ernstem Gesicht verfolgte sie die Fernsehbilder.

Ein Foto von Sabine Fischer wurde eingeblendet. Eine hübsche, blonde Frau um die Fünfzig mit einem strahlenden Lächeln. Jana überlief eine Gänsehaut. Sie konnte und wollte die Aufnahme nicht mit den Bildern in Einklang bringen, die sie in der Nacht heimsuchten und ihr den Schlaf raubten. Die Höhle. Der längliche Sack. Strähnen von Sabines Haaren ...

Auch Patrick starrte auf Sabines Gesicht in Großaufnahme. Er sprang auf.

«Jana! Die Kette! Schau doch, ihre Kette!»

Für einen Moment war Sabines Foto verschwunden und der Nachrichtensprecher kam ins Bild, doch gleich darauf blendete die Redaktion die Ermordete wieder ein. Jetzt sah Jana es auch. Sabine Fischer trug eine goldene Kette mit einem Anhänger in Form eines Schmetterlings, die jener aus Christophs Kiste bis ins kleinste Detail glich.

SKOURVOULA

Christophs Handy klingelte, er ging ins Haus. Er sah eine deutsche Nummer auf dem Display. Eine Nummer, die er nicht in seinem Gerät, aber sehr gut in seinem Kopf gespeichert hatte. Im Wohnzimmer nahm er das Gespräch an.

«Tom ...», hörte er seinen Bruder sagen. Markus' Stimme klang leise und gebrochen. «Sybil sagte mir, dass du in Schwierigkeiten bist. Was ist los?»

«Markus! Mein Gott, wie geht's dir?»

«Ich werde bald sterben, Tom. Ein paar Wochen bleiben mir noch, vielleicht. Ich möchte dir sagen, dass es mir leid tut, dass ich ... dass ich dich in das alles reingezogen habe. Die Drogen und so ... damals. Ich war so dumm ... Du hättest es schaffen können mit deinem Sport, du warst so talentiert ...»

«Ach Markus ...» Christoph spürte Tränen aufsteigen. «Ich hab einen großen Fehler gemacht. Ich muss weg hier ... Aber sag doch erstmal, gibt es wirklich keine Hoffnung mehr für dich?»

«Ich kann nicht lang sprechen, das strengt mich an ...» Markus räusperte sich, er war fast nicht mehr zu verstehen. «Ich hab mit Harry gesprochen, wir sehen uns noch ab und zu. Er kennt jemanden auf Kreta ... In Iraklion gibt es ein Kafenion in der Nähe der Marktgasse ...» Markus gab Christoph den Namen und die genaue Adresse. «Frag dort nach ‹Tiger›. Der kann dir helfen und auch neue Papiere besorgen, falls du sie brauchst. ‹Tiger›, vergiss das nicht. Ich muss jetzt auflegen, Sybil will nicht, dass ich ...»

Christoph hörte ein Klicken und dann das Besetztzeichen. Er ließ sich aufs Sofa fallen. Das war vermutlich das letzte Mal gewesen, dass er Markus› Stimme gehört hatte. Er würde seinen Bruder bald verlieren. Die Endgültigkeit dieser Gewissheit traf ihn wie ein Schlag in die Magengrube. Und gleichzeitig verspürte er eine unbeschreibliche Erleichterung. Markus hatte ihn nicht hängen lassen und half ihm erneut aus der Patsche. Er konnte seinen Kopf noch einmal aus der Schlinge ziehen. «Tiger» – das war sein Ticket in die Freiheit!

Er würde nach Iraklion fahren und Suha abholen. Er musste sie dazu bringen, ihm das Fotoalbum und den Zeitungsausschnitt aus seiner Kiste zurückzugeben. Dann würde er Suha aus dem Weg räumen, sicher war sicher. Mit ihrem Wissen wäre sie ein zu großes Risiko, selbst wenn sie das Material herausrückte. Er würde Suha töten müssen, doch darauf kam es jetzt auch nicht mehr an. Ein Platz in der Hölle – sollte es eine geben – war ihm sowieso längst sicher.

Anschließend wollte er «Tiger» aufsuchen und bei ihm unterschlüpfen, wie einst bei Harry in Neckargemünd, bis er neue Papiere und eine neue Identität hatte. Und dann würde ihn ein Flugzeug nach Asien bringen, in sein neues Leben … Er hatte sich für Thailand entschieden.

Doch ein paar Stunden musste er noch Christoph sein. Er fuhr zu den Schafen, versorgte sie und verabschiedete sich von den Tieren. Dieser Teil seines Lebens als «Kreter» würde ihm fehlen. Die Arbeit in der Landwirtschaft gefiel ihm. Die Schafe waren ihm ans Herz gewachsen. Wie würde es mit ihnen weitergehen? Mit den Bienen? Den Oliven? Mit Addy? Würde sie auf Kreta bleiben? Sie musste wieder einen Arbeiter einstellen, so wie einst ihn. Addy wurde nicht jünger, wie lange würde sie die harte Arbeit noch durchhalten? Doch das alles waren Fragen, die ihn bald nichts mehr angingen. In Thailand wäre er wieder ein unbeschriebenes Blatt, das sich bald mit neuen Geschichten füllen sollte. Welchen Namen er dann wohl hätte? Vielleicht konnte ihm «Tiger» einen griechischen Pass besorgen. Er würde in Thailand nicht als falscher Grieche auffallen. Und eine griechische Identität wäre ein weiterer Schritt weg von Tom Berger aus Baden-Württemberg.

PITSIDIA

Stavros und Eleni vom Polizeirevier Mires streiften noch einmal durch Pitsidia und fragten diesmal nach einem silbernen Pickup mit einer auffälligen Beule. Viel Hoffnung hatten sie nicht, dass sie diese Spur weiterbringen würde. Wahrscheinlich war der Schnellfahrer von Gergeri einfach betrunken gewesen oder er war ein notorischer Raser, wie es auf der Insel einige gab. Trotzdem – es war bislang der einzige Hinweis, der überhaupt bei der Polizei eingegangen war, und sie würden der Spur sorgfältig nachgehen.

Wie erwartet zuckten die Pitsidianer mit den Achseln. Selbst Miriams neugierige Nachbarin hatte diesmal nichts Sachdienliches beizutragen und versorgte die Polizei lediglich mit dem neuesten Klatsch und Tratsch aus der Region.

Eleni musste gähnen. Ihre erkältete Kleine hatte sie die ganze Nacht auf Trab gehalten. Sie sehnte sich nach einem Kaffee und nach ihrem Bett. Letzteres musste warten, doch ein Kaffee war machbar. Sie besorgte sich in einem kleinen Supermarkt ein Schüttel-Frappé in einem Plastikbecher und versäumte nicht, auch die Inhaberin des Geschäfts nach dem silbernen Pickup zu fragen. Entgegen ihrer Erwartung landete Eleni einen Treffer. Der Supermarkt verkaufte die selbstgemachte Marmelade einer Österreicherin namens Adriane Baumgartner, die in Skourvoula wohnte und genau einen solchen Wagen mit einer großen Beule fuhr. Und sie hatte am Abend von Sabines Verschwinden Marmelade vorbeigebracht. Ein alter Mann, der das Gespräch interessiert verfolgte, berichtete ebenfalls, den Pickup am Tatabend am

Ortsrand von Pitsidia gesehen zu haben. Auch ihm war die Beule aufgefallen.

Sabine Fischer war erwürgt worden. Hätte eine Frau genügend Kraft dafür aufbringen können? Adriane Baumgartner hatte die beiden Frauen begleitet, die Sabine Fischer vermisst meldeten, es gab also eine Verbindung. Sie mussten die Sache überprüfen. Stavros und Eleni fuhren nach Skourvoula.

Nach einer kurzen Suche fanden sie das an einem Hügel liegende weiße, L-förmige Gebäude. Von einem silbernen Pickup war nichts zu sehen, vor dem Haus parkte lediglich ein kleiner grüner Fiat.

«Hello? Parakalo?», rief Stavros.

Aus dem Haus klang leise Musik. Eine Frau sang mit, es klang extrem schief. Eleni grinste. Die Musik stoppte. Addy, die aussah, als hätte sie eine Zeitreise unternommen und als sei sie gerade aus dem 19. Jahrhundert in der Gegenwart gelandet, öffnete die Haustür. Sie trug einen strengen Dutt, ein altmodisches Kleid und eine Schürze. Wo in aller Welt bekam man solche Klamotten? Sogar ihre 90-jährige Großmutter im Bergdorf Magarikari trug modernere Kleidung. Eleni hob die Augenbrauen und sah Stavros an. Das war augenscheinlich eine Sackgasse. Nie im Leben hatte diese Frau Sabine Fischer erwürgt!

Die beiden Polizisten stellten sich vor und sprachen den Grund ihres Kommens an. Eleni fragte die Österreicherin nach dem silbernen Pickup. Bildete sie sich das ein oder hatte sich der Blick der Frau tatsächlich kurz verdunkelt? Auch zögerte Adriane Baumgartner einen Augenblick mit der Antwort, doch dann erwiderte sie mit fester Stimme, dass sie an jenem Abend mit dem Pickup in Pitsidia unterwegs gewesen sei, um ihre Marmelade auszuliefern.

Sie sei gleich darauf zurück nach Skourvoula gefahren. Nein, in der Umgebung um Gergeri sei sie seit Monaten nicht gewesen.

Eleni und Stavros bedankten sich und gingen. Eine Sackgasse – wie sie vermutet hatten. Es gab mehr als einen verbeulten silbernen Pickup in der Gegend, und vermutlich hatte auch der Gergeri-Raser gar nichts mit der Sache zu tun.

Erst als sie schon wieder in Mires waren, fiel Stavros ein, dass sie Adriane Baumgartner gar nicht gefragt hatten, wo sie den silbernen Pickup gelassen hatte, denn der hatte ja nicht vor dem Haus gestanden. Doch erschien ihm dies auch nicht weiter wichtig. Die Baumgartner war raus aus dem Rennen.

Addy sah Stavros und Eleni vom Grundstück fahren und ließ sich aufs Sofa fallen. Kurz vor deren Eintreffen hatte sie mit Miriam telefoniert, die bereits erwähnt hatte, dass die Polizei im Zusammenhang mit dem Mord an Sabine nach einem silbernen Pickup suchte. Silberne Pickups gab es wie Sand am Meer, und nie wäre sie auf die Idee gekommen, den gesuchten Wagen mit ihrem eigenen in Verbindung zu bringen. Wie in aller Welt war die Polizei nun auf sie gekommen?

Sie hatte die Polizei bewusst angelogen. Nicht sie, sondern Christoph war an jenem Abend mit dem Pickup unterwegs gewesen. Sie selbst hatte das Auto am Ortsrand von Pitsidia stehen sehen, nur eine Ecke von der Pension Anemos entfernt. Wo Christoph sich bei seinem Flittchen Jana herumtrieb … Nein, mit Sabines Tod hatte er garantiert nichts zu tun, er hatte sie ja gar nicht gekannt.

Doch Addy konnte der Polizei nicht die Wahrheit sagen. Denn dann hätten sie Christoph überprüft, die Sache mit

Jana wäre herausgekommen und alle hätten sich über sie – Addy – lustig gemacht. In Elenis Gesicht war deutlich geschrieben gewesen, was sie von Addy hielt. Und daneben die junge, hübsche Jana ... Nein, das ging niemanden etwas an. Und gerade jetzt lief es wieder so gut zwischen ihr und Christoph. Er blieb bei ihr, auch dieses Mal, er würde sogar mit ihr zu Brigitte fliegen. Addy wollte den brüchigen Frieden mit Christoph keinesfalls gefährden. Gut, dass sie die Polizei angelogen hatte!

MIRES

Eleni telefonierte mit Alexa Petridou in Iraklion und berichtete von ihrem Besuch bei der Österreicherin mit dem silbernen Pickup. Ein kleiner, rundlicher Mann mit Nickelbrille und dunkelblonden Locken betrat den Raum. Es handelte sich um Björn Rantig, mit dem Sabine Fischer in Mochlos gewesen war. Björn sah mitgenommen aus. Er war kalkweiß im Gesicht, unter seinen Augen hingen dunkle Ringe. Seit der Nachricht, dass Sabine ermordet in einer Höhle aufgefunden worden war, hatte er kein Auge zugetan. Er konnte es nicht begreifen. Erst seine Frau Julia und jetzt Sabine ... Wie konnte es sein, dass gleich zwei Frauen, die ihm am Herzen lagen, einem brutalen Verbrechen zum Opfer gefallen waren?

Stavros unterhielt sich auf Englisch mit Björn, der froh war, dass er nicht unter Verdacht stand. Die Polizei hatte sein Alibi überprüft, er war zur Tatzeit in Agios Nikolaos gewesen. Stavros stellte ihm noch einige Fragen zu ihrer Fahrt mit dem Wohnmobil und möglichen Kontakten, die sie unterwegs geknüpft hatten. Es kam nichts dabei heraus. Die beiden hatten wenig mit anderen zu tun gehabt, sie waren sich selbst genug gewesen. Björn übergab der Polizei Sabines Handy, sie würden es untersuchen. Er war schon am Gehen, als er sich noch einmal umdrehte und die Bemerkung machte, wie grausam und bitter es doch war, dass nach Sabines Zwillingsschwester nun auch sie selbst ihren fünfzigsten Geburtstag nicht mehr erleben durfte.

SKOURVOLA

Als Christoph zurück nach Skourvoula kam, stand Addy erwartungsvoll wippend in der Tür.

«Ich hab die Flüge gebucht!», rief sie ihm entgegen. «Wir fliegen am 8. November! Na, sind das Neuigkeiten?»

«Das ist fantastisch», erwiderte Christoph, mechanisch grinsend, seine Gedanken überall, nur nicht bei Addys Schwester Brigitte in Österreich. Er schob Addy sanft zur Seite und ging ins Haus.

«Christoph!», rief Addy ihm hinterher. In ihrer Stimme lag etwas Alarmierendes. «Die Polizei war da.»

Christoph zuckte zusammen und fror mitten in seiner Bewegung ein. Ganz langsam, wie in Zeitlupe, drehte er sich um.

«Die Polizei?»

Seine Stimme klang dünn und fast eine Oktave höher als normal. Er räusperte sich.

«Sie suchen nach einem silbernen Pickup im Zusammenhang mit dem Mord an Miriams Freundin. Irgendwie sind sie auf uns gekommen.»

«Was?!», schrie Christoph entgeistert und riss die Augen auf. Das durfte doch nicht wahr sein!

«Ja, ich hab denen gesagt, dass sie an der falschen Adresse sind. Habe erzählt, dass ich am entsprechenden Abend mit dem Wagen unterwegs war und Marmelade ausgefahren hab. Damit haben sie sich zufrieden gegeben.»

Christoph entspannte sich. «Sehr gut!», meinte er.

«Ich hab für dich gelogen, Christoph. Natürlich hast du nichts mit dem Mord zu tun. Aber du warst an dem Abend in Pitsidia. Ich hab den Pickup auch gesehen. Ich erkenne doch meinen eigenen Wagen! Du hast mich angelogen. Du warst bei Jana, natürlich warst du dort! Wenn das mit uns funktionieren soll, müssen wir ehrlich zueinander sein!»

Christoph ging auf Addy zu und strich ihr sanft über den Kopf.

«Ach Addy», sagte er, «in Ordnung, ich war in Pitsidia, du hast ja recht. Aber das ist doch gar nicht wichtig. Ich war nicht bei Jana, ich wollte zu Miriam! Wollte mit ihr reden und sie fragen, wie sie meine Chancen einschätzt, unsere Beziehung zu retten. Ich bin doch an dem Abend zu dir zurückgekehrt – oder etwa nicht? Miriam war nicht da, also bin ich gleich weiter nach Skourvoula gefahren. Wer nicht zu Hause war, warst du! Lass uns das doch einfach alles vergessen und einen wirklichen Neustart wagen.»

Er küsste sie auf die Wange. Dann flüsterte er in ihr Ohr: «Wenn das mit uns funktionieren soll, darfst du nicht mehr so eifersüchtig sein. Vertrau mir doch einmal!»

PITSIDIA

Patrick rief Alexa Petridou an. Er hatte lange mit Jana darüber diskutiert, ob sie sich wegen der Gleichheit der Schmetterlingsketten und mit ihrem Wissen um Christophs falsche Identität an die Polizei wenden sollten oder nicht. Irgendetwas schien in Bezug auf Christoph nicht koscher zu sein, soviel war klar. War er am Ende sogar ein Mörder? Das konnte sich Jana nicht vorstellen. Andererseits erschienen die Hinweise zu verdächtig, um einfach darüber hinwegzusehen. Sie würden ihr Wissen an die Polizei weitergeben. Die wusste schon, wie sie damit umzugehen hatte. Wenn Christoph unschuldig war, hatte er nichts zu befürchten.

Sie verabredeten sich mit Alexa Petridou und Leonidas Fanourakis auf der Polizeistation in Mires. Eine Stunde später saßen die beiden Ermittler der Mordkommission mit Stavros und Eleni sowie Patrick und Jana zusammen an einem Tisch. Fanourakis packte seinen dritten Schokoriegel aus. Ohne Kohlenhydrate konnte er nicht denken. Früher hatte er von Zigaretten das gleiche behauptet, doch das Rauchen hatte er sich vor zwei Jahren abgewöhnt. Er knüllte das Einwickelpapier lautstark zusammen und lehnte sich zurück. Alexa begrüßte Patrick und Jana herzlich. Sie war gespannt, was das Touristenpärchen zu berichten hatte.

Patrick holte das Fotoalbum, den Zeitungsausschnitt und die Kette aus der Plastiktüte und breitete alles auf dem Tisch aus. Leonidas Fanourakis nahm die Kette in die Hand. Er hatte so viel Zeit damit verbracht, sich in Sabine Fischers Foto zu vertiefen, dass er das Schmuckstück sofort erkannte. Er hob die Augenbrauen. Es handelte sich nicht um Sabines Kette, denn die hatten sie bei der Leiche gefunden, aber es war das gleiche Modell. Der einzige Unterschied bestand in der Farbe des Edelsteins, der auf den goldenen Schmetterling aufgebracht war. Und diese Ketten waren mit Sicherheit kein Massenprodukt.

«Wo habt ihr das her?», fragte Alexa.

Patrick erzählte die ganze Geschichte. Wie er Christoph beim Trampen kennengelernt und wie sie sich mit ihm angefreundet hatten. Die Besuche in Skourvoula. Alexa hatte noch nicht ins Griechische übersetzt, was Patrick berichtete, doch Eleni zuckte bei der Erwähnung des Ortsnamens zusammen.

«Skourvoula?», fragte sie überrascht. Noch eine Spur, die nach Skourvoula führte ...

Alexa nickte und gab Patrick ein Zeichen, fortzufahren. Als er zum heiklen Thema Christoph und Jana kam, hielt er kurz inne. Jana sprang ein.

«Ich hatte mich ein bisschen in Christoph verliebt», erzählte sie und wurde rot. «Das war nur kurz, aber wir hatten einigen Stress deswegen ...»

Sie sah Patrick an. Der nahm den Faden auf.

«Wir haben uns ausgesprochen – also Jana und ich. Aber ich war total sauer auf Christoph, weil er Jana angebaggert hat. Ich wollte ihn zur Rede stellen und bin zu der Hütte gelaufen, die er in den Hügeln über Matala hat. Er hält sich viel dort auf. Aber er war nicht dort. Die Tür stand offen, da bin ich reingegangen und hab die Sachen gefunden.»

Die Tatsache, dass er gezielt nach der Kiste gesucht hatte und von Rachegedanken getrieben gewesen war, ließ er aus.

«Ich war neugierig und hab in dem Album geblättert. Dabei hab ich auch den Zeitungsausschnitt entdeckt.»

Er zeigte auf das Foto.

«Das ist Christoph. Aber er heißt in dem Artikel Thomas Berger! Und im Fotoalbum steht auch immer «Tom». Ich hab die Sachen mitgenommen, weiß auch nicht, warum ...»

«Wir hatten vor, ihm die Sachen zurückzugeben», meinte Jana. «Um ihm nicht zu begegnen, wollten wir sie am Montag anonym nach Skourvoula schicken ... Aber dann haben wir doch am Sonntag die Leiche gefunden und haben gar nicht mehr an das Zeug gedacht.»

«Ich war einfach so sauer auf Christoph», wiederholte

Patrick und fügte hinzu: «Und auf Addy auch. Sie hat sich Jana gegenüber unmöglich verhalten!»

«Wer ist Addy?», fragte Alexa.

«Seine österreichische Lebensgefährtin.»

Alexa übersetzte jetzt alles.

«Addy … Tin lene Adriane Baumgartner?», fragte Eleni.

«Ja, sie heißt Adriane. Ihren Nachnamen kennen wir nicht …»

Eleni stellte noch eine Frage, die Alexa mit «Fährt sie einen silbernen Pickup?» wiedergab.

«Der gehört ihr, aber meistens fährt Christoph ihn. Addy hat auch noch einen grünen Fiat.»

Leonidas Fanourakis nahm den vierten Schokoriegel in Angriff. Sie näherten sich dem Durchbruch, er konnte es förmlich riechen. Anscheinend ließ sich dieser Fall doch schneller lösen als zunächst befürchtet. Doch wo war die Verbindung zwischen Sabine Fischer und Christoph Seiler – oder Thomas Berger, wie sein richtiger Name zu lauten schien? Kannten die beiden sich vielleicht von früher? Wahrscheinlich hatte ihr Kollege Georgios Kalemakis mit seiner Vermutung recht, dass der Schlüssel zur Lösung dieses Falls in Deutschland zu finden war.

Stavros überlegte angestrengt, eine steile Falte erschien zwischen seinen Augenbrauen. Ein Gedanke drängte in sein Bewusstsein, aber er bekam ihn nicht zu fassen. Es hatte etwas mit Björn zu tun oder mit irgendeiner Bemerkung, die dieser gemacht hatte. Er kratzte sich am Kopf und ging im Geist die Unterhaltung mit Sabines Reisebegleiter noch einmal durch. Ha, da war es: «Nach ihrer Zwillingsschwester durfte auch Sabine ihren fünfzigsten Geburtstag nicht mehr erleben.» Sabine Fischer hatte eine Zwillingsschwester gehabt, und die war ebenfalls nicht mehr am Leben. Gab es da etwa einen Zusammenhang? Er blätterte sich durch das Protokoll. Sabine Fischer war mit Robert Fischer verheiratet gewesen, doch ihr Mädchenname lautete Habold. Sie stammte aus Leimen bei Heidelberg.

Sie würden recherchieren müssen, was mit der anderen Habold-Schwester geschehen war. Stavros gab seine Gedanken weiter.

Die Polizei behielt Christophs Fotoalbum, den Zeitungsartikel und die Schmetterlingskette. Leonidas Fanourakis bedankte sich bei Patrick und Jana, die nach Pitsidia zurückfuhren.

Alexa Petridou setzte sich umgehend mit der Heidelberger Polizei in Verbindung und fragte nach, ob gegen einen Thomas Berger aus Neckargemünd etwas vorlag oder er jemals in ein Verbrechen verwickelt war. Die deutschen Kollegen mussten tief im Archiv wühlen, doch sie wurden fündig.

Am nächsten Morgen meldete sich die Mordkommission Heidelberg bei Alexa. Gegen Thomas Berger, genannt Tom, war in den 80er-Jahren wegen eines Überfalls auf eine Tankstelle und im Zusammenhang mit dem ungeklärten Mord an einem Taxifahrer namens Heinrich Reimann ermittelt worden. Berger war seit dem Taximord spurlos verschwunden. Es gab damals noch ein zweites Opfer, ein junges Mädchen, das nur knapp überlebte: Christiane Habold aus Leimen.

21

SKOURVOULA

Addys Welt implodierte an einem Mittwochvormittag. Georgios Kalemakis und Alexa Petridou standen vor ihrer Haustür und konfrontierten sie mit der Tatsache, dass Christoph unter dem dringenden Verdacht stand, die deutsche Touristin Sabine Fischer ermordet zu haben.

Addy bat die beiden Ermittler herein und bot ihnen Wasser an.

«Bitte sagen Sie uns die Wahrheit, Frau Baumgartner. Sie machen nichts besser, wenn Sie Ihren Lebensgefährten jetzt noch schützen. Die Last der Indizien wiegt schwer, Sie können ihm nicht helfen. Sie bringen sich nur selbst in Schwierigkeiten, wenn sie uns weiter anlügen», meinte Alexa Petridou. «Wo ist er jetzt?»

«Unterwegs nach Iraklion. Er will ein Geschenk kaufen für Brigitte. Das ist meine Schwester, sie hat im November Geburtstag ...»

«Nicht Sie sind am Mordabend mit dem Pickup unterwegs gewesen, sondern Ihr Lebensgefährte, nicht wahr?», fragte die Polizistin.

Addy senkte den Kopf. «Ja, das stimmt. Ich war in Pitsidia, aber mit dem anderen Wagen ...» Sie holte tief Luft. «Aber Christoph hat nichts mit dem Mord zu tun! Er kannte diese Sabine gar nicht.» Sie wurde rot. «Er, er ... er war an dem Abend bei seiner ... Geliebten. Einer Touristin. Ich hab den Pickup selbst dort stehen sehen, bei der Pension Anemos. Dort wohnt die Frau.»

Addys Stimme war immer leiser geworden, die Österreicherin verging fast vor Scham.

«Sie meinen Jana Dahlberg?», fragte Alexa. «Es tut mir leid, Frau Baumgartner, dort war er nicht. Jana war zu dem Zeitpunkt gar nicht in Pitsidia.»

Sie konnten es ihr nicht ersparen. Georgios Kalemakis packte ein Fotoalbum, einen Zeitungsausschnitt und eine goldene Kette aus. Und dann erzählten sie die ganze Geschichte.

Addy wurde leichenblass. Dass Christoph unter Mordverdacht stand, war eine Katastrophe. Doch was für Addy viel schwerer wog: Es gab Christoph überhaupt nicht, hatte ihn nie gegeben. Es existierte immer nur der Kriminelle Tom Berger, ein mehrfacher Mörder. Sie hatte jahrzehntelang mit einem Unbekannten zusammengelebt, der vorgegeben hatte, ein ganz anderer zu sein.

Nichts von alledem, was er ihr erzählt hatte, entsprach der Wahrheit. Er stammte nicht aus Würzburg, sondern aus Neckargemünd bei Heidelberg. Er hatte keine Schwester namens Yvonne in Australien, nur seinen älteren Bruder Markus, der in Deutschland mehr Zeit im Gefängnis als außerhalb verbracht hatte. Christophs – vielmehr Toms – Eltern lebten noch, beide dement und im Pflegeheim. Seine gesamte Biografie war frei erfunden, eine einzige Lüge. Der ach so kretische Christoph war ein Kunstprodukt, seine falsche Identität seine Tarnung, und sie selbst sein Unterschlupf. Der Mann, mit dem sie über dreißig Jahre lang Haus und Bett geteilt hatte, war ein Fremder. Christoph hatte sie all die Jahre nur benutzt.

Addys Welt fiel in sich zusammen und die Erkenntnis riss sie in einen schwarzen, tiefen Abgrund. Sie verzerrte das Gesicht zu einer furchterregenden Fratze und warf sich zu Boden. Dann fing sie an zu schreien und hörte nicht mehr auf.

Georgios Kalemakis rief einen Arzt.

AUF DER FLUCHT

Eine halbe Stunde vor Eintreffen der Polizei hatte Christoph das Haus verlassen. Sein Plan war klar: Die Sachen, die er zur Flucht brauchte, aus seiner Hütte holen, wo er sie deponiert hatte, anschließend zum Flughafen fahren, das Suha-Problem lösen und schließlich ein kleines Kafenion im Zentrum von Iraklion besuchen, um mit «Tiger» Kontakt aufzunehmen. Er griff in seine Jackentasche und vergewisserte sich, dass er sein Messer eingesteckt hatte.

Christoph war konzentriert und fokussiert, doch als er auf dem Weg nach Matala den Friedhof von Pitsidia erreichte, lenkte er den Wagen abrupt nach links und fuhr ins Dorf hinein. Er hielt kurz an. Nein, das konnte er nicht tun! Er durfte keine Zeit verlieren … Es ging jetzt nur noch um ihn, um seine Flucht.

Er fuhr weiter und parkte den Pickup hinter der Pension Anemos. Er musste sie einfach sehen, nur ganz kurz, nur noch dieses eine Mal …

PITSIDIA

Patrick schaute in den Kühlschrank, leere Regale starrten ihn an.

«Wir haben fast nichts mehr zum Frühstück für morgen»,

meinte er. «Ich fahre schnell einkaufen. Hast du einen besonderen Wunsch, Schatz?»

Jana antwortete nicht und starrte geistesabwesend ins Leere. Der Schock des Leichenfunds und der ungeheuren Entdeckung, dass Christoph möglicherweise ein Mörder war, steckte ihr tief in den Gliedern.

«Jana?» Patrick sprach sie erneut an.

Sie blickte auf. «Ach ja, einkaufen ... Das wäre gut.» Wieder schaute sie vor sich hin.

Patrick nahm die Einkaufstasche und ging zur Tür hinaus. Kurz darauf hörte Jana ihn das Moped starten und losfahren. Den Pickup, der nur zwei Minuten später auf den kleinen Platz hinter der Pension Anemos rollte, bemerkte sie nicht. Es klopfte, und Jana öffnete die Tür.

«Christoph!», rief sie erschrocken.

Christoph schob sie ins Zimmer und schloss die Tür.

«Jana, ich musste dich sehen. Ich hab dich so furchtbar vermisst!»

Er nahm sie in den Arm und hielt sich an ihr fest. Jana wurde stocksteif. Was wollte er noch von ihr? Der Mann, der gar nicht Christoph hieß. Der möglicherweise in einen Mordfall verwickelt war. Sie hatte ihm doch deutlich gesagt, dass sie Patrick liebte, und er hatte sich auch längst mit einer anderen getröstet. Mindestens einer! Jana wand sich umständlich aus Christophs Umarmung.

«Magst du was trinken?», fragte sie. «Ich hab leider nur Wasser da. Patrick ist einkaufen gefahren. Er kommt jeden Moment zurück ...»

Während sie dies sagte, war sie sich nicht sicher, ob sie sich wirklich wünschte, dass er so bald zur Tür herein käme. Die beiden Männer sollten sich besser nicht begegnen. Wer wusste schon, ob der immer noch aufgebrachte Patrick den

Mund halten konnte und nicht gleich damit herausplatzte, dass sie Christophs delikates Geheimnis gelüftet hatten. Und doch sehnte sie sich ihren Freund herbei, zu ihrem Schutz. Sie traute Christoph nicht. Wenn er nun wirklich ein gefährlicher Mörder war? Beim bloßen Gedanken daran bekam sie eine Gänsehaut. Sie musste den ungebetenen Gast irgendwie loswerden.

«Wir haben gleich was vor, sind verabredet», setzte sie an, «also, es passt gerade nicht so gut ...» Sie lächelte gekünstelt. «Überhaupt ist es am besten, wenn wir uns gar nicht mehr sehen ...»

Christoph durchquerte das Zimmer und schaute aus dem Fenster, dann drehte er sich wieder zu Jana. Er wirkte fahrig und nervös, Schweiß stand auf seiner Stirn.

«Jana, ich muss weg. Ich meine damit, dass ich bald die Insel verlassen werde. Ich bin hier in Schwierigkeiten geraten. Mehr kann ich dir im Augenblick nicht sagen, aber ich werde dir irgendwann alles erklären. Bitte komm mit mir! Ich kann dich nicht einfach hier zurücklassen. Du bist die Liebe meines Lebens! Lass uns irgendwo ganz neu anfangen ...»

Jana blickte überrascht und ein wenig verlegen zur Seite. Die Liebe seines Lebens! Erstaunt stellte sie fest, dass ihr Herz bei diesen Worten schneller schlug. Empfand sie etwa immer noch etwas für diesen undurchsichtigen Aufschneider und möglichen Kriminellen? Das durfte nicht sein!

«Christoph, ich liebe Patrick, das hab ich dir schon am Strand gesagt. Ich werde nicht mit dir kommen. Und es ist wirklich das Beste, wenn du jetzt gehst.»

Christoph nickte enttäuscht. «Ich kann und will dich nicht zwingen. Aber gib uns wenigstens noch ein paar Minuten für den Abschied. Bitte!»

Er setzte sich aufs Bett. Sein Blick fiel auf eine Visitenkarte, die auf dem Nachttisch lag. «Alexa Petridou», war darauf zu lesen und die Adresse und Telefonnummer der Mordkommission in Iraklion. Christoph riss die Augen auf. Verflixt! Was hatten Jana und Patrick mit dieser Kommissarin zu schaffen? Er wusste, dass er jetzt so schnell wie möglich verschwinden sollte, doch er konnte sich nicht von Jana lösen.

«Komm noch für einen Augenblick zu mir», sagte er, «für einen letzten freundschaftlichen Kuss. Dann bin ich weg. Versprochen!»

Jana setzte sich und Christoph legte den Arm um sie. Er vergrub sein Gesicht in ihrem Haar. «Du riechst so gut, Jana ...»

Beide schreckten hoch, als Janas Handy klingelte. Sie sprang auf und riss das Gerät an ihr Ohr. «Hallo? Patrick?», meldete sie sich nervös.

«Hier ist Alexa Petridou. Ich habe noch ein paar Fragen an Sie und Ihren Freund. Leider habe ich ihn nicht erreicht.»

«Patrick ist unterwegs, einkaufen. Wir kommen dann gleich danach nach Kalamaki!», erwiderte Jana, deren Stimme übertrieben fröhlich und unnatürlich hoch klang.

Alexa Petridou runzelte die Stirn. Kalamaki? Irgendetwas stimmte da nicht ...

«Kalamaki? Sind Sie allein, Jana?»

«Haha, ja, ja, fast!»

«Ist Tom Berger bei Ihnen?»

«Ja klar, wir kommen gleich nach Kalamaki!», quietschte Jana.

«Jana, ganz ruhig. Wenn Herr Berger in Ihrer Nähe ist, sagen Sie jetzt bitte noch einmal kurz und klar ‹Ja›.»

«Ja.»

«Bleiben Sie ganz ruhig», wiederholte die Kommissarin. «Versuchen Sie, ihn noch ein bisschen hinzuhalten, aber gehen Sie kein Risiko ein. Lassen Sie sich nichts anmerken. Wir sind jetzt in Mires und kommen sofort.»

Sie legte auf.

Mires. Dann musste sie noch eine Viertelstunde überbrücken, dachte Jana. Sie lächelte Christoph an.

«Wie geht es den Schafen? Und meinem Lieblingslämmchen?», fragte sie, etwas Besseres fiel ihr nicht ein. Sie fühlte sich plötzlich elend, wie eine miese Verräterin. Immerhin war sie drauf und dran, Christoph an die Polizei auszuliefern.

«Wer war das am Telefon?», herrschte er sie an, ohne auf ihre Frage einzugehen. Seine Stimme hatte einen aggressiven Unterton, den Jana noch nie bei ihm gehört hatte und der sie erschaudern ließ.

«Eine Bekannte von uns aus Kalamaki. Unsere Verabredung für gleich!», antwortete sie und versuchte krampfhaft, das Lächeln in ihrem Gesicht aufrecht zu erhalten.

Energisch riss Christoph Jana das Handy aus der Hand. Er wandte sich ab und kontrollierte das Anrufprotokoll. «Alexa Petridou» verzeichnete die Liste als obersten Eintrag. Was in aller Welt hatte das zu bedeuten? Hatte ausgerechnet Jana etwas mit Sabine Fischer zu tun gehabt? Nach Miriam jetzt auch noch Jana? Das konnte doch gar nicht sein! Was hatte die Kommissarin gerade zu Jana gesagt? Vor allem, warum hatte Jana ihn angelogen? War die Polizei vielleicht schon unterwegs zur Pension und ahnten sie, dass er sich bei Jana aufhielt? Verdächtigten sie ihn? Und wusste Jana davon? Er sah sie an. Auf einmal war er sich sicher, dass es sich genau so verhielt. Die Schlinge zog sich zu.

Christoph spürte, wie Panik Besitz von ihm ergriff. Er musste weg, sofort. Aber er brauchte noch einen Trumpf.

Ein As, das er aus dem Ärmel zaubern konnte, wenn es eng für ihn wurde.

Eine Geisel.

Aus einem plötzlichen Impuls heraus umklammerte er die verdutzte Jana, zog sein Messer aus der Tasche und hielt es ihr an die Kehle. Entsetzt schrie Jana auf.

«Sei still! Du kommst jetzt mit mir. Wenn du ruhig bleibst, wird dir nichts passieren.»

Christoph schob die verängstigte Jana vor sich her, aus dem Zimmer und die Treppe hinunter, das Messer an ihrem Hals. Er wollte sie nicht verletzen und es tat ihm leid, dass sie sich nun so vor ihm fürchten musste. Er konnte unschuldige Menschen töten, um seine Haut zu retten, das wusste er. Er würde Suha opfern. Auch Addy, wenn es nötig wäre. Er hatte Sabine umgebracht und eigentlich war diese Grenze schon bei Chrissie überschritten worden. Doch er würde es niemals übers Herz bringen, Jana etwas anzutun, dem einzigen Menschen auf der Welt, den er liebte. Und doch musste er damit drohen, damit die Polizei ihn ziehen ließ. Die Geisel war sein Druckmittel. Er brauchte einen Vorsprung, nur einen kleinen Vorsprung ... Und Jana würde nichts passieren.

Christoph und Jana verließen die Pension durch den Hintereingang. Sie stiegen in den Pickup. Jana wollte schreien, doch kein Laut kam aus ihrem weit aufgerissenen Mund. Sie wollte wegrennen, aber ihre Beine gehorchten ihr nicht. Alles, was sie um sich herum wahrnahm, war Christoph mit dem Messer in seiner Hand, und die Angst schnürte ihr fast die Kehle zu.

«Wo fahren wir hin?», krächzte sie.

Christoph antwortete nicht. Sie fuhren mitten durchs Dorf. Christoph grüßte ein paar Einheimische und lächelte freundlich. Sie verließen Pitsidia in westlicher Richtung, dabei kamen sie an der kleinen Kapelle und dem Olivenbaum vorbei, in dem Jana ihren Liebescache für Patrick versteckt hatte. Das war erst eine kurze Zeit her, doch Jana kam sie vor wie eine Ewigkeit.

Sie fuhren nach Matala. Christoph parkte den Pickup auf dem Parkplatz, von dem aus der Pfad in Richtung Red Beach startete. Er trieb Jana vor sich her den Berg hinauf. Jana schwitzte, ihr Herz raste. Christoph wollte mit ihr zur Hütte, das war klar. Doch was hatte er dort vor?

Es war ein windiger Tag und wieder sah es nach Regen aus. Absurderweise dachte Jana, dass sie nass werden würden, wenn sie die Hütte nicht rechtzeitig erreichten. Als würde das eine Rolle spielen … Sie kamen an, es hatte nicht geregnet. Christoph schob Jana in die Hütte. Er lehnte sich von innen gegen die Tür und sah sie an.

«Was habt ihr mit dieser Alexa Petridou zu tun?», fragte er scharf. Sein Blick war finster und kalt.

«Wir haben doch die Leiche gefunden in der Höhle. Diese Touristin, die ermordet wurde!»

«Was, ihr wart das?»

Für einen Moment schöpfte Christoph Hoffnung. Ausgerechnet Jana und Patrick hatten Sabines Leiche gefunden! Das war ein seltsamer Zufall, eine weitere Ironie des Schicksals. Doch es bedeutete nicht, dass sie ihn, Christoph, damit in Verbindung brachten. Warum sollten sie?

Ein weiterer Gedanke machte seine Hoffnung gleich wieder zunichte. Wenn Jana keinen Argwohn gegen ihn hegte, warum hatte sie ihn dann vorhin angelogen? Sicher wusste die Polizei von seiner Verbindung zu dem jungen Paar, und vermutlich waren Jana und Patrick darüber informiert, wenn er unter Verdacht stand ... Prompt bestätigte Jana seine Befürchtung.

«Christoph, hast du diese Sabine umgebracht? Sind das die Schwierigkeiten, in denen du steckst? Die Polizei hat dich in Verdacht ...»

Er sah zu Boden. «Ja.»

«Warum hast du das getan?»

«Ich wollte es nicht tun, Jana, ich musste. Manchmal hat man keine Wahl. Es hat mit einer sehr alten Geschichte zu tun, mit ... mit meiner Schwester Yvonne! Ich kann dir jetzt nicht mehr sagen.»

Er ging auf Jana zu und strich ihr über den Arm. «Es hat nichts mit uns zu tun», hauchte er in ihr Ohr. Jana wich zurück.

«Ich habe nicht mehr viel Zeit», sagte er, «wir müssen weg. Es ist alles vorbereitet. Ich musste noch einmal in die Hütte, weil ich meine Sachen hier deponiert habe.»

Er deutete auf einen Sack, der neben dem Bett stand. Ein Sack, wie ihn die kretischen Bauern für ihre Oliven verwenden. Wie der, in dem Sabines Leiche gelegen hatte. Entgeistert starrte Jana auf das Behältnis aus grobem Stoff.

«Für dich brauchen wir auch noch ein paar Sachen. Das erledige ich unterwegs.»

Jana schüttelte den Kopf. Hatte Christoph den Verstand verloren? Er konnte doch nicht ernsthaft glauben, dass sie mit ihm fortging! Sie wollte nur noch weg, raus aus der Hütte, weg von ihm. Wie konnte sie entkommen? Er würde es nicht zulassen, dachte sie verzweifelt.

«Wir werden es schaffen, Jana. Wir gehen zusammen ganz weit weg. Nach Thailand! Es wird dir gefallen dort.»

Er küsste sie, und sie ließ es zu. Am besten leistete sie jetzt keinen Widerstand. Christoph war gefährlich und er hielt noch immer das Messer in seiner Hand.

Würde die Polizei sie hier finden? Sie wussten von Christophs Hütte, doch würden sie ihn hier vermuten? Patrick kannte den Weg zur Hütte. Hatte die Kommissarin ihn erreicht? Wie lange würde es dauern, bis sie auftauchten und sie aus der misslichen Lage befreiten? Würde das überhaupt funktionieren oder drehte Christoph vorher völlig durch?

Sie musste sein Spiel mitspielen, das war ihre einzige Chance. So erwiderte sie Christophs Kuss. Jana fühlte seine Hände zärtlich über ihren Körper wandern. Dieselben Hände, die sich um Sabine Fischers Hals gelegt hatten. Die Hände eines Mörders.

Christoph wusste, dass er sich beeilen musste. Es konnte nicht lange dauern, bis die Polizei bei der Hütte auftauchte. Patrick kannte den Ort, Addy kannte ihn. Er sollte schleunigst seine Sachen nehmen und einfach verschwinden, noch war es möglich. Nach Iraklion fahren, Suha abfangen und «Tiger» kontaktieren. Und mit neuen Papieren das Land verlassen. Alles war vorbereitet ... Stattdessen zog er Jana aufs Bett.

«Oh Jana ...»

Zu ihrem großen Entsetzen bemerkte Jana, wie das altbekannte Kribbeln in ihren Bauch zurückkehrte, das sie längst überwunden zu haben glaubte. Gegen ihren Willen und gegen alle Vernunft begehrte sie ihn noch immer, er zog sie magisch an. Wie konnte das sein? Der Mann, den sie gar nicht mehr mochte und sogar fürchtete? Christoph brachte eine Saite in ihr zum Klingen, die kein anderer Mann berührte, auch Patrick nicht, die vielleicht nie wieder ein Mann berühren würde. Wenn sie überhaupt lebend aus dieser Sache herauskam ...

Jana kehrte in Gedanken zu jenem Nachmittag am Komos-Strand zurück, als sie drauf und dran gewesen war,

Patrick zu betrügen. Jetzt tat sie es. Sie warf alle Skrupel über Bord und ließ es geschehen. Hier ging es ums nackte Überleben, Patrick würde das verstehen.

Sie hörte ein Geräusch. In das Pfeifen des Windes und das Grollen des Meeres mischten sich Stimmen. Hieß das, dass Rettung nahte? Konnte das die Polizei sein? Wenig später vernahm sie tatsächlich Alexa Petridous Stimme.

«Christoph Seiler? Sind Sie da drin? Ist Jana bei Ihnen?»

«Hilfe! Hilfe! Hier sind wir!», schrie Jana.

Sie befreite sich von Christoph und sprang aus dem Bett. Doch sofort war er wieder bei ihr, das Messer in seiner rechten Hand, und hielt sie fest. Jana schrie panisch auf. Ihre Beine glichen Pudding. Christoph hatte Mühe, sie festzuhalten.

«Verpisst euch», brüllte Christoph. «Haut sofort ab, wenn ihr nicht wollt, dass Jana etwas passiert!»

«Ganz ruhig, Herr Seiler. Lassen Sie uns reden. Wir finden eine Lösung. Seien Sie vernünftig und lassen Sie Jana gehen, bitte, sie hat nichts mit alledem zu tun.»

«Haut doch einfach ab!», wiederholte Christoph noch einmal. «Dann geschieht ihr auch nichts!»

«Wir können über Ihre Bedingungen sprechen. Was wünschen Sie sich von uns, Herr Seiler? Geht es um Geld? Um freien Abzug?»

«Was ich mir wünsche? Wollt ihr mich verarschen? Ich will weg hier! Ich will einfach die Insel verlassen, ohne dass ihr mich aufhaltet, was denn sonst? Wenn ihr versucht, mich daran zu hindern, wird Jana das nicht überleben. Meine Freiheit gegen ihr Leben, so einfach ist das!»

SIVAS

Saskia, Miriam, Micha, Enrique, Björn, Frederik und Sally sowie der alte Jannis saßen schweigend am Tisch einer

Taverne in Sivas und gedachten ihrer Freundin Sabine. Sie waren die einzigen Gäste im Raum. Saskia, Miriam und Björn hatten Tränen in den Augen. Die Wirtin der Taverne wusste um den Grund der Zusammenkunft und stellte zwei Karaffen Wein und eine große Kerze auf den Tisch.

«Sie war ein toller Mensch. Ich vermisse sie furchtbar ...», murmelte Saskia.

Björn legte tröstend seinen Arm um sie und meinte: «Ich weiß, ich auch.»

Miriam schaute Björn mit einem warmen Blick an. Sie hatte sich lang mit ihm unterhalten und festgestellt, wie nett er war. Jetzt tat es ihr leid, dass sie den traumatisierten Mann so falsch eingeschätzt und sogar des Mordes an Sabine verdächtigt hatte.

Die Tür ging auf und Robert betrat den Raum. Er sah den still trauernden Kreis und fühlte sich ausgeschlossen. Was bildeten die sich ein? Die Trauer gehörte ihm, er war derjenige, dem Trost zustand! Schließlich war er mit Sabine verheiratet gewesen. Sein grimmiger Blick fiel auf Sabines Reisebegleiter.

«Was machen Sie denn hier?», herrschte Robert Björn an. «Sabine war meine Frau, verstehen Sie, meine! Wenn Sie Ihre dreckigen Finger von ihr gelassen hätten, wäre sie jetzt noch am Leben!»

Robert überkam die altvertraute Wut, sein Gesicht lief rot an, der Vulkan stand kurz vor einem neuen Ausbruch. Er griff nach einer kleinen Amphore, die neben der Eingangstür stand. Saskia erkannte die Zeichen. Sie stand energisch auf.

«Wenn du nicht sofort den Raum verlässt und uns für immer in Ruhe lässt, rufe ich die Polizei. Wage es nicht, Robert. Diesmal zeig ich dich an!»

Robert zitterte vor Wut, doch er stellte die Amphore wieder an ihren Platz und verließ das Lokal. Dabei drehte er sich noch einmal um und brüllte in Saskias Richtung: «Mit dir blöder Schnepfe rede ich nicht mehr!»

Er hielt sich daran. Robert und Saskia wechselten nie wieder ein Wort miteinander.

IN DER HÜTTE

Eine Viertelstunde war vergangen. Inzwischen hatte es wirklich angefangen zu regnen. Dicke Tropfen prasselten auf das Dach der Hütte. Christoph hielt Jana noch immer umklammert, seine Hand mit dem Messer ruhte auf ihrer Schulter, bedrohlich nah an ihrer Kehle.

«Geben Sie auf, Herr Seiler», rief Alexa Petridou. «Machen Sie die Sache nicht noch schlimmer. Wenn Sie Jana jetzt gehen lassen und mit erhobenen Händen aus der Hütte kommen, wird sich das positiv auf Ihr Urteil auswirken.»

«Macht, dass ihr wegkommt!», schrie Christoph. «Fygete!»

Janas Gesicht hatte die Farbe von Kalk.

«Bitte, Christoph, bitte lass mich gehen ...», flehte sie ihn mit bebender Stimme an. Christophs harter Griff schmerzte und nahm ihr beinahe den Atem. Sie schlotterte vor Entsetzen und Angst. Christoph war wahnsinnig! Wie hatte sie diesen Mann nur Minuten vorher noch attraktiv finden, sich jemals in ihn verlieben können?

«Sie sind kein schlechter Mensch, Herr Seiler. Das weiß ich. Sie wollten das alles nicht. Und jetzt wollen Sie nicht noch mehr Schuld auf sich laden. Geben Sie auf, bevor Sie alles noch schlimmer machen», war Alexas Stimme nun zu hören.

Christophs Hand mit dem Messer zuckte. Jana entfuhr ein verzweifeltes Wimmern. «Nein, bitte, bitte, Christoph, tu mir nichts!» Sie schluchzte. «Bitte ... Tom!»

Christoph schloss die Augen, sie füllten sich mit Tränen. Tom. Jana hatte ihn Tom genannt. Sie wusste Bescheid. Alle wussten Bescheid. Und wenn sie seine wahre Identität kannten, dann waren sie auch über den fatalen Abend im Jahr 1983 im Bilde. Sie waren nicht nur wegen des Mordes an Sabine Fischer hinter ihm her. Für zwei Morde und einen weiteren versuchten würde er den Rest seines Lebens einsitzen – ein Zustand, den er sich nicht einmal für Bruchteile von Sekunden vorstellen konnte.

Seine Flucht blieb eine Illusion. Kreta war eine Insel, und die Polizei würde niemals zulassen, dass ein mehrfacher Mörder sie verließ, mit welchen Papieren auch immer. Sie würden alle Flughäfen und Häfen kontrollieren, und auf der Insel selbst konnte er sich auch nicht ewig verstecken. Es gab keinen Ausweg, er saß in der Falle.

Game over.

Christoph gab auf. Er küsste Jana noch einmal sanft auf den Kopf, wie seinerzeit in Skourvoula, als er ihr zum ersten Mal für einen Moment so nahe gewesen war.

«Ich liebe dich, Jana», flüsterte er. «Ich könnte dir niemals etwas zuleide tun. Das musst du mir glauben.»

Er ließ sie los und warf das Messer auf den Boden. Jana floh zur Tür und rannte aus der Hütte. Die Scharfschützen standen in Position.

«Kommen Sie jetzt heraus, Herr Seiler. Mit erhobenen Händen», rief Alexa Petridou erneut.

Christoph machte einen schnellen Satz zum hinteren Fenster. Behände kletterte er hinaus und stellte sich an den Rand der Klippe. Er breitete die Arme aus. Wie aus einer anderen Galaxie hörte er die Stimme der Kommissarin: «Es gibt immer eine Lösung, Christoph! Tun Sie das nicht!»

Christoph schaute hinunter auf die schroffen Felsen und die tosende See, die sie umspülte. Auf einmal war er ganz ruhig, er hatte seine Entscheidung getroffen. Er lächelte. Sie würden ihn nicht kriegen. Jetzt konnte er Christoph Seiler endlich hinter sich lassen. Er war wieder Tom, er war frei.

Er sprang.

EPILOG

Die Ereignisse um den Mord an Sabine Fischer hatten die Messara in Atem gehalten, die Geschehnisse waren wochenlang Gegenstand Nummer eins der Gespräche bei Einheimischen und Gästen. Schließlich kehrte wieder Ruhe ein, andere Themen traten in den Vordergrund und der Alltag nahm seinen gewohnten Lauf.

Robert ließ Sabines Leichnam nach Deutschland überführen. Sie wurde auf dem Leimener Friedhof gleich neben Chrissie beigesetzt.

Saskia zog ganz nach Kreta. Sie mietete die Ferienwohnung in Sivas auf Dauer und zahlte Manolis einen Monatspreis. Die Insel inspirierte sie und war genau die Umgebung, die sie für ihre Arbeit brauchte. Miriam war froh, in ihr endlich die Freundin gefunden zu haben, die sie sich schon so lange gewünscht hatte, und Saskia half diese Freundschaft über den schmerzlichen Verlust von Sabine hinweg.

Miriam schaffte es im Winter endlich, sich innerlich von Micha zu lösen, nachdem sie ihn einmal spontan besucht und mit Enrique im Bett vorgefunden hatte ... Die beiden blieben gute Freunde. Auch mit Björn verband sie bald eine herzliche Freundschaft, und es wurde mehr daraus. Im August 2017 heirateten Miriam und Björn in der kleinen Kapelle oberhalb vom Komos-Strand.

Jana und Patrick hatten die Ereignisse enger denn je zusammengeschweißt. Sie blieben noch zwei weitere Monate auf Kreta, jedoch verließen sie die Messara, mit der sie zu viele Schrecken verbanden. Sie fuhren in den Westen, wo klingende Namen wie Chania, Gramvousa, Falassarna und Elafonisi lockten. Mitte Dezember bekam Patrick eine Nachricht von seinem WG-Mitbewohner Daniel. Die München-er Software-Firma, bei der Patrick im letzten Jahr ein Praktikum absolviert hatte, machte Patrick ein Jobangebot, das sehr verlockend klang. Wenn das klappte, würden sie zusammen nach München ziehen, in ihre erste gemein-same Wohnung. Sie flogen zurück nach Deutschland und verließen die Insel mit gemischten Gefühlen.

Brigitte reiste nach Skourvoula und holte ihre Schwester Addy zurück nach Österreich, wo diese mehr als ein Jahr in der Psychiatrie verbrachte. Addy kam nie wieder richtig auf die Beine. Auf die Insel Kreta setzte sie keinen Fuß mehr.

Ein paar Monate nach Sabines Beerdigung lernte Robert beim Sport die Krankenschwester Sylvia kennen, die schon kurz darauf bei ihm in Leimen einzog. Sylvia war beeindruckt von dem gutaussehenden und belesenen Wissenschaftler und fühlte sich geehrt, als er um sie warb. Robert bekochte sie, er war humorvoll und trug sie auf Händen. Dass er dazu neigte, sie zu kontrollieren, sah Sylvia ihm nach. Nach ein paar Wochen bekam er aus heiterem Himmel einen Tob-suchtsanfall und schleuderte eine Vase nach ihr, was Sylvia sehr erschreckte. Doch er entschuldigte sich anschließend wortreich und mit einem großen Strauß Rosen bei seiner Freundin, und sie verzieh ihm. Nobody's perfect ...

Der alte Jannis verstarb im März 2017, er erlag einem Herzinfarkt. Sally fand ihn leblos in seinem Haus, wo eine alte CD von Joni Mitchell in Dauerschleife lief.

Christophs Leiche wurde nie gefunden.

« I am far away, I am somebody new,
forget your yesterday and be somebody new. »

Songtext der Band «Umleitung»

DANKSAGUNG

Mein Dank gilt meinen Probelesern Corinna Theis-Ham-
mad, Margit Lutz, Natascha Rauprich, Jasminka Halbey,
Christoph Halbey, Alicia Prasse, Frank Richly und Petra
Schmidt für ihre konstruktive Plotkritik (ohne euch wäre
die Mordszene viel zu kurz geraten und ich hätte eine nach
Tagen immer noch geruchslose Leiche), meiner Lektorin
Petra Fochler für die schnelle und kompetente Überarbei-
tung des Manuskripts und die angenehme Zusammenarbeit,
Corinna Theis-Hammad für die Gestaltung des Buchum-
schlags und die «Tatortbegehung» am Originalschauplatz,
Kostas Spiridakis und Kostas Karoudis für wertvolle Tipps
und Informationen zur Polizeiarbeit in Griechenland,
Sabine Rassow und Ilse Kroisenbacher für die Organisation
erster Lesungen des Manuskripts, der Band «Umleitung»
für ihr Einverständnis, in diesem Buch verewigt zu werden,
Kerstin Wegener, Arne Bartsch, Bettina Ulitzka, Claudia
Wegener, Monika Evers, Hendrik Eusterbarkey, Ulrike
Bohl, Barbara Lutz, den «Lullabees» und allen anderen, die
mich zu diesem Projekt ermutigt, an mich geglaubt und
in direkter oder indirekter Weise dazu beigetragen haben,
dass dieses Buch entstehen konnte.

Dank gebührt auch den Bewohnern der Insel Kreta, der
Zufallsbekanntschaft, deren Lebensgeschichte mich zu
diesem Roman inspiriert hat, den vielen Krimiautoren,
deren Werke ich im Laufe der Jahrzehnte verschlungen
habe und die den Wunsch in mir geweckt haben, ebenfalls
zu schreiben. Und schließlich dem Schmetterling, der im
Jahr 2001 fast lautlos an meinem Ohr vorbeigeflogen ist
– aber eben nur fast.

Komos-Strand

Kamilari

Blick auf den Psiloritis

Matala

FSC
www.fsc.org

MIX

Papier | Fördert
gute Waldnutzung

FSC® C083411

Zeitfracht Medien GmbH
Ferdinand-Jühlke-Straße 7
99095 Erfurt, Deutschland
produktsicherheit@kolibri360.de